古代诗词常识

刘福元　杨新我　著

上海古籍出版社

图书在版编目（CIP）数据

古代诗词常识/刘福元，杨新我著．—上海：上海古籍
出版社，2009.5（2023.12 重印）
ISBN 978 - 7 - 5325 - 5287 - 0

Ⅰ．古…　Ⅱ．①刘…②杨…　Ⅲ．古典诗歌—基本知识—
中国　Ⅳ．I207.2

中国版本图书馆 CIP 数据核字（2009）第 020729 号

古代诗词常识

刘福元　杨新我　著

上海古籍出版社出版发行

（上海市闵行区号景路 159 弄 1-5 号 A 座 5F　邮政编码 201101）

（1）网址：www.guji.com.cn

（2）E-mail：guji1 @ guji.com.cn

（3）易文网网址：www.ewen.co

上海商务联西印刷有限公司印刷

开本 850×1168　1/32　插页 2　印张 7.25　字数 173,000
2009 年 5 月第 1 版　2023 年 12 月第 14 次印刷
印数：42,501—47,600
ISBN 978 - 7 - 5325 - 5287 - 0
I·2084　定价：21.00 元
如有质量问题，请与承印公司联系

前　言

在两千五百多年前，我国第一部诗歌总集——《诗经》开始问世。继《诗经》不久，诗人屈原登上了诗坛。自此以后，有更多的诗篇产生，有更多的诗人出现。汉、魏之时，乐府民歌，是诗歌园地中的奇葩。至唐而宋，诗苑词林中，百花争奇斗艳。元、明以降，戏曲、小说盛行，但也有一些好诗好词。我们祖国的古代有多少首诗、词？以千万计数难以概全，仅《全唐诗》就收集了唐诗近五万首，仅《全宋词》就收集了宋词"逾两万"。我们祖国的古代有多少诗人和词人？很多很多，以至无数，誉满全球的大诗人、名词人，就有屈原、陶渊明、李白、杜甫、白居易、苏轼、陆游、辛弃疾等。我国古代诗词这项极丰富、极宝贵的文化遗产，我们要批判地继承，加以借鉴。然而，因为古今相隔，现在的某些青年，对古代诗词感到陌生，有喜爱古代诗词的，也由于不了解其形式方面的特点，而妨碍阅读和欣赏。所以，有必要介绍一下我国古代诗词的一些常识。

古代诗词，在形式方面，有不少很好的传统手法，有不少很严的格律规定。在古代，历代诗人、词人运用着，发展着；到今天，仍有诗人、词人借用这一形式，以抒发无产阶级情怀。老一辈无产阶级革命家，毛泽东、周恩来、朱德、叶剑英，以及董必武、陈毅等许多同志，都借用古代诗词的形式，写出了无产阶级的瑰丽篇章。我们要学习今天优秀的诗词篇章，也需要了解古代诗词的常识。

古代诗词常识，包括的内容较多。前些年出版了一些"诗词格律"方面的书籍，是适应需要的。本书也要介绍"诗词格律",分押韵、平仄、对仗三个问题来谈。了解了"诗词格律",对借用古代诗词形式进行写作是有帮助的,但是,仍不能完全解决阅读和欣赏中遇到的问题。所以,本书又介绍了语法特点、修辞手段、艺术形式和风格、流派等方面的问题。这些问题,不仅有助于阅读和欣赏古代诗词,而且可以从中吸取养料,用于新诗的创作。种类、名称和章法、句式,是最基本的知识,本书也列章介绍。书后,有附录两个,以供读者参考。

关于体例,有以下几点需要说明:

（1）本书的讲述范围,为古代的诗和词。在各章中,有的问题将诗、词合在一起进行综述,有的问题按诗、词的不同特点列节分述。

（2）本书为了说明问题,引用了大量的古代诗词。所引诗词的作者、篇名,都加以注明。但是,为了精简篇幅,尽量使诗词的篇名减少字数。诗歌的篇名,少于四、五字的,保留原篇名;多于四、五字的,则删减为四、五字以下。有的取原篇名的前几字,如白居易的《自河南经乱,关内阻饥,兄弟离散,各在一处。因望月有感,聊书所怀,寄上浮梁大兄、于潜七兄、乌江十五兄,兼示符离及下邽弟妹》,删减为《自河南经乱》;有的取原篇名的后几字,如陆游的《秋夜将晓出篱门迎凉有感》,删减为《迎凉有感》;有的将原篇名的中间删掉,如李白的《宿五松山下荀媪家》,删减为《宿荀媪家》。还有的篇名,虽多于四、五字,因不便删减,只好保留原篇名,如杜甫的《茅屋为秋风所破歌》。词的篇名,除"附录二"中的词例注有词牌、词题外,正文各章中都只录词牌,而省去词题。

（3）本书涉及到很多诗人、词人和诗话、词话、诗韵、词韵的作者以及其他人,对他们所处的时代,采取了不同的注明方式。诗人、词人所处的时代,在第九章大都有说明,其他各章就略而不注了。诗话、词话、诗韵、词韵的作者以及其他人,每一出现,就注明其所处的时代。注有"元人"、"清人"等字样的,说明其人是"元代"、"清代"等时期的。

（4）本书用了一些符号。即:韵脚字下标有符号▲,平声字下标有符号—,仄声字下标有符号｜,不拘平仄的字下标有符号 。,着重的字词下标有符号·,补充的字词下标有符号△,节奏间隔符号为——。

刘福元　杨新我

1979 年 3 月于河北师范学院

目　　录

第一章 种类、名称

诗和词,是我国古代诗歌的两大种类。(曲作为古代诗歌的又一种类,不在本书的讲述范围。)

诗又可从不同的角度分为若干种类,如从格律的角度来分,则为古体诗和近体诗两种。

第一节 古体诗和近体诗

古代的诗分为古体诗和近体诗,开始于唐代。从唐初开始,一种新的诗体形成了。这种诗体在字数、声韵、对仗方面都有格律规定,是一种格律诗,唐人称之为今体诗或近体诗,后人沿用唐人的说法,多称为近体诗。同近体诗相区别的一种诗体,是不受格律限制的自由诗。它产生于近体诗之前,唐人称之为往体诗或古体诗,后人沿用唐人的说法,多称为古体诗。古体诗,在唐代以前就有了,唐代及其以后的诗人仍有写作古体诗的。

古体诗和近体诗,还可以各分成若干种类。一般的划分角度是,按"言",即按每一诗句的字数。比如,每句五个字的,便称为五言。诗的种类中,三言、四言、五言、六言、七言以及杂言等都有。但是,三言的诗是极少见的。

古体诗如按言分,可分为:四言诗,五言古诗,七言古诗,杂言诗等。

(一) 四言诗,在近体诗中是没有的,虽不加"古"字,但不言而喻,就知道是古体诗。《诗经》中收集的上古诗歌以四言诗为主。《诗经》之后,两汉、魏、晋仍有人在写四言诗,曹操的《观沧海》,陶渊明的《停云》,都是四言诗。唐代及其以后,四言诗就很少见了,但也有,如王维的《酬诸公见过》便是。

(二)五言古诗,简称五古。较四言诗晚起,最早产生于汉代。《古诗十九首》都是五言古诗。汉代以后,写五言古诗的人很多。南北朝时的诗大都是五言的,唐代及其以后的古体诗五言的也较多。

(三)七言古诗,简称七古。它的产生可能早于五言古诗。但在唐代以前不如五言古诗多见。到了唐代,七言古诗大量地出现了。唐人又称七言古诗为长句。

(四)杂言诗,也是古体诗所独有的。诗句长短不齐,短句仅一言,长句达十言以上,但以三、四、五、七言为多见。《诗经》中就有杂言诗,汉乐府民歌中杂言诗较多。唐代及其以后的诗人,也写了不少杂言诗。对这种杂言诗,不管其诗句字数多少,都被划入了七言古诗一类。唐、宋时代的杂言诗,其形式多种多样:有七言中杂五言的,如张籍的《行路难》;有七言中杂三言的,如张耒的《牧牛儿》;有七言中杂三、五言的,如李白的《将进酒》;有七言中杂二、三、四、五言至十言以上的,如杜甫的《茅屋为秋风所破歌》;有以四、六、八言为主杂以五、七言的,如李白的《蜀道难》;等等。因诗句长短不齐,又被称作长短句。

(五)古体诗中还有少量的六言诗。六言诗,现能见到的最早的是孔融的《六言》。唐人也有偶而写六言诗的,如顾况的《过山农家》。

近体诗主要包括律诗和绝句。律诗,格律诗的意思;绝句,又叫截句、断句。律诗每一首是八句,绝句每一首是四句。还有超过八句的律诗,称为长律或排律;也有六句的律诗,称为三韵小律。律诗和绝句,各有五言、七言的区别。于是,可分为:五言律诗,简称五律;七言律诗,简称七律;五言绝句,简称五绝;七言绝句,简称七绝。排律,一般都是五言的,句数不定,但必须超过八句,句数是偶数,如十句,二十句,一百句,至二百句以上。还有一种试帖诗,限定用十二句。近体诗有格律规定,简单地说,即:每首诗句数固定(排律除外);每句诗字数固定;一般只押平声韵,不许换韵,押韵位置固定;每句各字的平仄有规定;某些句子必须对仗。关于近体诗的格律规定,在下几章中还要详细介绍。

第二节 关于诗的一些名称

在阅读古代诗和涉及古代诗的一些书籍中,常常遇到一些和诗有关的名称。有关诗体方面的名称,前面已介绍过古体诗、近体诗、五古、七古、律诗、绝句等。这里,再就一些其他名称,作一介绍。

(一) 风、雅、颂。这三个名称都和《诗经》有关,一是指《诗经》的风、雅、颂这三个组成部分;二是指《诗经》六义(风、雅、颂同赋、比、兴合称六义)中的三种。风,又叫国风,即地方民歌的意思,是《诗经》的重要组成部分。它包括周南、召南和邶、鄘、卫、王、郑、齐、魏、唐、秦、陈、桧、曹、豳等十五国风,共有诗一百六十篇。雅,为西周王畿一带的乐歌,包括小雅和大雅,共有诗一百零五篇。雅有记事的意思,大、小雅多是叙事诗。颂有形容、赞美的意思,是祭祀用的乐歌,也有部分舞曲。它包括周颂、鲁颂、商颂,共有诗四十篇。风、雅、颂,又是诗的分类名称,唐人孔颖达在《毛诗正义》中说:"风、雅、颂者,《诗》篇之异体。"

(二) 楚辞。原是一本诗歌总集的名称。总集里收战国楚人屈原、宋玉和汉代淮南小山、东方朔、王褒、刘向等人的辞赋十六篇,因运用了楚地的文学样式和方言声韵,故具有浓厚的地方色彩。后来楚辞便成为这一诗体的名称。

（三）骚体。楚辞的异名。由屈原的代表作《离骚》而得名，即《离骚》一类的诗体。这一诗体，形式较自由，多用"兮"字助语气。

（四）风骚。原指《诗经》中的国风和楚辞中的《离骚》，后用为诗歌的总代称。

（五）辞赋。辞，原指楚辞一类的诗歌。赋，始于战国时荀卿的《赋篇》，到了汉代，学习了楚辞的手法，并更多地糅进了散文的特点，以铺叙为主，形成了宏篇巨制的汉赋。汉代以后，又出现了文赋、骈赋、律赋等名称。文赋，接近散文；骈赋、律赋，接近骈文（一种同散文相对的文体，以双句为主）。汉代人认为辞和赋是一个体裁，故合称为辞赋。

（六）乐府。本是掌管音乐的官署名称。汉武帝（刘彻）时开始建立乐府，掌管朝会、游行等情况下所用的音乐，并从民间采集乐歌。后来乐府成为诗体的名称。汉、魏、南北朝乐府官署采集和创作的乐歌，简称为乐府。魏、晋和唐代及其以后诗人拟乐府写的诗歌，虽不入乐，也称为乐府或拟乐府。乐府又是宋、元、明以后的词、曲的名称，因词、曲原是入乐的。

（七）古风。古体诗的异名。风，即诗歌的意思，是由《诗经》中的国风而引申出来的。唐代及其以后的诗人写作古体诗，还以古风作为诗题名的，如李白有《古风》五十九首。

（八）歌、行、乐、曲、引、吟、叹、怨、弄、操等。这些名称原来都是汉、魏、南北朝乐府诗题用的。南北朝乐府民歌诗题用"歌"者较多，有《子夜歌》、《企喻歌》、《琅琊王歌》等。汉乐府民歌诗题用"行"者较多，有《陇西行》、《妇病行》、《雁门太守行》等。文人拟乐府民歌写的古体诗，诗题也常标以"歌"、"行"。歌、行有时在诗题中连称，如汉乐府民歌有《怨歌行》，曹植有拟作的《怨歌行》。除歌、行外，汉、魏、南北朝乐府民歌及文人拟乐府民歌写的古体诗，其诗题还有的标以"乐"、"曲"、

"引"、"吟"、"叹"、"怨"、"弄"、"操"等,如乐府民歌有《石城乐》、《西洲曲》、《梁甫吟》等,文人创作有李白的《估客乐》、温庭筠的《西洲曲》、李贺的《箜篌引》、鲍照的《代东武吟》、皮日休的《橡媪叹》、李白的《长门怨》、李贺的《江南弄》、刘禹锡的《飞鸢操》等。明人徐师曾在《文体明辨》中说:"放情长言,杂而无方者曰'歌';步骤驰骋,疏而不滞者曰'行';兼之曰'歌行';述事本末,先后有序,以抽其臆者曰'引';高下长短,委曲尽情,以道其微者曰'曲';吁嗟慨歌,悲忧深思,以呻其郁者曰'吟';因其立辞之意曰'辞';本其命篇之意曰'篇';发歌曰'唱';条理曰'调';愤而不怒曰'怨';感而发言曰'叹'。"这些解释虽有一些道理,但在古体诗中采用歌、行等名称的,并未这样严格地区分。歌、行连称时,又作为一种诗体的名称。歌行体,即形式较自由、句子长短参差的古体诗。歌行体的诗,题目上并不一定都有"歌行"等字样。

(九)新体诗。这指南北朝后期的诗体。当时的诗歌创作,特别注意声律、对仗和词藻,同以前的诗比较,在形式上有了显著的区别。因而,称为新体诗。新体诗,在近体诗形成中,起了过渡作用。

第三节　部分诗题的来源和含义

在古代的诗中,有不少诗的题目是相同的。为什么会出现这种现象呢? 其中一个原因是:汉、魏、南北朝乐府中的一些诗题,为后来一些诗人所拟作,拟作的诗不再另标新题,而沿用乐府旧题,拟作的人多了,诗题相同的现象也就多了。借乐府旧题进行拟作,并不是单纯的模仿,虽同借一个题拟作,但拟作的人不同,诗的内容就不一样,艺术上也有高下之分。在这里,将经常遇到的一些乐府旧题作一介绍。

（一）《战城南》。汉乐府铙歌中的一个曲名。汉铙歌，鼓吹曲的一部。鼓吹曲，汉初由北方传入中原的乐曲，乐器用鼓、箫、笳。汉乐府民歌中有一首《战城南》，写了战争的伤亡情景，开头是"战城南，死郭北"，用首句作为题名。南朝就有人拟作，到唐代，卢照邻、李白等都写过《战城南》。

（二）《巫山高》。汉乐府铙歌中的一个曲名。汉乐府民歌中有一首《巫山高》，写的是游子怀乡，开头是"巫山高，高以大"，用首句作为题名。现在能见到的文人拟作，唐代就有十几首。李贺写的《巫山高》，结合神女的传说来描写巫山的景色，是最有特点的一首。

（三）《出塞》、《入塞》。这两个诗题，各是汉乐府横吹曲中的一个曲名。横吹曲是用于军中的乐曲，乐器用鼓、角，汉武帝时从西域传入，当时的乐工李延年进行了改制。《出塞》、《入塞》是李延年改制的。其歌词，现在能见到的都是南北朝以来的文人作品。《出塞》多写边塞生活，《入塞》多写由边塞返归的情景。其中较好的有，王昌龄的《出塞》二首、杜甫的《前出塞》九首、《后出塞》五首。另外，《出塞曲》、《入塞曲》、《塞上曲》、《塞下曲》等诗题，都属这一类。

（四）《关山月》。汉乐府横吹曲中的一个曲名。关山，边塞的意思。《关山月》的歌词，现在能见到的都是南北朝以来的文人作品。最早的是萧绎（梁元帝）写的。陆游的《关山月》，除表现兵士和家人离别的传统内容外，主要是针对南宋统治集团的投降行径进行了讥刺。

（五）《长歌行》、《短歌行》。这两个诗题，各是汉乐府平调曲中的一个曲名。平调曲，乐府相和歌的一部，乐器用笙、笛、筑、瑟、琴、筝、琵琶七种。在现存的汉乐府民歌中，有《长歌行》的歌词。有一首《长歌行》，表现了劝人及早努力的思想，说："少壮不努力，老大徒伤悲。"魏、晋以后的文人有不少拟作，谢灵运写过《长歌行》,李白写过《长歌行》,曹操写过《短歌行》,顾况写过《短歌行》,李贺写过《长歌续短歌》。

（六）《燕歌行》。汉乐府平调曲中的一个曲名。燕歌,北方边地的歌。《燕歌行》的歌词,多写征人怨妇的生活。现在能见到的最早的《燕歌行》是三国时曹丕作的,他写了女子对远行丈夫的怀念。南北朝时,谢灵运和庾信都写过《燕歌行》。高适的《燕歌行》,扩大了传统内容。

（七）《从军行》。汉乐府平调曲中的一个曲名。其歌词,多写边塞的生活情景。现在能见到的最早的《从军行》,是三国时左延年作的。南北朝时,江淹和庾信都写过《从军行》。唐人写《从军行》的很多,较好的有杨炯、王昌龄、陈羽等写的,李颀写的题为《古从军行》。

（八）《东门行》。汉乐府瑟调曲中的一个曲名。瑟调曲,乐府相和歌的一部,乐器用笙、笛、节、琴、瑟、筝、琵琶七种。汉乐府民歌中有《东门行》,表现了一个男子因穷困所迫、铤而走险的情景。诗的开头是“出东门,不顾归”,故叫《东门行》。鲍照写过《代东门行》,柳宗元写过《古东门行》。柳宗元的《古东门行》,写了武元衡的被杀,对藩镇割据进行了申讨,不同于传统内容。

（九）《蜀道难》。汉乐府瑟调曲中的一个曲名。其歌词表现的都是蜀道的艰难。早在南朝,就有萧纲（梁简文帝）、刘孝威等写过《蜀道难》。李白的《蜀道难》,是最有名的一首,具有鲜明的浪漫主义色彩。陆畅的《蜀道易》,是对《蜀道难》的反其意而用之的作品。

（十）《白头吟》。汉乐府楚调曲中的一个曲名。楚调曲,乐府相和歌的一部,乐器用笙、笛、节、琴、筝、琵琶、瑟七种。汉乐府民歌中有《白头吟》,是写男的有二心,女的表示决裂的诗,诗中有一句“白头不相离”,故名《白头吟》。鲍照写过《代白头吟》，李白写过二首《白头吟》。白居易的《反白头吟》，是对《白头吟》的反其意而用之的作品。

（十一）《丁督护歌》。南朝乐府吴声歌曲中的一个曲名。吴声歌曲，南朝时产生于长江下游的吴地，多是民间歌曲。据传说，南朝徐逵之被人杀害，由督护丁旿收尸，徐的妻子向丁旿问起丧葬之事，每一问就说一声"丁督护"，情声哀切。后来，有人依此写成《丁督护歌》。李白的《丁督护歌》，是写船夫之苦的，既不同于最早的《丁督护歌》，又与后来表现女子怀人的《丁督护歌》有区别。

（十二）《乌夜啼》。南朝乐府西曲歌中的一个曲名。西曲歌，南朝时产生于吴地之西，为民间歌曲。据传说，南朝刘义庆触怒了宋文帝（刘义隆），被囚禁在家，其妓妾夜间听到乌啼，说是吉兆，后来，刘义庆果然获释。于是便作了《乌夜啼》。现在能见到的八首民歌《乌夜啼》，是写爱情的，不合于传说的故事。南北朝时和唐代都有拟作。李白的《乌夜啼》，借写苏蕙思夫以表现戍卒家属的怨恨。

（十三）《行路难》。乐府杂曲歌中的一个曲名。杂曲歌的歌词多出于民间，是汉至南北朝时的作品。《行路难》，以多写世路艰难而得名。鲍照有《拟行路难》十九首，对当时阴暗的社会现象进行了揭露。唐人拟作的《行路难》有三十多首，以李白的《行路难》三首最为突出。

（十四）《凉州词》。隋、唐间杂曲中的一个曲名。因产地在凉州（今甘肃省武威县），故名《凉州词》。唐人多借来表现西方边境的风光，在这些诗中，王之涣的《凉州词》二首和王翰的《凉州词》较好。

（十五）《杨柳枝》。隋、唐间杂曲中的一个曲名。隋曲名为《折杨柳》或《折柳枝》，唐教坊曲名为《杨柳枝》。白居易翻旧曲为新歌，作《杨柳枝》十二首，时人相继唱和。刘禹锡也有十二首《杨柳枝》，后人还有拟作的。仅唐、五代人写的《杨柳枝》，现在能见到的约八十首左右。

以上所列举的是乐府旧题中的一部分，还有一些乐府旧题，如《将进酒》、《猛虎行》、《长干曲》等。乐府民歌的本来歌词和以后文人拟作的诗，都有一些较好的作品，这里就不再一一介绍了。

诗题相同，还有一个原因，即：诗人们喜好将相同题材的诗标以相同或类似的诗题。比如，属于抒发胸怀的，便将诗题标以《咏怀》、《述怀》、《书怀》等；还有《感遇》，即有感于自己的遭遇，陈子昂写过《感遇》三十八首，张九龄写过《感遇》十二首；属于借古喻今的，便将诗题标以《咏史》、《怀古》等，左思、鲍照写过《咏史》，李商隐也写过《咏史》；属于反映宫中情怨的，便将诗题标以《宫词》，王建有《宫词》一百首，张祜、朱庆余等也都写过《宫词》；属于表现农民生活的，便将诗题标以《田家》、《田家行》、《田家词》、《咏田家》等，如柳宗元、张耒、华岳等写过《田家》，王建写过《田家行》，元稹写过《田家词》，聂夷中写过《咏田家》。另外，还有不少诗人用《无题》作题目。诗题标以《杂诗》的，也同于《无题》。诗用《无题》、《杂诗》等作题目，是诗人写诗的一种技巧和别具一格，并非真的想不出一个诗题来。

第四节　词的一些别名

词是通行的名称。然而，在词这一名称产生之前，词这种诗体是被称作曲子词的，词是曲子词的简称。此后，又有用乐府、长短句等名称的。了解一下词的这些别名，有助于认识词的性质和特点。

（一）曲子词、曲词、歌词。这是词的最早名称，在唐、五代时就已运用了。这一名称，显示了词的性质，说明了词和曲的关系。曲指的是音乐,词指的是文辞。最初,这二者是不可分离的。清人刘熙载在《艺概》中说:"词即曲之词,曲即词之曲。"同曲子词相类似的,在唐、五代时有曲词这一名称。到宋代又有歌词这一名称,还有人将歌词换一说法,称为乐章,如柳永的词集就题名为《乐章集》。后来,曲子词、曲词、歌词这些名称都简化为词了,单称词而减掉了曲子、曲、歌等,正说明词作为一种独立的文学体裁而渐渐地脱离了音乐。

(二)曲、曲子、今曲子。在曲子词这一名称出现的同时,还有曲、杂曲、曲子等名称。这些名称,表面看来,似乎单指音乐,实际上,既指音乐又指文辞。到了宋代,又称词为今曲子,也是偏重音乐的。今曲子这一名称,是区别于古乐府的。姜夔称词为歌曲,他的词集题名为《白石道人歌曲》。

(三)乐府、近体乐府。乐府,作为诗体的名称,本指汉、魏、南北朝乐府官署采集和创作的乐歌。词形成之后,乐府又成了词的别名。宋人词集题名为乐府的,有苏轼的《东坡乐府》、贺铸的《东山寓声乐府》等十多部。词与汉、魏、南北朝乐府有相同之处,即都是配乐的歌词,因而,也可以称词为乐府。但是,有一种说法,认为词是由汉、魏、南北朝乐府产生出来的。这种说法似是而非。词同汉、魏、南北朝乐府有继承关系,而又不是直接从汉、魏、南北朝乐府中产生出来的,因为,在配合的音乐和配乐的方式上,词与汉、魏、南北朝乐府有着很大的不同。在宋代,还有近体乐府这一名称,同今曲子这一名称一样,是区别于古乐府的。

(四)长短句。句子长短不齐,是词在形式方面的一个特点。因而,词又被称为长短句。宋人词集题名为长短句的,有秦观的《淮海居士长短句》、陈师道的《后山长短句》、辛弃疾的《稼轩长短句》等十部左右。词之所以采用长短句,是由于音乐上的要求,句子的长短要依照曲调的节拍。长短句是词的形式特点之一,但不是词的根本特点,更不是词的特点的全部。所以说,长短句这一名称,不像曲子词那样能显示词的性质。

(五)诗余。词的这一别名,约产生于南宋。南宋宁宗(赵扩)庆元年间(公元 1195—1200 年)编定的一部词集就题名为《草堂诗余》,现传宋人词集题名为诗余的有二十七部。诗余是什么意思呢? 南宋之后出现过两种解释。第一,认为词是诗的余剩,是诗的下降。这是贬低词的说法。第二,认为词是诗的余脉,是从近体诗变化而来的。这也不科学,曲解了词的产生和形成过程,因为,在近体诗产生的同时,词已经出现了。

第五节　词的分类及有关名称

词不像诗那样,可分为古体诗和近体诗两大类。词如同近体诗,是一种有格律规定的诗体。若依格律规定的角度来分,词则有一二千种格式。为了说明这个问题,先介绍几个有关的名称。

(一)词调。因为词最初是配乐的,所以,每一首词都有一个与其相配合的乐调,便称为词调。词调有的来自民间,有的来自外域,有的是乐工歌女创制,有的是文人骚客自度。因而,词调越来越多。

(二)词牌。即词调的名称。每一个词调都有一个或几个名称,因而,词牌的数目就很多了。

(三)词谱。每一词调,出于音乐的要求,在句数、字数和声韵方面都有格律规定。这种格律规定,便称为词谱。写词,要依词谱填写,故叫填词。词谱之多以千计数,清人万树的《词律》收一千一百八十多个,清代的《钦定词谱》收的更多,共有二千三百零六个。

从词调、词牌、词谱这几个名称的介绍中,可以知道,词的格式因音乐的要求而形成一二千种。这么多的格式,把它们合并归类也是可以的。最初,词调分为令、引、近、慢四类。

(一)令。又称小令或令曲。令这一名称,取自唐代的酒令。令词,唐、五代的词人多为之,是词中最早定型下来的。一般地说,令词的乐调短、字数少,最少的如《十六字令》,只有十六个字。令词的字数也有多的,如《六幺令》有九十六字,《胜州令》有二百一十五字。这虽然名为令,但实际上已不属于令了。

(二)引。在唐、宋大曲中,有引歌的名目。引歌,即在歌前的意思。词中的引,多是截取大曲中前段部分制成。一般地说,引词比令词,乐调略长,字数略多。引词字数最少的是《翠华引》《柘枝引》,都是二十四字。引词字数也有多的,如《迷神引》有九十九字。

(三)近。又称近拍。在乐调长短、字数多少方面,一般地说,近同于引。近词字数最少的是《好事近》,有四十五字。近词字数也有多的,如《早梅芳近》有八十二字,《剑器近》有九十六字。

(四)慢。慢曲子简称为慢。慢曲子同急曲子相比较,声调延长了,因而,慢词的句数、字数也随着增加。一般地说,慢词比令、引、近词,乐调要长,字数要多。字数最少的《卜算子慢》,也有八十九字,比《卜算子》多出一倍以上。

词调分为令、引、近、慢四类,有的在词牌上标明了,有的则并未标明。四类的不同之处,其中的一点就是字数多少有区别。后来,有人依据字数的多少,将词调又分为小令、中调、长调三类。同令、引、近、慢比较,大致是,小令同于令词,中调同于引、近词,长调同于慢词。清人毛先舒的《填词名解》硬性规定了小令、中调、长调的字数界限,说:"五十八字以内为小令,五十九字至九十字为中调,九十一字以外为长调。"如此硬性规定,对某些具体词调则不好归属,《七娘子》一词有二体,一是五十八字,一是六十字,那么,属小令还是属中调?不过,可以大体有个字数界限,比如,以五十字左右以下为小令,以五十字左右至一百字左右为中调,以一百字左右以上为长调。

第六节　常见词牌的来源和含义

词牌,只是说明词所配的乐调,并不是词的题目。大部分词所写的内容,是同词牌没有任何意义上的联系。如填《贺新郎》的,不一定是对新郎的庆贺;填《沁园春》的,不一定写的是沁园的春色;填《渔家傲》的,不一定是抒发渔家的情感;等等。因而,大部分词,在词牌下还要写上词题,以概括说明词的内容。也有一部分词,词牌就是词题,属于此类的,有的在词牌下写上"本意"二字。词牌的数目很多,在这里,不可能一一介绍,仅就常见的词牌,对其来源和含义,分类作一简要说明。

(一)原为唐教坊曲的。在唐教坊中,曾教习、演出过不少乐曲。这些乐曲,有的来自民间,有的来自外域,有的来自边地。后来,这些乐曲中的一部分演化成词。原为唐教坊曲名的词牌,是很多见的。

(1)《渔歌子》。以张志和所作为最著名。张志和自称烟波钓徒,居江湖,常垂钓,写过渔歌。《渔歌子》,即始于张志和写的渔歌。《渔歌子》中的"子",是曲子的简称。下面词牌中的"子",均同此。

(2)《天仙子》。原唐教坊曲,来自西域。本名《万斯年》,因皇甫松有"懊恼天仙应有以"句,取"天仙"二字成其名。

(3)《长相思》。又名《长相思令》、《吴山青》、《忆多娇》、《双红豆》等。《长相思》一名,取自南朝乐府"长相思,久离别"诗句。

(4)《河满子》。也作《何满子》。唐玄宗(李隆基)开元年间(公元 713—741 年),一个叫何满的人,临就刑时进此曲以赎死罪。后来以何满人名为此曲名。

(5)《菩萨蛮》。也作《菩萨鬘》,又名《子夜歌》、《花间意》、《重叠金》等。唐宣宗(李忱)大中年间(公元 847—859年),女蛮国派遣使者进贡,她们身上披挂着珠宝,头上戴着金冠,梳着高高的发髻,号称为菩萨蛮队,当时教坊就因此制成《菩萨蛮曲》,于是《菩萨蛮》就成了词牌名。另有《菩萨蛮引》、《菩萨蛮慢》。

(6)《西江月》。又名《江月令》、《步虚词》、《壶天晓》等。《西江月》一名,取自李白的"只今惟有西江月"诗句。另有《西江月慢》。

(7)《浪淘沙》。又名《浪淘沙令》、《过龙门》、《卖花声》等。刘禹锡、白居易都写有《浪淘沙》,其内容就是咏浪淘沙,《浪淘沙》一名由此而来。另有《浪淘沙慢》。

(8)《虞美人》。又名《虞美人令》、《一江春水》、《玉壶冰》等。《虞美人》一名,借用项羽的宠姬虞美人之名。

(9)《蝶恋花》。本名《鹊踏枝》,又名《凤栖梧》、《卷珠帘》等。《蝶恋花》一名,取自萧纲的"翻阶蛱蝶恋花情"诗句。

(10)《破阵子》。又名《破阵乐》、《十拍子》等。唐《破阵乐》舞曲,歌舞人皆画衣甲,执旗旆,又有马军入场,很是壮观。当时藩镇多用这类舞曲来慰劳军队。

(11)《雨霖铃》。又名《雨霖铃慢》。唐玄宗因"安史之乱"而入蜀,进斜谷,霖雨连下十数日,栈道中闻铃声,由此想念杨贵妃。就其事而制曲,名《雨霖铃》。

另外,如《南乡子》、《诉衷情》、《浣溪沙》等词,也都是来自唐教坊曲。

(二)由唐大曲摘取部分而成的。唐教坊曲中,有些是大型歌舞剧曲。大曲由许多乐曲组成,全部演唱不容易,常常取其一段或几段单独演唱,逐渐演化为相对独立的词调。此类词,有的标以"摘遍",即摘取某大曲的一遍,如《薄媚摘遍》、《泛清波摘遍》等词;有的标以"歌头",即摘取某大曲的歌头部分,如《水调歌头》、《六州歌头》等词;有的并未有"摘遍"、"歌头"字样,但也是摘取某大曲的部分,如《采桑子》是摘取唐大曲《采桑》中的一遍而制成的,又名《丑奴儿令》。

(三) 原有词调变格后而成的。词调变格的情况比较复杂,下面分别作些简要介绍,并对一些词牌的来源和含义作一些说明。

(1) 犯调。《花犯》、《凄凉犯》、《四犯剪梅花》等词便是。犯调,包括宫调相犯和句法相犯两种。宫调相犯,即西乐中所说的转调;句法相犯,即集合两个以上词调的句法而成一新词调,如陆游的《江月晃重山》词,由《西江月》、《小重山》二词的句法集合而成。

(2) 转调。《转调贺圣朝》、《转调满庭芳》、《转调踏莎行》等词便是。转调,指在原有词调的基础上,进行增损而转换成一新词调,不同于西乐中所说的转调。转调后的词,有的用韵不同,如《转调贺圣朝》由原押仄韵转为押平韵,《转调满庭芳》由原押平韵部分转为押仄韵;有的句数、字数不同,如《转调踏莎行》,由《踏莎行》的五十八字,增至六十六字;有的则没有多大不同,如《转调蝶恋花》与《蝶恋花》比较,仅上片第四句及换头处平仄不同。

(3) 促拍。《促拍采桑子》、《促拍满路花》、《长寿仙促拍》等词便是。促拍,繁声促节的意思,相当于现在音乐上的快板。促拍之词,字数比原来的多,如《促拍采桑子》,有五十字或六十二字,比四十四字的《采桑子》要多。

(4) 摊破。又名摊声。《摊破江城子》、《摊破南乡子》、《摊破浣溪沙》等词便是。摊破,指乐曲摊开后,发生破句现象,或多数句合成少数句,或少数句破成多数句,字数随之有所增减。如《浣溪沙》的上、下片末句,都是七言一句,而《摊破浣溪沙》,由七字增至十字,变为七言、三言两句。

(5) 添声。《添声杨柳枝》等词便是。添声,与摊破的情况相同。

(6) 减字。《减字木兰花》、《减字浣溪沙》等词便是。减字,指在原词调的基础上,减去若干字,使句法、字数稍有变化,而成一新词调。如《木兰花》原为七言八句,将上、下片的一、三两句各减三字,使上、下片各是四言、七言、四言、七言的句法,成为《减字木兰花》。

(7) 偷声。偷声与减字的情况相同。《偷声木兰花》,只将上、下片的第三句各减了三字,使上、下片各是七言、七言、四言、七言的句法。

(四) 创制词调取现成诗句,或概括其内容,或借用别名称而命名的。这类情况,原在唐教坊曲的词调中也有,这里介绍的不属于唐教坊曲的词调名称。

(1)《点绛唇》。取江淹的"明珠点绛唇"诗句而命名。又名《南浦月》、《点樱桃》等。

(2)《卜算子》。借用骆宾王的"卜算子"称呼而命名(骆宾王写诗好用数名,人称"卜算子")。又名《百尺楼》、《楚天遥》等。另有《卜算子慢》。

(3)《清平乐》。借用汉乐府清乐、平乐这两个乐调名称而命名。又名《清平乐令》、《醉东风》等。

(4)《更漏子》。因温庭筠用此词调多咏更漏而得名。又名《无漏子》、《独倚楼》等。

(5)《鹊桥仙》。因用此词调多咏牛郎织女七夕鹊桥相会的故事而得名。又名《广寒秋》等。

(6)《钗头凤》。取无名氏的"可怜孤似钗头凤"诗句而命名。又名《折红英》、《撷芳词》等。

（7）《青玉案》。取张衡的"何以报之青玉案"诗句而命名。又名《横塘路》等。

（8）《风入松》。借用古琴曲"风入松"乐调名称而命名。又名《风入松慢》、《远山横》等。

（9）《黄莺儿》。因最初用此词调咏黄莺而得名。

（10）《念奴娇》。借用唐玄宗天宝年间（公元742—756年）著名歌妓念奴的名字而命名。又名《百字令》、《大江东去》、《酹江月》等。

（11）《水龙吟》。取李白的"笛奏龙吟水"诗句而命名。又名《龙吟曲》、《鼓笛慢》等。

（12）《沁园春》。借用反映东汉窦宪仗势夺取沁水公主园林之事的诗意而命名。又名《念离群》、《洞庭春色》等。

（五）词调定名或改名取本调词中字句的。这一类词牌，数量也不少。

（1）《忆江南》。此调原名《谢秋娘》，因白居易词中有"能不忆江南"句，而改名为《忆江南》。又名《望江南》、《江南好》等。

（2）《如梦令》。此调原名《忆仙姿》，因李存勖（后唐庄宗）词中有"如梦，如梦"句，而改名为《如梦令》。又名《无梦令》、《宴桃园》等。另外，此调复加一叠者，名《如意令》。

（3）《忆秦娥》。据传李白首制此词，词中有"秦娥梦断秦楼月"句，故定名为《忆秦娥》。又名《秦楼月》、《碧云深》等。

（4）《人月圆》。王诜始制此词，词中有"人月圆时"句，故定名为《人月圆》。又名《青衫湿》等。

（5）《一剪梅》。周邦彦词中有"一剪梅花万样娇"句，故定名为《一剪梅》。又名《腊梅香》、《玉簟秋》等。

（6）《渔家傲》。此调在北宋时多为文人所采用，晏殊因而在词中赞道："神仙一曲渔家傲"，故定名为《渔家傲》。又名《添字渔家傲》、《吴门柳》、《荆溪咏》等。

（7）《贺新凉》。此调原名《贺新郎》，因苏轼词中有"晚凉新浴"句，而改名为《贺新凉》。《贺新郎》一名仍通行。又名《金缕曲》、《乳燕飞》等。

第七节　名同实异和名异实同

在介绍诗和词的分类过程中，涉及到了很多有关名称。有两种情况应该注意，一是名同实异，二是名异实同。

（一）名同实异。就大的分类名称来说，有名同实异的现象。乐府作为一种诗体，指的是汉、魏、南北朝乐府官署采集和创作的乐歌，但又是词的别名。词的另一别名长短句，又是古体诗中的杂言诗的别名。从乐府旧题与词牌比较来看，也有名同实异的现象。如《乌夜啼》原为乐府旧题，但又是《相见欢》、《锦堂春》两个词调的别名。又如词牌中有《子夜歌》，而这个名称本是乐府旧题。从词牌本身来看，名同实异的现象也不少。有的是不同词调的别名相同，如《浪淘沙》、《谢池春》的别名都为《卖花声》；有的是一词调的别名本为另一词调的正名，如《一落索》别名《上林春》，是另一词调的正名。在词牌中，有些小有差异，但却代表着两个截然不同的词调，如《巫山一段云》与《巫山一片云》、《珠帘卷》与《卷珠帘》等。另外，有不少词牌，又是曲牌，这就不举例说明了。

（二）名异实同。诗和词这两大种类的名称，都有一些别名，这就造成了名异而实同的现象。名异而实同的现象，在词牌中更是多见。一个词牌，有不少别名，有的多至十数个，但都代表着同一词调。别名较多的词牌，如《踏莎行》，又名《平阳兴》、《江南曲》、《芳心苦》、《芳洲泊》、《度新声》、《思牛女》、《柳长春》、《惜余春》、《喜朝天》、《阳羡歌》、《晕眉山》、《踏雪行》、《题醉袖》、《潇潇雨》等。

　　了解名同实异和名异实同这两种情况，对阅读古代诗词也是有帮助的，可以避免一些误会。

第二章　押　韵　规　则

一切诗歌都要押韵,古代的诗和词也不例外。然而,古代诗词和现代诗歌,在押什么韵和怎样押韵方面,有很多不同之处。在古代诗词中,因诗和词、古体诗和近体诗的不同,押韵情况也是有区别的。近体诗和词的押韵,有着明确的规定,为诗词格律的内容之一。

第一节　诗词押韵的一般规则

押韵,也称协韵或叶韵。什么是押韵呢? 先看看下面的诗:

> 蒹葭苍苍。白露为霜。
> 　　　▲　　　　　　▲
> 所谓伊人,在水一方。
> 　　　　　　　　　▲
> 溯洄从之,道阻且长。
> 　　　　　　　　　▲
> 溯游从之,宛在水中央。
> 　　　　　　　　　　▲

　　　　　　　　　　　——《诗经·蒹葭》

昔人已乘黄鹤去,此地空余黄鹤楼。
　　　　　　　　　　　　　　　　▲
黄鹤一去不复返,白云千载空悠悠!
　　　　　　　　　　　　　　　　▲
晴川历历汉阳树,芳草萋萋鹦鹉洲。
　　　　　　　　　　　　　　　　▲

日暮乡关何处是？烟波江上使人愁！
　　　　　　　　　　▲

——崔颢《黄鹤楼》

　　读读以上两诗，便可觉察，每逢偶句句尾都有一个同韵母的
字。"霜"、"方"、"长"、"央"，四字的韵母是 uang，ang，iang，
除去韵头 u、i，都是 ang："楼"、"悠"、"洲"、"愁"，四字的韵母
是 ou，iou，除去韵头 i，都是 ou。像这种情况，就是押韵。概括
地说，押韵是同韵母的字在相同位置上重复出现。上两例的同
韵母字，是在偶句的句尾这一相同位置上重复出现的。在相同
位置上重复出现的同韵母字，称为韵脚。第一个韵脚的出现，称
为起韵。有的诗词，第一个韵脚在首句出现，这称为首句起韵。
如《蒹葭》的首句句尾"苍"，韵母是 ang，和"霜"、"方"、"长"、
"央"同韵母，是首句起韵。《黄鹤楼》一诗，属于首句不起韵的。
为了进一步说明古代诗词的押韵问题，再看一首诗：

天门中断楚江开，碧水东流直北回。
　　　　　▲　　　　　　　　▲
两岸青山相对出，孤帆一片日边来。
　　　　　　　　　　　　　　▲

——李白《望天门山》

　　现在用普通话来读这首诗，似乎不太押韵，因为，"开"、
"来"的韵母是 ai，"回"的韵母是 ui。但是，按古代诗韵来看，却
同属于一个韵，不仅是押韵的，而且很严格。
　　古代诗韵同现代普通话不一致，那么，古代诗韵是怎样的
呢？在隋、唐以前，是从当时口语的近似音中选择韵脚字。在
隋、唐以后，出现了韵书，便从韵书规定的同韵中选择韵脚字。

韵书的出现以至定型,是几经修改的。现在所说的古代诗韵,指的是平水韵。金代的王文郁合并《广韵》《集韵》中的旧韵为一百零七韵,刘渊将其刻成韵书印行,因为王、刘的籍贯都是平水(今山西省绛县),所以称为平水韵。到了元末,阴时夫在平水韵的基础上,考定诗韵为一百零六韵,为后人所沿用。清代及其以后通行的《佩文诗韵》,也是这一百零六韵(书后附有《佩文诗韵》例字,可供查阅)。

在一百零六韵中,有的韵包含字数很多,如平声的东、支、虞、真、先、阳、庚、尤等韵,这称为宽韵;有的韵包含字数较多,如平声的冬、鱼、齐、灰、元、寒、萧、豪、歌、麻、侵等韵,这称为中韵;有的韵包含字数较少,如平声的微、文、删、青、蒸、覃、盐等韵,这称为窄韵;还有的韵包含字数极少,如平声的江、佳、肴、咸等韵,这称为险韵。写诗,在宽韵中选择韵脚字,余地就大;在窄韵、险韵中选择,余地就小,甚至有选不出的危险。但是,有的诗人喜欢用窄韵、险韵,以造成奇特的效果。

词韵和诗韵有些区别。在南宋以前,还没有一部人所共守的词韵;在南宋以后,不少人参照诗韵制定词韵,也是几经修改,到清代,戈载作《词林正韵》,定词韵为十九部。词韵的第一部至第十四部,包括平、上、去声韵,第十五部至第十九部为入声韵。词韵的每一部,是几个诗韵的合并。如词韵第一部,便是平声东、冬韵、上声董、肿韵、去声送、宋韵的合并;词韵第十五部,便是入声屋、沃韵的合并。因而,词韵比诗韵要宽。也就是说,填词比写诗,在选择韵脚字方面的余地要大些。具体情况,在下面各节中要作较为详细的介绍。

最后,附带说一下和韵、限韵等问题。和韵,像唱歌时一唱一和似的,写诗填词时,数人相唱和,后者用前者的韵,称为和韵。和韵的情况有三:第一,是用原韵,而不必用原字,称为依韵;第二,是用原韵也用原字,并且韵脚字的先后次序都相同,称为次韵;第三,是用原韵原字,而韵脚字的先后次序不同,称为用韵。限韵,数人一起写诗填词时,限定用一个韵,称为限韵。限韵的情况有二:第一,是限韵不限字;第二,是限韵也限字,限定用某韵中的某几个字。另外,还有叠韵,用自己作过的诗词的原韵,再作一首或几首,称一叠或几叠。

第二节　近体诗的押韵

近体诗的押韵,是很严格的。诗词格律的一个内容,即明确规定了近体诗押什么韵和怎样押韵。

近体诗押什么韵呢？格律规定,只能押平声韵,也就是只能在三十个平声韵中选择韵脚字。在律诗和绝句中,任意找两个例子,便可看出,其韵脚字是平声的。如五律的例子:

> 好雨知时节,当春乃发生。
> 　　　　　　　　▲
> 随风潜入夜,润物细无声。
> 　　　　　　　　▲
> 野径云俱黑,江船火独明。
> 　　　　　　　　▲
> 晓看红湿处,花重锦官城。
> 　　　　　　　　▲

> ——杜甫《春夜喜雨》

这首诗的"生"、"声"、"明"、"城"四个韵脚字,都属下平八庚韵。再如七绝的例子:

> 死去元知万事空,但悲不见九州同。
> 　　　　　▲

王师北定中原日，家祭无忘告乃翁。
　　　　　　　　　　　　▲

——陆游《示儿》

　　这首诗的"空"、"同"、"翁"三个韵脚字，都属上平一东韵。
　　近体诗怎样押韵呢？格律规定，一是两句一押韵，韵脚在偶句的句尾，有一部分是首句起韵的；二是必须一韵到底，不能换韵；三是必须在一个韵中选择韵脚字，不能邻韵通押，更不能四声通押，只有首句起韵的可用邻韵；四是不能出现重复的韵脚字。

　　前面所举的《黄鹤楼》、《望天门山》、《春夜喜雨》等诗，都可用作例子，以说明近体诗怎样押韵的四条格律规定。《黄鹤楼》、《春夜喜雨》，其韵脚字都在二、四、六、八句的句尾，也就是在偶句的句尾，是两句一押的。《望天门山》是首句起韵的，除首句起韵外，也是两句一押韵。《黄鹤楼》、《望天门山》、《春夜喜雨》等，都是一韵到底，中间不换韵。"楼"、"悠"、"洲"、"愁"，同属下平十一尤韵；"开"、"回"、"来"，同属上平十灰韵；"生"、"声"、"明"、"城"，也同属一个韵。这不仅可以说明是一韵到底的，而且也可以看出没有用邻韵。另外，前举各诗韵脚字，虽同属一个韵，但字并不重复。

　　在近体诗中，只有首句起韵的，才允许在首句句尾用一个邻韵字。这种特例如：

十二巫山见九峰，船头彩翠满秋空。
　　　　　　　　　　　　　　　▲
朝云暮雨浑虚语，一夜猿啼明月中。
　　　　　　　　　　　　　　▲

——陆游《三峡》

绿树绕伊川，人行乱石间。
　　　▲　　　　　▲

寒云依晚日，白鸟向青山。
　　　　　　　　　　▲

路转香林出，僧归野渡闲。
　　　　　　　　　　▲

岩阿谁可访，兴尽复空还。
　　　　　　　　　　　▲

——欧阳修《伊川独游》

　　前一首诗首句起韵,用了邻韵。"峰"属上平二冬韵,"空"、"中"属上平一东韵,"峰"为"空"、"中"的邻韵字;后一首诗也是首句起韵,"川"属下平一先韵,"间"、"山"、"闲"、"还"属上平十五删韵,"川"为"间"、"山"、"闲"、"还"的邻韵字。首字起韵的用邻韵字,在盛唐还很少见,到宋代就较为盛行了。

第三节　古体诗的押韵

　　古体诗不受格律限制,在押韵方面,比近体诗要自由得多。
　　古体诗的韵脚字,可用平声,也可用上、去、入声。先看一首用平声韵的古体诗:

挽弓当挽强，用箭当用长；
　　　　　▲　　　　　　　▲

射人先射马，擒贼先擒王。
　　　　　　　　　　　　▲

杀人亦有限，列国自有疆；
　　　　　▲　　　　　　　▲

苟能制侵陵，岂在多杀伤！
　　　　　　　　　　　▲

——杜甫《前出塞》第六首

这首诗首句起韵,韵脚字"强"、"长"、"王"、"疆"、"伤",都属下平七阳韵。但是,古体诗不像近体诗只能押平声韵那样,它也可押上、去、入声韵。用入声韵的例子,如李涉的《牧童词》:

朝牧牛,牧牛下江曲;

夜牧牛,牧牛村口谷。

荷蓑出林春雨细,芦管卧吹沙草绿。

乱插蓬篙箭满腰,不怕猛虎欺黄犊。

有一些绝句,用的也不是平声韵,而是上、去、入声韵。这样的绝句,不是近体诗中的绝句,即非律绝,而称为古绝。如李绅的《悯农》第一首:

锄禾日当午,汗滴禾下土,

谁念盘中餐,粒粒皆辛苦!

这首古绝的韵脚字"午"、"土"、"苦",同属上声七麌韵。

古体诗的押韵,有的是两句一押韵;有的是一句一押韵;还有的是三、四句一押韵。第一种情况,像近体诗一样;第二、三种情况,则是近体诗所没有的。

两句一押韵的例子,如聂夷中的《咏田家》:

二月卖新丝,五月粜新谷,

医得眼前疮,剜却心头肉。

我愿君王心,化作光明烛,

> 不照绮罗筵，只照逃亡屋。
>   ▲

    这首诗，首句不起韵，"谷"、"肉"、"烛"、"屋"是入声的韵脚字，每两句一押。

    一句一押韵的例子，在南北朝以前的诗中较多。鲍照以前的七言古诗都是一句一押韵的。此后，一句一押韵的便少见了。这种一句一押韵的七言古诗，称为柏梁体。相传，汉武帝建柏梁台，和群臣赋诗，你一句、我一句，联在一起，每句都押韵。因此，称每句押韵的七言古诗为柏梁体。现举杜甫《饮中八仙歌》的一部分：

> 知章骑马似乘船，眼花落井水底眠。
>   ▲   ▲
> ⋯⋯
> 李白一斗诗百篇，长安市上酒家眠。
>   ▲   ▲
> 天子呼来不上船，自称臣是酒中仙。
>   ▲   ▲
> ⋯⋯

    三、四句一押韵的例子也不少，如曹操的《观沧海》：

> 东临碣石，以观沧海；
> 水何澹澹，山岛竦峙。
>   ▲
> 树木丛生，百草丰茂；
> 秋风萧瑟，洪波涌起。
>   ▲
> 日月之行，若出其中；
> 星汉灿烂，若出其里。
>   ▲
> 幸甚至哉！歌以咏志。
>   ▲

古体诗的押韵，可以一韵到底，也可以换韵。杜甫的《前出塞》"挽弓当挽强"，首句起韵，一韵到底，没有换韵，韵脚字都属下平七阳韵。然而，换韵的，在古体诗中倒是多见。如白居易的《卖炭翁》：

卖炭翁，伐薪烧炭南山中。

满面尘灰烟火色，两鬓苍苍十指黑。

卖炭得钱何所营？身上衣裳口中食。

可怜身上衣正单，心忧炭贱愿天寒。

夜来城外一尺雪，晓驾炭车辗冰辙。

牛困人饥日已高，市南门外泥中歇。

两骑翩翩来是谁？黄衣使者白衫儿。

手把文书口称敕，回车叱牛牵向北。

一车炭重千余斤，宫使驱将惜不得。

半匹红纱一丈绫，系向牛头充炭值。

这首诗换了五次韵。一、二句押"翁"、"中"韵，属上平一东韵；三、四、六句押"色"、"黑"、"食"韵，属入声十三职韵；七、八句押"单"、"寒"韵，属上平十四寒韵；九、十、十二句押"雪"、"辙"、"歇"韵，都是入声。"雪""辙"属入声九屑韵，"歇"属入声六月韵；十三、十四句押"谁"、"儿"韵，属上平四支韵；十五、十六、十八、二十押"敕"、"北"、"得"、"值"韵，属入声十三职韵。从这首诗的换韵可以看出：第一，平声韵和入声韵交替出现；第二，基本上是两句一押，韵脚字在偶句句尾，但每逢换韵时，第一个奇句句尾也是韵脚字,如第三句的"色"、第七句的"单"、第九句的"雪",第十三句的"谁"、第十五句的"敕"等,这种情况称为逗韵,即在换韵时,要先在奇句逗引出新韵脚来。这首诗是如此,其他换韵的古体诗也是这样。它们的共同点可以总结为:第一,平声韵和上、去、入声韵(合称仄声韵)大都是交替出现的;第二,都要用逗韵。

古体诗的押韵,可以从一个韵中选择韵脚字,也可以从相邻的两个或几个韵中选择韵脚字。前一种情况是用本韵,像近体诗的押韵;后一种情况是通韵,近体诗除首句起韵的特例之外,不存在这种情况。杜甫的《前出塞》"挽弓当挽强",不仅是一韵到底,而且是用本韵,即韵脚字都属一个韵。在古体诗中,通韵的例子很多。前面例举的李涉《牧童词》、聂夷中《咏田家》等,其韵脚字是从相邻的两个或几个韵中选择的。《牧童词》中"曲"、"谷"、"绿"、"犊",都是入声韵,而分属于一屋和二沃韵;《咏田家》中"谷"、"肉"、"烛"、"屋",也都是入声韵,而分属于一屋和二沃韵。古体诗可以通韵,不仅同声中的邻韵相通,而且声之间也可通韵。声之间通韵的,上、去声通押的为多。如李贺《老夫采玉歌》中的"夜雨冈头食榛子,杜鹃口血老夫泪。兰溪之水厌生人,身死千年恨溪水"。其中的三个韵脚字,"子"、"水"属上声四纸韵,"泪"属去声四寘韵,上、去声通押。

古体诗的押韵,可以出现重复的韵脚字,这在近体诗中是不允许的。前举的杜甫《饮中八仙歌》部分,六句之中,重复的韵脚字就有"船"、"眠"两个。再如汉乐府《孔雀东南飞》,韵脚字"妇"、"母"、"语"、"归"等,均重复出现。

第四节　词的押韵

词的押韵,同诗比较,比近体诗活动余地大,比古体诗限制多。不同词牌的词,有着不同的押韵情况,押什么韵和怎样押韵,词谱都作了明确规定。词的押韵,也是诗词格律的一个内容。

词押韵不同于近体诗,词可以押平声韵,还可以押上、去、入声韵(合称仄声韵)。但是,在押平声或仄声韵时,要受格律限制。词谱规定押平声韵的,不能押仄声韵,押仄声韵的,不能押平声韵。规定押平声韵的,如《忆江南》、《河满子》、《鹧鸪天》、《破阵子》、《八声甘州》、《水调歌头》、《沁园春》等;规定押仄声韵的,如《卜算子》、《醉花阴》、《钗头凤》、《鹊桥仙》、《青玉案》、《摸鱼儿》、《念奴娇》、《贺新郎》、《水龙吟》等。有的词牌,如《浣溪沙》、《如梦令》、《声声慢》等,有两体,一体押平声韵,一体押仄声韵。押仄声韵的,往往是押入声韵的自成一类,如《忆秦娥》、《满江红》等,要押入声韵。

词在怎样押韵方面,也都由词谱作了明确规定。有多少词牌,就有多少押韵格式。如果想全面了解词的押韵格式,只有把词谱都列出来。但是,为简明起见,可以归纳几条:第一,押韵有密有稀,不像近体诗只能两句一押韵那样;第二,有的一韵到底,有的可以换韵,不像近体诗只能一韵到底那样;第三,有的用本韵,有的通韵,不像近体诗只能用本韵那样;第四,有的可以出现重复的韵脚字,这一点也比近体诗自由一些。

词的押韵,有密有稀,密的有一句一押韵的、两句一押韵的,稀的有三、四句以至五、六句一押韵的。一句一押韵的,如白居易的《长相思》:

汴水流,泗水流,流到瓜洲古渡头。吴山点点愁。
思悠悠,恨悠悠,恨到归时方始休。月明人倚楼。

这首词的每句句尾都是韵脚,是一句一押韵的。两句一押韵的,比较常见,如李之仪的《卜算子》:

　　我住长江头,君住长江尾;日日思君不见君,共饮
长江水。　　此水几时休,此恨何时已。只愿君心似
我心,定不负相思意。

这首词上、下片共八句,每两句一押韵,韵脚字在偶句句尾。两句一押韵的,也有首句起韵的情况。如辛弃疾的《玉楼春》:

　　江头一带斜阳树,总是六朝人住处。悠悠兴废不
关心,惟有沙洲双白鹭。　　仙人矶下多风雨,好卸征
帆留不住。直须抖擞尽尘埃,却趁新凉秋水去。

这首词首句起韵,基本上也是两句一押韵的。实际上,单纯两句一押韵的并不多,较多的是两句一押韵间杂着一句一押韵,或间杂着三、四句一押韵。三、四句以至五、六句一押韵的,在长调(慢词)中多见。如辛弃疾的《水龙吟》上片:

　　楚天千里清秋,水随天去秋无际。遥岑远目,献愁
供恨,玉簪螺髻。落日楼头,断鸿声里,江南游子。把
吴钩看了,栏干拍遍,无人会,登临意。

这片词的开头是两句一押韵。除此之外,其他的是三句或四句一押韵。五、六句押韵的,如张孝祥的《六州歌头》上片:

长淮望断,关塞莽然平。征尘暗,霜风劲,悄边声,
黯销凝。追想当年事,殆天数,非人力,洙泗上,弦歌
地,亦膻腥。隔水毡乡,落日牛羊下,区脱纵横。看名
王宵猎,骑火一川明,笳鼓悲鸣,遣人惊。

这片词十九句,其中有一句一押韵的,有两句一押韵的,也
有三句一押韵的;从第七句到第十二句,是六句一押韵,可算得
上韵脚稀的一个例子。

词的押韵,有一韵到底的,如前面例举的《长相思》、《卜算
子》等都是。换韵的词也很多,情况又是多种多样,《菩萨蛮》、
《虞美人》等,一首词要多次换韵。如辛弃疾的《菩萨蛮》:

郁孤台下清江水,中间多少行人泪。西北望长安,
可怜无数山。 青山遮不住,毕竟东流去。江晚正
愁余,山深闻鹧鸪。

这首词,一首多韵,"水"、"泪"相押,"安"、"山"相押,"住"、
"去"相押,"余"、"鸪"相押。《菩萨蛮》等词的换韵,是每两句一
韵,依次换下去,不出现同韵。这可称为相随式。有的词是两韵
相换,先是甲韵换为乙韵,然后再由甲韵换为乙韵。这可称为回
环式,《钗头凤》、《惜分钗》等词都是。如陆游的《钗头凤》:

红酥手,黄滕酒,满城春色宫墙柳。东风恶,欢情
薄,一怀愁绪,几年离索。错!错!错!
春如旧,人空瘦,泪痕红浥鲛绡透。桃花落,闲池
阁,山盟虽在,锦书难托。莫!莫!莫!

这首词,先是"手"、"酒"、"柳"相押,后是"恶"、"薄"、"索"、"错"相押,再是"旧"、"瘦"、"透"相押,末是"落"、"阁"、"托"、"莫"相押。其中,"手"、"酒"、"柳"和"旧"、"瘦"、"透"为甲韵,"恶"、"薄"、"索"、"错"和"落"、"阁"、"托"、"莫"为乙韵,甲乙两韵,回环出现。还有的词,是两韵或几韵相换,但以一韵为主,《相见欢》、《定风波》等词都是。如欧阳炯的《定风波》:

　　暖日闲窗映碧纱,小池春水浸晴霞。数树海棠红
欲尽,争忍,玉闺深掩过年华。　　独凭绣床方寸乱,
肠断,泪珠穿破脸边花。邻舍女郎相借问,音信,教人
羞道未还家。

这首词,三韵相换,"纱"、"霞"、"华"、"花"、"家"为甲韵,"尽"、"忍"、"问"、"信"为乙韵,"乱"、"断"为丙韵。甲韵的韵脚字最多,并且词的首尾又都为甲韵,所以,是以甲韵为主。另外,这首词的上片,首尾都为甲韵,中间为乙韵,像怀抱着似的,可称为怀抱式。

词的押韵,除用本韵的外,通韵的情况很多。第一种通韵情况,是不同部的韵通用。如孙光宪的《风流子》:

　　茅舍槿篱溪曲,鸡犬自南自北。菰叶长,水蓣开,
门外春波涨绿。听织,声促,轧轧鸣梭穿屋。

这首词,"曲"、"北"、"绿"、"织"、"促"、"屋"相押,都是入声韵,但不属一个韵部,"曲"、"绿"、"促"属十五部沃韵,"北"、"织"属十七部职韵,"屋"属十五部屋韵。第二种通韵情况,是

同部不同声的韵通用。这种情况,有一些是随便通用不同声的韵,平声、上声、去声、入声,四种声互相通押的都有,但以上、去声通押为常见。这里应着重提出的,是有的词明确规定,平声要和上、去、入声通押。《西江月》《换巢鸾凤》等词就是。如苏轼的《西江月》:

> 照野弥弥浅浪,横空隐隐层霄。障泥未解玉骢骄,
> 我欲醉眠芳草。　　可惜一溪风月,莫教踏碎琼瑶。
> 解鞍倚枕绿杨桥,杜宇一声春晓。

这首词的六个韵脚字,都属词韵第八部。但是,“霄”、“骄”、“瑶”、“桥”是平声韵,“草”、“晓”是上声韵。

词的押韵,有的可以出现重复的韵脚字。前面例举的《钗头凤》,有三个重复的字,都在韵脚上;前面例举的《长相思》,有两个相似句相叠,叠句的句尾是韵脚。像以上两种情况,词谱作了明确规定,是合格的。有的词,词谱虽未明确规定要用重复的韵脚字,但填词的人却用了重复的韵脚字。如黄庭坚的《清平乐》上片:

> 春归何处?寂寞无行路。若有人知春去处,唤取
> 归来同住。

这片词的四个韵脚字,有两个是重复的。这在近体诗中是不允许的,但在词中却这样用了。

第三章　平　仄　格　式

好的诗词,读起来总是朗朗上口,抑扬起伏,协调有序。其节奏和旋律,给人以音乐美的感受。这除了押韵的缘故外,更因为是字声的调配。汉字具有着高低长短的语音特点,古人把它概括为四声,即:平声、上声、去声、入声。这同现代普通话中的四声不完全一样。古代的平声,相当于现代的阴平和阳平;古代的上声和去声,仍相当于现代的上声和去声;而古代的入声,在现代普通话中却消失了,入声字已分别归入阴平、阳平、上声、去声中。在古代,诗人、词人们,把汉字区分四声的特点,有意识地运用到诗词的创作上,按照字声的高低长短协调搭配,这就形成了诗词的平仄规律。平仄是古人对传统四声的分类,"平"指的是平声,"仄"指的是上声、去声、入声。因而,字声的协调搭配,也就是调配平仄。调配平仄,有种种的格律规定,是诗词格律的一个重要内容。

第一节　近体诗调平仄的一般规则

调平仄,是区别近体诗与古体诗的一个重要标志。近体诗在调平仄方面,格律规定是很严格的。《毛主席给陈毅同志谈诗的一封信》中说:"因律诗要讲平仄,不讲平仄,即非律诗。"绝句也是如此。包括律诗、绝句在内的近体诗,是怎样调平仄的呢? 先从近体诗调平仄的一般规则谈起。

下面举杜甫的《客至》为例:

舍南舍北皆春水，但见群鸥日日来。
花径不曾缘客扫，蓬门今始为君开。
盘餐市远无兼味，樽酒家贫只旧醅。
肯与邻翁相对饮，隔篱呼取尽余杯。

　　这是一首七律。全首八句，分为四联。第一、二句称为首联，第三、四句称为颔联，第五、六句称为颈联，第七、八句称为尾联。每联中的第一句叫出句，第二句叫对句。凡是律诗，都是这样称呼的。这首诗的平仄格式是：

　　　　㊤平㊣仄仄平平仄，㊣仄平平仄仄平。
　　　　㊣仄㊣平平仄仄，㊤平㊣仄仄平平。
　　　　㊤平㊣仄平平仄，㊣仄㊤平平仄平。
　　　　㊣仄㊤平平仄仄，㊤平㊣仄仄平平。

　　格式中标"平"的，表示要用平声字；标"仄"的，表示要用仄声字；标㊤、㊣的，表示平仄声可通用。从这一平仄格式可以看到：一句中各字的平仄关系；一联中出句与对句的平仄关系；相连两联的平仄关系。一句中各字的平仄，是交替变换，在交替变换时基本上以两"平"或两"仄"为一单位，这是因为诗的音调节奏是以双音为一单位。一联中出句与对句的平仄，是相反的，即仄对平，平对仄，这称为对；反之，若不合乎对的规则，则称为失对。相连两联的平仄关系是，下联出句的平仄与上联对句的平仄必须相同，即平对平，仄对仄，这称为粘；反之，若不合乎粘的规则，则称为失粘。粘对的作用是，使平仄的调配有变化，有回环。但是，由于还要照顾到律诗偶句押平声韵等特点，在粘或对的时候,必然会出现不符合粘对要求的现象,如在这一平仄格式中,下联出句的第五、第七两字与上联对句的第五、第七两字就不可能相同,这种情况是允许的。最重要的是,每句的第二字,必须严守粘对要求。为便于掌握,现将近体诗调平仄的一般规则,归纳为四条,即:

第一,平仄在本句中是交替的。

第二,平仄在一联中的对句与出句间是相反的。

第三,平仄在下联出句与上联对句间是相粘的。

第四,凡偶句最后一字必须是平声。

第二节　律诗的平仄格式

(一)七言律诗的四种基本平仄格式:

律诗的平仄有基本的句式,这是平仄格式变化的基础。七言律诗的基本平仄句式,有四个类型,即:

(1)平平仄仄仄平平。(2)平平仄仄平平仄。

(3)仄仄平平仄仄平。(4)仄仄平平平仄仄。

第一个类型,最后两字是平平,这称为平平脚,是平起首句起韵的;第二个类型,最后两字是平仄,这称为平仄脚,是平起首句不起韵的;第三个类型,最后两字是仄平,这称为仄平脚,是仄起首句起韵的;第四个类型,最后两字是仄仄,这称为仄仄脚,是仄起首句不起韵的。以这四个类型的句式为基础,再按照近体诗调平仄的一般规则进行调配,就构成了七言律诗的四种基本平仄格式。

(1)平起首句起韵的:

平平仄仄仄平平 △	新年草色远萋萋,
仄仄平平仄仄平 △	久客将归失路蹊。
仄仄㊕平平仄仄	暮雨不知涢口处,
平平仄仄仄平平 △	春风只到穆陵西。
平平仄仄平平仄	城孤尽日空花落,
㋻仄平平仄仄平 △	三户无人白鸟啼。
㋻仄平平平仄仄	君在江南相忆否?
平平仄仄仄平平 △	门前五柳几枝低。

——刘长卿《寄友人》

（2）平起首句不起韵的：

平平仄仄平平仄	留春不住登城望,
仄仄平平仄仄平 △	惜夜相将秉烛游。
㋻仄㊕平平仄仄	风月万家河两岸,
平平仄仄仄平平 △	笙歌一曲郡西楼。
平平仄仄平平仄	诗听越客吟何苦,
仄仄平平仄仄平 △	酒被吴娃劝不休。
㋻仄平平平仄仄	从道人生都是梦,
㊕平㋻仄仄平平 △	梦中欢笑亦胜愁。

——白居易《城上夜宴》

（3）仄起首句起韵的：

⊙仄平平仄仄平	王濬楼船下益州，
平平⊙仄仄平平	金陵王气黯然收。
平平仄仄平平仄	千寻铁索沉江底，
仄仄平平仄仄平	一片降幡出石头。
⊙仄⊙平平仄仄	人世几回伤往事，
平平⊙仄仄平平	山形依旧枕寒流。
平平仄仄平平仄	今逢四海为家日，
仄仄平平⊙仄平	故垒萧萧芦荻秋。

——刘禹锡《西塞山怀古》

（4）仄起首句不起韵的：

仄仄平平平仄仄	岁暮阴阳催短景，
平平⊙仄仄平平	天涯霜雪霁寒宵。
⊙平仄仄平平仄	五更鼓角声悲壮，
⊙仄平平仄仄平	三峡星河影动摇。
仄仄平平平仄仄	野哭千家闻战伐，
平平仄仄仄平平	夷歌数处起渔樵。
⊙平仄仄平平仄	卧龙跃马终黄土，
⊙仄平平仄仄平	人事音书漫寂寥。

——杜甫《阁夜》

七言律诗以首句起韵为正规,因此,在这四种格式中,(1)和(3)是最基本的格式;(2)是只把(1)式首句改为"平平仄仄平平仄",其余没有变化;(4)是只把(3)式首句改为"仄仄平平平仄仄",其余也没有变化。

(二)五言律诗的四种基本平仄格式:

五言律诗比七言律诗每句少两个字,所以五言律诗的平仄格式,可以看作是七言律诗平仄格式的缩减,把七言律诗每句开头减去两个字,剩下的后五个字,就是五言律诗的平仄格式。这样,五言律诗的基本平仄句式,也有四个类型。

五言律诗　　　　七言律诗
(1)△△仄仄仄平平。(1)平平仄仄仄平平。
(2)△△仄仄平平仄。(2)平平仄仄平平仄。
(3)△△平平仄仄平。(3)仄仄平平仄仄平。
(4)△△平平平仄仄。(4)仄仄平平平仄仄。

从以上的比较中可以看到,五言与七言有所不同的是,七言的平起,在五言变为仄起,七言的仄起,在五言变为平起。以这四个类型的平仄句式为基础,按照近体诗调平仄的一般规则进行调配,就构成了五言律诗的四种基本平仄格式。

(1)仄起首句起韵的:

仄仄仄平平　　　万壑树参天,

平平仄仄平　　　千山响杜鹃。

平平⊕仄仄　　　山中一夜雨,

仄仄仄平平　　　树杪百重泉。

仄仄平平仄　　　汉女输橦布,

平平仄仄平　　　巴人讼芋田。

平平平仄仄　　文翁翻教授，

仄仄仄平平　　不敢倚先贤。
　▲

——王维《送李使君》

（2）仄起首句不起韵的：

仄仄平平仄　　国破山河在，

平平仄仄平　　城春草木深。
　　　　▲

㊀平平仄仄　　感时花溅泪，

仄仄仄平平　　恨别鸟惊心。
　　　　▲

㊀仄平平仄　　烽火连三月，

平平仄仄平　　家书抵万金。
　　　　▲

㊀平平仄仄　　白头搔更短，

㊀仄仄平平　　浑欲不胜簪。
　　　　▲

——杜甫《春望》

（3）平起首句起韵的：

平平仄仄平　　蝉声未发前，
　　　▲

仄仄仄平平　　已自感流年。
　　　▲

仄仄平平仄　　一入凄凉耳，

平平仄仄平　　如闻断续弦。
　　　　▲

平平平仄仄　　晴清依露叶，

·41·

仄仄仄平平　　晚急畏霞天。
▲　　　　　　　　　　▲

⊙仄平平仄　　何事秋卿咏，
　　　　　　　　　　　。

平平仄仄平　　逢时亦悄然。
▲　　　　　　　　　　▲

——刘禹锡《闻新蝉》

（4）平起首句不起韵的：

平平平仄仄　　青山横北郭，

仄仄仄平平　　白水绕东城。
▲　　　　　　　　　　▲

仄仄⊕平仄　　此地一为别，
　　　　　　　　　　　。

平平仄仄平　　孤蓬万里征。
▲　　　　　　　　　　▲

平平平仄仄　　浮云游子意，

仄仄仄平平　　落日故人情。
▲　　　　　　　　　　▲

⊙仄⊕平仄　　挥手自兹去，
　　　　　　　　　。　。

平平⊕仄平　　萧萧班马鸣。
▲　　　　　　　　　　▲

——李白《送友人》

五言律诗以首句不起韵为正规，因此，在这四种格式中，（2）和（4）是最基本的格式；（1）是只把（2）式首句改为"仄仄仄平平"，其余没有变化；（3）是只把（4）式首句改为"平平仄仄平"，其余也没有变化。

以上所列的是，七言律诗和五言律诗的基本平仄格式，习惯上称为正格。但是，由于内容的需要，诗人往往在不违反格律基本要求的情况下，把该用平的地方用了仄，该用仄的地方用了平,这称为变格。变格也有各种类型,不再详细列述了。

第三节　绝句的平仄格式

（一）七言绝句的四种基本平仄格式：

绝句都是四句,为律诗的一半。所以,七言绝句的平仄格式,正好是七言律诗(1)式和(3)式两种最基本平仄格式的前半和后半。七言绝句的基本平仄格式也有四种。

（1）平起首句起韵的：

平平仄仄仄平平△	朝辞白帝彩云间,
Ⓐ仄平平仄仄平△	千里江陵一日还。
仄仄平平平仄仄	两岸猿声啼不住,
平平仄仄仄平平△	轻舟已过万重山。

——李白《早发白帝城》

这是七言律诗(1)式的前半。

（2）平起首句不起韵的：

平平仄仄平平仄	伤心欲问当时事,
Ⓐ仄平平仄仄平△	惟见江流去不回。
仄仄平平平仄仄	日暮东风春草绿,
Ⓟ平Ⓐ仄仄平平△	鹧鸪飞上越王台。

——窦巩《南游感兴》

这是七言律诗(1)式的后半。

（3） 仄起首句起韵的：

⊗仄平平仄仄平　　肠断春江欲尽头，
　　　　　　　▲　　　　　　　　▲
⊕平⊗仄仄平平　　杖藜徐步立芳洲。
　　　　　　　▲　　　　　　　　▲
平平仄仄平平仄　　颠狂柳絮随风去，
⊗仄平平仄仄平　　轻薄桃花逐水流。
　　　　　　　▲　　　　　　　　▲

——杜甫《漫兴》

这是七言律诗(3)式的前半。

（4） 仄起首句不起韵的：

仄仄⊕平平仄仄　　独在异乡为异客，
　　　　　　　○　　　　　　　　○
⊕平⊗仄仄平平　　每逢佳节倍思亲。
　　　　　　　▲　　　　　　　　▲
平平⊗仄平平仄　　遥知兄弟登高处，
仄仄平平仄仄平　　遍插茱萸少一人。
　　　　　　　▲　　　　　　　　▲

——王维《忆山东兄弟》

这是七言律诗(3)式的后半。

（二） 五言绝句的四种基本平仄格式：

五言绝句的平仄格式,正好是五言律诗(1)式和(3)式两种
格式的前半和后半。

（1） 仄起首句起韵的：

⊘仄仄平平 △	墙角数枝梅，
平平仄仄平 △	凌寒独自开。
平平⊕仄仄	遥知不是雪，
仄仄仄平平 △	为有暗香来。

——王安石《梅花》

这是五言律诗(1)式的前半。

（2）仄起首句不起韵的：

⊘仄平平仄	红豆生南国，
平平仄仄平 △	春来发几枝？
⊕平平仄仄	愿君多采撷，
仄仄仄平平 △	此物最相思。

——王维《相思》

这是五言律诗(1)式的后半。

（3）平起首句起韵的：

平平仄仄平 △	江南渌水多，
仄仄仄平平 △	顾影逗轻波。
仄仄平平仄	落日秦云里，
平平仄仄平 △	山高奈若何。

——李嘉祐《白鹭》

这是五言律诗(3)式的前半。

(4) 平起首句不起韵的：

平平㊉仄仄	园中莫种树，
仄仄仄平平	种树四时愁。
仄仄平平仄	独睡南床日，
平平仄仄平	今秋似去秋。

——李贺《莫种树》

这是五言律诗(3)式的后半。

第四节　近体诗调平仄的一些讲究

（一）避孤平

孤平，指的是在仄平脚句子中，除韵脚之外，只剩一个平声字，如"㊅仄平平仄仄平"变为"㊅仄仄平仄仄平"，"平平仄仄平"变为"仄平仄仄平"。因此，在这一类诗句中，七言的第三字，五言的第一字，必须用平声字，不能可平可仄了。如果由于内容需要，非用仄声字不可，那么，七言的就要在第五字上，五言的就要在第三字上，想法补救。总之，孤平是调平仄的大忌，必须避免。但是，在仄收的句子中，即使只剩一个平声字，也不算犯孤平，而算拗句。

（二）"一三五不论，二四六分明"

"一三五不论，二四六分明"，是近体诗调平仄的口诀。这是对七言来说的，意思是，第一字、第三字、第五字的平仄，可以不拘格式的规定，该平可以用仄，该仄可以用平；而第二字、第四字、第六字的平仄,必须依照格式的规定,该平不能用仄,该仄不能用平。以此类推,那么,五言就应该是"一、三不论,二、四分明"。这一口诀,简单明快,便于记忆,对初学诗的人是有一定帮助的。但是,这一口诀对近体诗调平仄的复杂变化,不可能全部概括。

（1）先说"一三五不论"。一般说来,在仄收的句子中,可以"一三五不论",或是"一三不论",因为在这种句子中不忌孤平。然而,在平收的句子中就不尽然了。如"仄仄平平仄仄平"中的第三字,"平平仄仄平"中的第一字,非要严守格式规定不可,必须用平声字,否则就犯孤平。又如"平平仄仄仄平平"中的第五字,"仄仄仄平平"中的第三字,也都要严守格式规定,必须用仄声字,否则末尾三字就变为"平平平",这是古体诗专用的平仄形式,近体诗应该尽力避免。

（2）再说"二四六"分明。一般说来,"二四六分明"这句话是对的,但也有例外。如"仄仄平平平仄仄"可以变为"仄仄平平仄平仄","平平平仄仄"可以变为"平平仄平仄"。这样,七言的第六字、五言的第四字,就不分明了,该仄而用了平。但是,这是允许的,因为这属于平仄变格。

（三）拗救

从广义来讲,凡不合平仄的字,都称为拗。但由于在近体诗中,有可以不论平仄的字,这也就无所谓拗了。实际上,只有二四六不分明的字,一三五不能不论而不论的字,才算真正的拗。如果拗而能补救,就不算毛病。所以,诗人对拗句往往想法补救,这称为拗救。如在该用平声字的地方用了仄声字,形成了"拗",为了补救,就要在本句或对句的适当位置上,把本该用仄声的字,改用平声,这样,就互相抵偿了。拗救,一般有三种情况。

（1）本句自救。本句自救的情况,可以分为两类来说。

第一,七言的第五字拗,第六字救。在"仄仄平平平仄仄"中,第五字该平而用仄,那么,第六字该仄就必须用平给予补救,变为"④仄平平仄平仄"五言的第三字拗,第四字救。在"平平平仄仄"中,第三字该平而用仄,那么,第四字该仄就必须用平给予补救,变为"平平仄平仄"。这类拗救的句子,七言第三字、五言第一字,必须用平声,不能不论。在习惯上,诗人最喜欢把这类拗句用在第七句。如陆游的《夜泊水村》:

> 腰间羽箭久凋零,太息燕然未勒铭。
> 老子犹堪绝大漠,诸君何至泣新亭?
> 一身报国有万死,双鬓向人无再青。
> 记取江湖泊船处,卧闻新雁落寒汀。

再如王维的《观猎》:

> 风劲角弓鸣,将军猎渭城。
> 草枯鹰眼疾,雪尽马蹄轻。
> 忽过新丰市,还归细柳营。
> 回看射雕处,千里暮云平。

第二,七言的第三字拗,第五字救。在"仄仄平平仄仄平"中,第三字该平而用仄,那么,第五字该仄就必须用平,给予补救,变为"仄仄仄平平仄平"。五言的第一字拗,第三字救。在"平平仄仄平"中,第一字该平而用仄,那么,第三字该仄就必须用平,给予补救,变为"仄平平仄平"。如苏轼的《新城道中》:

> 东风知我欲山行,吹断檐间积雨声。
> 岭上晴云披絮帽,树头初日挂铜钲。
> 野桃含笑竹篱短,溪柳自摇沙水清。
> 西崦人家应最乐,煮芹烧笋饷春耕。

这首七律第六句第三字本该用平而用了仄,因此,在第五字上该用仄而用了平。第一字虽该用仄而用了平,但其位置并不重要。再如李商隐的《蝉》:

> 本以高难饱,徒劳恨费声。
> 五更疏欲断,一树碧无情。
> 薄宦梗犹泛,故园芜已平。
> 烦君最相警,我亦举家清。

(2) 对句相救。对句相救的情况,也可分为两类来说。

第一,七言第三字相救,五言第一字相救。七言第三字或五言第一字上,出句该平而用仄,那么,对句就该仄而用平。这类情况,没有平拗仄救的,因为这样会犯孤平。如李贺的《南园》:

> 长卿牢落悲空舍,曼倩诙谐取自容。
> 见买若耶溪水剑,明朝归去事猿公。

再如李白的《秋浦歌》第十五首:

> 白发三千丈,缘愁似个长。
> 不知明镜里,何处得秋霜?

第二,七言第五字相救,五言第三字相救。七言第五字或五言第三字上,出句该平而用仄,那么,对句就该仄而用平。这类情况,也没有平拗仄救的。如刘禹锡的《答白宾客》的前半部:

> 麦陇和风吹树枝,商山逸客出关时。
> 身无拘束起前晚,路足交亲行自迟。

再如杜甫的《促织》的前半部：

促织甚微细，哀音何动人。
草根吟不稳，床下意相亲。

（3）本句自救又对句相救。前面例举的苏轼的《新城道中》，其颈联"野桃含笑竹篱短，溪柳自摇沙水清"，出句的第五字，本该用平声却用了一个仄声的"竹"字，对句的第三字，本该用平声也用了一个仄声的"自"字，两字均拗，为了救拗，作者就在对句的第五字上，把本该用仄声的而用了一个平声的"沙"字。这样，既救了本句的第三字，又救了出句的第五字，是一字两救。

第五节 古体诗的平仄

古体诗，在平仄方面，没有任何规定，汉、魏和六朝诗的平仄完全是自由的。但自唐以后，由于受近体诗的影响，诗人在写古体诗时，往往也用律句，这称为入律古风。因此，古体诗又有了一般古体诗和入律古风的区别。

一般古体诗的平仄，本来完全是自由的。但自唐以后，有些诗人在写古体诗时，由于有意避免律句，反而为古体诗的平仄句式造成了一些特点。古体诗每句的最后三字，称为三字尾。就三字尾来看，古体诗有四种常见的平仄类型，即：平平平、平仄平、仄平仄、仄仄仄。再，平脚的句子，五古第三字或七古第五字，以用平声为原则；仄脚的句子，五古第三字或七古第五字，以用仄声为原则。现以五古为例，看一看古体诗的各种平仄类型。

（1）平平平，也称为三平调。这是古体诗的专用形式，用得最多。这种情况，一般可分为四类。

第一，仄仄平平平。如："欲取鸣琴弹"（孟浩然《怀辛大》）。
　　　｜　｜

第二，平仄平平平。如："穷巷牛羊归"（王维《渭川田家》）。
　　—　｜

第三，仄平平平平。如："醒时同交欢"（李白《月下独酌》）。
　　｜—————

第四，平平平平平。如："长歌吟松风"（李白《下终南山》）。
　　—————

（2）平仄平。这种情况，一般也可分为四类。

第一，平平平仄平。如："清光犹为君"（常建《宿王昌龄隐
———　｜　—
居》）。

第二，仄平平仄平。如："草深狐兔肥"（崔颢《古游侠》）。
　　｜——　｜—

第三，仄仄平仄平。如："草色新雨中"（邱为《寻西山隐者》）。
　　｜｜—　｜—

第四，平仄平仄平。如："松月生夜凉"（孟浩然《宿叶师山
　　—　｜—　｜—
房》）。

（3）仄平仄。这种情况，一般也可分为四类。

第一，平平仄平仄。如：心随雁飞灭"（孟浩然《秋登兰山》）。
　　——　｜—　｜

第二，仄平仄平仄。如："况之异乡别"（王昌龄《行子苦》）。
　　｜—　｜—　｜

第三，仄仄仄平仄。如："竹露滴清响"（孟浩然《怀辛大》）。
　　｜｜｜—　｜

第四，平仄仄平仄。如："衣上灞陵雨"（韦应物《长安遇冯
　　—　｜｜—　｜
著》）。

（4）仄仄仄。这种情况，一般也可分为四类。

第一，平平仄仄仄。如："登临出世界"（岑参《登慈恩寺浮
　　——　｜｜｜
图》）。

第二，仄平仄仄仄。如："十觞亦不醉"（杜甫《赠卫八处士》）。
　　　　　| — | | |
第三，仄仄仄仄仄。如："幼为长所育"（韦应物《送杨氏女》）。
　　　　　| | | | |
第四，平仄仄仄仄。如："舟楫恐失坠"（杜甫《梦李白》）。
　　　　　— | | | |

　　七古的平仄，同五古一样，就三字尾而言，也有四种常见类型。不过，七古比五古多两字，变化式样更多一些，这里就不一一举例了。

　　入律的古风，在平仄方面，不同于一般古体诗。入律古风的作者，争取尽可能用律句。因而，近于律诗的平仄格式。但也有不同。主要是：第一，入律古风句数不定；第二，入律古风既可用平声韵，又可用仄声韵，而且平韵和仄韵还可交替使用，四句或六句一换韵最为常见。为了解这两点，可以看一看王维的《桃源行》：

渔舟逐水爱山春，两岸桃花夹古津。
— — | | | — ▲　　 | | — — | | ▲
坐看红树不知远，行尽青溪不见人。
| — — | | — |　　 — | — — | | —
山口潜行始隈隩，山开旷望旋平陆。
— | — — | — ▲　　 — — | | — — ▲
遥看一处攒云树，近入千家散花竹。
— — | | — — |　　 | | — — | — ▲
樵客初传汉姓名，居人未改秦衣服。
— | — — | | —　　 — — | | — — ▲
居人共住武陵源，还从物外起田园。
— — | | | — ▲　　 — — | | | — ▲
月明松下房栊静，日出云中鸡犬喧。
| — — | — — |　　 | | — — — | ▲

惊闻俗客争来集，竞引还家问都邑。
| | | | — — ▲　　| | — — | | ▲

平明间巷扫花开，薄暮渔樵乘水入。
— — | | | — —　　| | — — — | ▲

初因避地去人间，及至成仙遂不还。
— — | | | — ▲　　| | — — | | —

峡里谁知有人事？世中遥望空云山。
| | — — | — |　　| — — | — — ▲

不疑灵境难闻见，尘心未尽思乡县。
| — — | — — ▲　　— — | | — — ▲

出洞无论隔山水，辞家终拟长游衍。
| | — — | — |　　— — — | — — ▲

自谓经过旧不迷，安知峰壑今来变。
| | — — | | —　　— — — | — — ▲

当时只记入山深，青溪几度到云林。
— — | | | — —　　— — | | | — ▲

春来遍是桃花水，不辨仙源何处寻。
— — | | — — |　　| | — — — | ▲

　　这首诗全篇共三十二句，几乎都用律句。另外，平声韵和仄声韵交替使用，如一至四句用上平十一真韵，五至十句用入声一屋韵，十一至十四句用上平十三元韵，十五至十八句用入声十四缉韵，十九至二十二句用上平十五删韵，二十三至二十八句用入声十七霰韵，二十九至三十二句用下平十二侵韵。

第六节　词的平仄

　　词的平仄格式很多，可以说有多少词牌，就有多少格式。这与律诗不同。律诗的平仄格式基本的有四种，因为律诗的字数、句数相同，又都押平声韵。而不同的词，字数、句数都不同，又平韵、仄韵均用,这就决定了词的格式必然变化多样。以下举出两个例子,看看词的平仄格式是怎样被规定的。第一个是小令《忆江南》:

平平仄	江南好,
仄仄仄平平	风景旧曾谙。
仄仄平平平仄仄	日出江花红胜火,
平平仄仄仄平平	春来江水绿如蓝。
仄仄仄平平	能不忆江南?

——白居易《忆江南》

这首小令只有一段,是单片词,押平声韵,五句,二十七字。第二个是长调《永遇乐》:

仄仄平平	千古江山,
仄平平仄	英雄无觅,
平仄平仄	孙仲谋处。
仄仄平平	舞榭歌台,
平平仄仄	风流总被,
仄仄平平仄	雨打风吹去。
平平平仄	斜阳草树,
平平仄仄	寻常巷陌,
仄仄仄平平仄	人道寄奴曾住。
仄平平、平平仄仄	想当年、金戈铁马,
仄平仄仄平仄	气吞万里如虎。

平平仄仄	元嘉草草，
平平平仄	封狼居胥，
仄仄平平仄仄	赢得仓皇北顾。▲
仄仄平平	四十三年，
平平仄仄	望中犹记，
仄仄平平仄	烽火扬州路。▲
平平仄仄	可堪回首，
平平仄仄	佛狸祠下，
仄仄平平仄仄	一片神鸦社鼓。▲
平平仄、平平仄仄	凭谁问、廉颇老矣，
仄平仄仄	尚能饭否？▲

——辛弃疾《永遇乐》

这首长调有两段，是双片词，押仄声韵，上、下片各十一句，一百零四字。以上所举的例子，仅是上千个词谱中的两个。词谱明确规定，某一词有多少句、多少字以及韵脚在哪里，还有平仄的安排。所以，如果想知道词的平仄格式，就必须查词谱（书后附有"词谱举例"，可供查阅）。

词的平仄，虽比律诗的多样，但就每种格式来说，却比律诗的平仄更为固定。除原格式规定可平可仄的字以外，填词者一般都不可以随意调换平仄。

词的平仄格式虽多，掌握它有一定的困难。但是，词句基本上是律句，单就词句来说，其平仄变化还是有规律可寻的。现将二字句到八字句的平仄类型，作一分述。

（1）二字句。二字句的平仄，常见的只有平仄式，偶然也有平平和仄仄式的。其特点是，往往用于叠句或起句，那种既非叠句又非起句的二字句比较少。如王建的《调笑令》：

　　杨柳，杨柳，日暮白沙渡口。船头江水茫茫，商人
　　—｜　—｜
少妇断肠。肠断，肠断，鹧鸪夜飞失伴。
　　　　　—｜　—｜

这首词的二字句，既用于叠句，又用于起句，都是平仄式。又如苏轼的《定风波》：

　　莫听穿林打叶声，何妨吟啸且徐行。竹杖芒鞋轻
胜马，谁怕？一蓑烟雨任平生。　　料峭春风吹酒醒，
　—｜
微冷，山头斜照却相迎。回首向来萧瑟处，归去，也无
　—｜　　　　　　　　　　　　　　　　—｜
风雨也无晴。

这首词的二字句，既非叠句，又非起句，而是在上、下片当中的不同位置上，也都是平仄式。

（2）三字句。三字句一般用七言律句或五言律句的三字尾。即：

平平仄，如"霜风劲"（张孝祥《六州歌头》）。
　——｜
平仄仄，如"秋已尽"（李清照《鹧鸪天》）。
　—｜｜
仄平平，如"日犹长"（同上）。
　｜——
仄仄平，比较少见。

（3）四字句。四字句一般是用七言律句的前四字，其平仄类型有两种：

平平仄仄,如"栏干拍遍"(辛弃疾《水龙吟》)。
　　—　—　|　|
仄仄平平,如"落日楼头"(同上)。
　　|　|　—　—
常见的平仄类型还有：
仄平平仄,如"玉簪螺髻"(同上)。
　　|　—　—　|
平仄平仄,如"人在何处"(李清照《永遇乐》)。
　　—　|　—　|
（4）五字句。五字句相当五言律句。即：
仄仄平平仄,如"睡觉寒灯里"(陆游《夜游宫》)。
　　|　|　—　—　|
仄仄仄平平,如"落日水熔金"(廖世美《好事近》)。
　　|　|　|　—　—
平平平仄仄,如"天憎梅浪发"(周邦彦《菩萨蛮》)。
　　—　—　—　|　|
平平仄仄平,比较少见。

（5）六字句。六字句是四字句的延伸。在平起的四字句前加仄仄,在仄起的四字句前加平平,而成为六字句。这样有两种平仄类型：
仄仄平平仄仄,如"雪晓清笳乱起"(陆游《夜游宫》)。
　　|　|　—　—　|　|
平平仄仄平平,如"西园夜饮鸣笳"(秦观《望海潮》)。
　　—　—　|　|　—　—
常见的平仄类型还有：
平仄仄平平仄,如"霜送晓寒侵被"(秦观《如梦令》)。
　　—　|　|　—　—　|
仄仄仄平平仄,如"脉脉此情谁诉"(辛弃疾《摸鱼儿》)。
　　|　|　|　—　—　|
平平仄仄平仄,如"今宵酒醒何处"(柳永《雨霖铃》)。
　　—　—　|　|　—　|
（6）七字句。七字句相当七言律句。即：
平平仄仄平平仄,如"平冈细草鸣黄犊"(辛弃疾《鹧鸪天》)。
　　—　—　|　|　—　—　|

仄仄平平仄仄平,如"老却英雄似等闲"(陆游《鹧鸪天》)。
　|　|　——　|　|
仄仄平平平仄仄,如"料峭春风吹酒醒"(苏轼《定风波》)。
　|　|　——　|　|
平平仄仄仄平平,如"当年万里觅封侯"(陆游《诉衷情》)。
——　|　|　|

（7）八字句。八字句最常用的是上三下五的句式。如果第三字用平声,第五字则往往用仄声,如"想小楼、终日望归舟"
　　　　　　　—　　　　　　|
(张元干《满江红》);如果第三字用仄声,第五字则往往用平声,如"图画里,峥嵘楼阁开"(刘过《沁园春》)。
　　|　　　　—

以上所说的只是二字句到八字句的平仄类型。了解了这些,对掌握词谱规定的平仄格式,是有一定帮助的。

第四章 对仗要求

对仗,也就是对偶。对仗中的"仗"字,来于仪仗中的"仗"字。仪仗,两两相对,排列整齐。诗词中用对仗,也是要求两两相对,排列整齐。在近体诗产生以前,诗中的对仗,只是修辞上的需要。近体诗的对仗,不仅是修辞上的需要,而且是格律上的规定。词,也是根据格律规定而用对仗的。对仗,是诗词格律的第三个内容。

第一节　诗词对仗的基本要求

诗词对仗的基本要求,一是在两句相对时,相对的字词,其词性要相同或相近;二是在两句相对时,两句的句子组成情况要相同或相近。

两句相对,指的是相连的两个句子形成对仗。这是对仗的一般形式。如孟浩然的《过故人庄》:

> 故人具鸡黍,邀我至田家。
> 绿树村边合,青山郭外斜。
> 开轩面场圃,把酒话桑麻。
> 待到重阳日,还来就菊花。

这首诗的第三、四两句,是相连的两个句子,又是形成对仗的两个句子。在这两句中,"绿"对"青","树"对"山","村"对

"郭"(城郭),"边"对"外","合"对"斜"。第五、六两句,也是对仗句。相连的两句,往往形成对仗,但不是所有的相连句都要求对仗。这首诗的第一、二句和第七、八句,虽都相连,但不对仗。两句相对的情况,大致是这样。下面,进一步介绍对仗的两条基本要求。

(一) 在两句相对时,相对的字词,其词性要相同或相近。

那么,词性是怎样划分的呢?它与现代汉语语法中的词类划分,又一致,又不同,大致可以划分为十三类(各类的名称,有的借用了现代汉语的)。同类中的字词就算词性相同,邻类中的字词就算词性相近,都可用作对仗。

(1) 名词类。如"日"、"月"、"山"、"川"、"宫"、"室"、"笔"、"墨"、"诗"、"书"、"身"、"心"、"花"、"鸟"等。用作对仗的例子,有"乱花渐欲迷人眼,浅草才能没马蹄"(白居易《钱塘湖春行》),其中的"花"对"草","人"对"马","眼"对"蹄",就是名词对名词。

(2) 专有名词类。表示人名、地名的专有名词,自成一类。用人名、地名形成对仗的例子,有"公卿有党排宗泽,帷幄无人用岳飞"(陆游《夜读揽辔录》),其中的"宗泽"对"岳飞",人名对人名;"欲渡黄河冰塞川,将登太行雪暗天"(李白《行路难》),其中的"黄河"对"太行",河山名对河山名;"登宝钗楼,访铜雀台"(刘克庄《沁园春》),其中的"宝钗楼"对"铜雀台",楼台名对楼台名。

(3) 方位词类。表示方位的一些字词,自成一类。如"东"、"西"、"南"、"北"、"前"、"后"、"左"、"右"、"上"、"下"、"中"、"外"等。用作对仗的例子,有"七八个星天外,两三点雨山前"(辛弃疾《西江月》),"外"对"前"。

(4) 数词类。表示数目的一些字词,自成一类。如"一"、"二"、"五"、"十"、"双"、"两"、"孤"、"半"、"独"、"众"、"百"、

60

"千"、"万"等。用作对仗的,有如前例的"七八个星天外,两三点雨山前","七八"对"两三"。

(5) 代名词类。如"吾"、"余"、"汝"、"尔"、"他"、"谁"、"君"、"子"等。用作对仗的例子,有"满地芦花和我老,旧家燕子傍谁飞"(文天祥《金陵驿》),"我"对"谁"。

(6) 形容词类。如"轻"、"重"、"疏"、"密"、"明"、"暗"、"美"、"丑"、"贫"、"富"等。用作对仗的例子,有"草枯鹰眼疾,雪尽马蹄轻"(王维《观猎》),"疾"(敏锐)对"轻"。

(7) 颜色词类。表示颜色的一些字词,自成一类。如"红"、"赤"、"朱"、"丹"、"白"、"素"、"黑"、"玄"、"青"、"苍"、"翠"、"绿"、"黄"等。用作对仗的例子,有"一水护田将绿绕,两山排闼送青来"(王安石《书湖阴先生壁》),"绿"对"青"。再如"金"、"银"、"玉"、"粉"等,有时也作颜色词用,代表"黄"、"白"等。

(8) 动词类。如"看"、"读"、"耕"、"织","爱"、"恨"、"行"、"归"、"飞"、"鸣"等。用作对仗的例子,有"读书成底事,报国是何人"(郑思肖《德祐二年岁旦》),"读"对"报"。有时,形容词和不及物动词也被看作同类。用作对仗的例子,有"满地芦花和我老,旧家燕子傍谁飞"(文天祥《金陵驿》),其中的"老"对"飞",形容词对不及物动词。

(9) 副词类。从虚词类分出,自成一类。如"将"、"已"、"忽"、"渐"、"皆"、"俱"、"频"、"屡"、"只"、"但"、"又"、"复"、"更"、"却"、"不"等。用作对仗的例子,有"野火烧不尽,春风吹又生"(白居易《古原草送别》),"不"对"又"。

(10) 虚词类。主要包括连词、介词,如"与"、"同"、"而"、"则"、"于"、"为"等。用作对仗的例子,有"渐与骨肉远,转于僮仆亲"(崔涂《除夜有作》),其中的"与"对"于",介词对介词。

(11) 连用字类。经常连在一起用的两个字为连字,分同义和反义的两种。同义的连用字,如"骨肉"、"宾客"、"兵马"、"干戈"、"星斗"、"风尘"、"少壮"、"老病"、"战伐"等。用作对仗的,有如前例的"渐与骨肉远,转于僮仆亲","骨肉"对"僮仆";又如"野哭千家闻战伐,夷歌数处起渔樵"（杜甫《阁夜》）,"战伐"对"渔樵"。反义的连用字,如"天地"、"今古"、"前后"、"表里"、"浮沉"、"兴亡"、"有无"、"往来"等。用作对仗的例子,有"江流天地外,山色有无中"（王维《汉江临眺》）,"天地"对"有无"。同义的连用字和反义的连用字,也可形成对仗。这样的例子,有"山河破碎风飘絮,身世浮沉雨打萍"（文天祥《过零丁洋》）,其中的"破碎"对"浮沉",同义连用字对反义连用字。

（12）联绵字类。联绵字与连用字不同,连用字实际上是两个单音词连用,而联绵字是一个双音词。名词性的联绵字,如"苜蓿"、"葡萄"、"芙蓉"、"鹦鹉"、"鸳鸯"、"蟋蟀"等。用作对仗的例子,有"惊风乱飐芙蓉水,密雨斜侵薜荔墙"（柳宗元《登柳州城楼》）,"芙蓉"对"薜荔"。另外,还有形容词性的联绵字,如"磅礴"、"依稀"等,动词性的联绵字,如"踌躇"等。一般地,名词性的、形容词性的、动词性的,各自相对。

（13）重叠字类。如"悠悠"、"萧萧"、"茫茫"、"密密"、"历历"、"滚滚"、"粒粒"、"年年"等。用作对仗的例子,有"晴川历历汉阳树,芳草萋萋鹦鹉洲"（崔颢《黄鹤楼》）,"历历"对"萋萋"。

以上十三类,还不能包括所有的用于对仗的词性划分。另外,还有双声字类、叠韵字类等。双声字和叠韵字,有的又同时是连用字或联绵字。如"田园寥落干戈后,骨肉流离道路中"（白居易《自河南经乱》）,其中的"寥落"对"流离",是双声字对双声字。又如"但愿暂成人缱绻,不妨常任月朦胧"（朱淑真《元夜》）,其中的"缱绻"对"朦胧",是叠韵字对叠韵字。

名词类所属的字词很多,所以,又可划分为若干小类。

（1）天文类。如"天"、"日"、"月"、"星"、"风"、"云"、

“雨”、“雪”、“气”、“烟”、“阴”、“阳”、“火”、“照”等。

（2）时令类。如“年”、“月”、“日”、“时”、“春”、“夏”、“秋”、“冬”、“昼”、“夜”、“朝”、“夕”等。

（3）干支类。自成一类，一般不与别类相对。如“甲”、“乙”、“丙”、“丁”、“子”、“丑”、“寅”、“卯”等。

（4）地理类。如“地”、“路”、“山”、“川”、“峰”、“岭”、“浪”、“涛”、“国”、“城”、“京”、“郊”、“田”、“家”等。

（5）宫室类。如“宫”、“室”、“房”、“屋”、“楼”、“台”、“亭”、“阁”、“门”、“窗”、“阶”、“壁”等。

（6）器物类。如“车”、“舟”、“床”、“席”、“干”、“戈”、“旗”、“鼓”、“灯”、“镜”、“杯”、“盘”等。

（7）衣饰类。如“衣”、“裙”、“巾”、“冠”、“簪”、“钗”、“盔”、“甲”等。

（8）饮食类。如“酒”、“茶”、“饭”、“肴”、“药”、“丹”、“蜜”、“餐”等。

（9）形体类。如“身”、“首”、“手”、“足”、“心”、“胸”、“耳”、“目”、“音”、“容”、“声”、“色”、“蹄”、“爪”、“角”、“羽”等。

（10）人伦类。如“父”、“母”、“兄”、“弟”、“君”、“臣”、“将”、“相”、“农”、“渔”、“士”、“兵”等。

（11）人事类。如“道”、“德”、“情”、“志”、“才”、“力”、“功”、“名”、“恩”、“怨”、“歌”、“舞”等。

（11）文事类。如“诗”、“书”、“章”、“句”、“文”、“图”、“典”、“籍”、“笔”、“墨”、“纸”、“砚”等。

（13）鸟兽虫鱼类。如“鸟”、“兽”、“虫”、“鱼”、“鸿”、“雀”、“犬”、“虎”、“蝶”、“蝉”、“虾”、“蟹”等。

（14）草木花果类。如“草”、“木”、“花”、“果”、“禾”、“麦”、“杨”、“柳”、“菊”、“荷”、“枝”、“叶”等。

对仗,如果要求严格,就应是同类字词相对。如形容词类对形容词类,颜色词类对颜色词类,动词类对动词类,副词类对副词类等。这种对仗,是严对,通常称为工对。名词类相对,必须是同一小类相对,才算是工对。如天文类对天文类,人事类对人事类等。工对的例子,有"柳条绿日君相忆,梨叶红时我始知"(白居易《酬李十二》),"柳"对"梨","条"(枝)对"叶",是草木花果类相对,"绿"对"红",是颜色词类相对,"日"对"时",是时令类相对,"君"对"我",是代名词类相对,"相"对"始"是副词类相对,"忆"对"知",是动词类相对。如果放宽一点,也可用邻类字词相对,这种对仗,称为邻对。如名词类中的天文类对地理类,器物类对衣饰类,等等。如果再放宽点,相对的两句,其中的字词,有的相对,有的不甚相对,这种对仗,称为宽对。

(二)在两句相对时,除了要求词性相同或相近外,还要求相同两句的句子组成情况相同或相近。

工对的两句,句子组成情况是相同的。如林逋《梅花》中的"疏影横斜水清浅,暗香浮动月黄昏",两句的句子组成情况就是相同的。"疏"对"暗",定语对定语;"影"(梅花的影子)对"香"(梅花的香味),主语对主语;"横斜"对"浮动",谓语对谓语;"水清浅"对"月黄昏",补语对补语。又都存在着省略和倒装,原应是"在清浅的水面上"和"在黄昏的月色中"。不仅句子成分相同,而且各句子成分的所处位置也相同。当然,这仅是句子组成情况相同的一个例子。句子组成情况,是多种多样的,两句相同或相近的例子,是举不胜举的。

对仗的两条基本要求,以前一条为主。只注意词性相同或相近,而不管句子组成情况相同或相近与否,这样的对仗也是不少的。

第二节　诗词对仗的特殊形式

两句相对,是对仗的一般形式。除一般形式外,还有两种特殊形式:隔句对和句中对。

(一)隔句对。不像一般形式是相连两句对仗那样,而是隔句相对。如果甲、乙、丙、丁四句排列在一起,不是甲句对乙句、丙句对丁句,而是甲句对丙句、乙句对丁句。隔句对,在《诗经》中已经有了,如《采薇》中的"昔我往矣,杨柳依依;今我来思,雨雪霏霏","昔我往矣"对"今我来思","杨柳依依"对"雨雪霏霏"。近体诗产生以后,隔句对并不多见。如白居易《夜闻筝》中的四句:

缥缈巫山女,归来七八年。
殷勤湘水曲,留在十三弦。

这四句,隔句相对。"缥缈"对"殷勤",叠韵字对叠韵字;"巫山"对"湘水",地名对地名;"归"对"留",动词对动词;"七八"对"十三",数词对数词。隔句对,也称为扇面对。这种对仗,在词中倒不少,如史达祖的《东风第一枝》:"青未了,柳回白眼;红欲断,杏开素面。"

(二)句中对。这是一种本句自对的形式。在一个句子中,一些字词同另一些字词相对,字数有时并不相等,如五言句是两对三,七言句是四对三。句中对的例子,有"白雪楼中一望乡,青山簇簇水茫茫"(白居易《登白雪楼》),前后两句不相对,后句自对,"青山簇簇"对"水茫茫"。这种对仗,多在近体诗的首联出现。另外,在两句相对的情况下,也有句中自对的。其实,是因为句中自对,才使两句相对得工整。这样的例子,有"山重水复疑无路,柳暗花明又一村"(陆游《游山西村》),前句中,"山"对"水","重"对"复",后句中,"柳"对"花","暗"对"明"。

隔句对和句中对,是按对仗涉及的句数来说的。如果从别的角度来看,对仗的特殊形式,还有几种。

(一)交股对。两句相对,其中的字词,不是依次相对,而是交错相对,又称为错综对、犄角对等。如"裙拖六幅湘江水,鬓耸巫山一段云"(李群玉《筵中赠美人》),"六幅湘江"和"巫山一段",交错相对。

(二)流水对。相对的两句,在形式上是对仗,在意思上前后连贯,其次序又不宜颠倒,后句的意思是前句的延伸,像流水一样,又称为走马对。如"即从巴峡穿巫峡,便下襄阳向洛阳"(杜甫《闻官军收河南河北》),两句说的是从四川出三峡而北上的行程,前后一贯,又有次序。在对仗上,是工对。除副词、动词相对外,两对地名先在句中自对,然后两句相对。

(三)借对。又称为假对。即在对仗中搞了假借,或假借字义,或假借字音。假借字义的例子,如"酒债寻常行处有,人生七十古来稀"(杜甫《曲江》),"寻常"在这首诗中用的是"平常"的意思,但怎能与"七十"对仗呢?因为,假借了"寻"和"常"的另一个字义,"寻"为八尺,两寻为"常",与"七十"对仗,是数词对数词。假借字音的例子,如"寄身且喜沧洲近,顾影无如白发何"(刘长卿《重别薛六》),"沧洲"指隐者居住的地方,与"白发"是怎样对仗的呢?"沧"与"苍"同音,因谐音的关系,假借为"苍",再与"白"相对,是颜色词对颜色词。假借字音的借对,多是颜色词相对。

第三节　近体诗的对仗

近体诗的对仗,主要是律诗的对仗。律诗在对仗方面,有种种格律规定。因而,在诗和词中,律诗用对仗最为突出,前两节所举的对仗例子,多半是从律诗中选择的。

律诗,必须用对仗,并且对仗位置也是固定的。一般是第三、四句(即颔联)和第五、六句(即颈联)用对仗。前面例举了陆游《游山西村》中的对仗句,现把全诗引出:

> 莫笑农家腊酒浑,丰年留客足鸡豚。
> 山重水复疑无路,柳暗花明又一村。
> 箫鼓追随春社近,衣冠简朴古风存。
> 从今若许闲乘月,柱杖无时夜叩门。

这首诗用对仗的句子,是中间的四句,即颔联和颈联。中间两联用对仗,这是常例。

律诗的对仗,除用在中间两联的常例外,还有几种特例。

(一) 全首只有一联用对仗。这一联多是颈联。只有颈联一联用对仗的,称为蜂腰格。在五律中多见,七律很少用。全首只有一联用对仗的,不仅限于颈联,有时是首联(即第一、二句)或颔联。

(二) 全首虽有两联用对仗,但又不同于常例。这种对仗,不像常例在中间两联那样,而是在首联和颈联。因为首联本应不用对仗而用了,颔联本应用对仗而没用,交换了一下,故称这种对仗为换柱对。

(三) 全首有三联用对仗。这分两种情况:第一,前三联用对仗;第二,后三联用对仗。前三联用对仗的例子,如李白的《送友人》,除中间两联用了对仗外,首联"青山横北郭,白水绕东城",也是一工整的对仗。后三联用对仗,比前三联用对仗的,为数要少。因为,最后两句(即尾联),是全诗的结束,不用对仗,便于收合。但也有尾联用对仗的,加上中间两联,是后三联用对仗。这种对仗的例子,如杜甫的《闻官军收河南河北》,除中间两联用了对仗外,尾联"即从巴峡穿巫峡,便下襄阳向洛阳",是一流水对。

另外,全首四联都用对仗,或都不用对仗的也有,但为数很少。

律诗的对仗,除对仗位置外,还有其他方面的格律规定。第一,对仗的句子要合乎平仄格式;第二,要尽量用工对;第三,相对的字词不能相同,即避重字。另外,有一种讲究,是避合掌。什么是合掌呢? 看看下面的一首五律:

西野芳菲路,春风正可寻。
山城依曲渚,古渡入修林。
长日多飞絮,游人爱绿阴。
晚来歌吹起,惟觉画堂深。

——徐玑《春日游园池》

这首诗,中间两联对仗,不仅相对的两句句子组成情况相同,而且四句的句子组成情况完全一样。颔联中,"山城"对"古渡"、"曲渚"对"修林",是名词性词组相对,"依"对"入",是动词相对;颈联的对仗,也是两对名词性词组相对。像人的两个手掌相同一样,颔联和颈联的对仗情况没有区别,这便是合掌。合掌,是对仗的大忌,诗人们都想法避开。因而,合掌的例子是极少的。

排律的对仗,同于一般律诗的对仗。因为排律的句数多,所以对仗的句子也多。一般是除首、尾两联外,中间有多少联,就有多少联对仗。

绝句的对仗,比律诗的对仗要自由些。或用或不用对仗都可以;如果用对仗,它的位置也可以不定。然而,在别的方面,比如,要合乎平仄格式,要避开重字等,同律诗一样严格。

第四节　古体诗的对仗

古体诗的对仗,不同于近体诗,是不受格律限制的。对仗在古体诗中,仅仅是一种修辞上的需要。唐代以前,古体诗已经开始用对仗了。尤其是六朝时,因为骈文的盛行,影响到诗歌创作,也多用对仗。谢灵运的《登池上楼》,二十句中有十八句用对仗。唐代以后,诗人们写作古体诗,有意追求古拙,尽量不用或少用对仗,用了对仗,也不求其工。唐人写的古体诗,不用对仗的为数不少,杜甫的《新婚别》,三十二句,没有一处用对仗。七言古诗中换韵的一种,用对仗为多,古体诗即使用了对仗,也是很自由的。

古体诗的对仗,一般是位置不定,句数不限。诗中的任何句子相对,都是可以的。但是,最后两句不常用对仗。开头两句用对仗的,如李白一首《古风》的开头"黄河走东溟,白日落西海";中间两句用对仗的,如杜甫《茅屋为秋风所破歌》中的四、五句"高者挂罥长林梢,下者飘转沉塘坳";还有多数句用对仗的,如陆游的《夜出》,十二句中,前八句都用了对仗。可见,古体诗对仗不要求一定位置,也不限定句数。只有换韵的七言古诗,对仗有一定位置。四句一换韵的七言古诗,对仗常常在每韵的第二联。如高适《燕歌行》的前半部:

汉家烟尘在东北,汉将辞家破残贼。
男儿本自重横行,天子非常赐颜色。
枞金伐鼓下榆关,旌旆逶迤碣石间。
校尉羽书飞瀚海,单于猎火照狼山。

山川萧条极边土，胡骑凭陵杂风雨。

战士军前半死生，美人帐下犹歌舞。

这首诗，一、二、三、四句为一韵，二联用了对仗；五、六、七、八句换了一韵，也是二联用了对仗；九、十、十一、十二句再换一韵，又是二联用了对仗。

古体诗的对仗，不要求工对。有的对仗，只是意义相对，而字词并不相对，这也可以。

古体诗的对仗，不讲究平仄。

古体诗的对仗，不避重字，甚至有意用重字相对。唐代以前的古体诗，对仗用重字的，如"鹑之奔奔，鹊之疆疆"（《诗经·鹑之奔》）："上言长相思，下言久离别"（《古诗十九首·孟冬寒气至》）。唐代以后的古体诗，对仗用重字的，如"朝避猛虎，夕避长蛇"（李白《蜀道难》）；"射人先射马，擒贼先擒王"（杜甫《前出塞》第六首）："昆仑之高有积雪，蓬莱之远常遗寒"（王令《暑旱苦热》）。

古体诗的对仗，隔句对的很多。尤其是白居易，在他写的不少古体诗中，常用隔句对。如"太行之路能摧车，若比人心是坦途；巫峡之水能复舟，若比人心是安流"（《太行路》）；"三月无雨旱风起，麦苗不秀多黄死；九月降霜秋早寒，禾穗未熟皆青干"（《杜陵叟》）。以上两例，都是隔句相对，并且有不少重字相对。

第五节　词　的　对　仗

词的对仗，比近体诗要自由，但比古体诗要严格。词是讲究格律的，哪些词用对仗，哪些词不用对仗，用对仗的词，对仗用在哪几句，这些，在词谱上，一般是有规定的。现在，不妨从中找出一些规律，以了解词的对仗。

（一）相连的两句字数相同，存在着对仗的可能性。在这种情况下,有的词便用了对仗。比如《西江月》的上片一、二句和下片一、二句,《鹊桥仙》的上片一、二句和下片一、二句,《南歌子》的上片一、二句和下片一、二句,《河满子》的上片一、二句和下片一、二句,《东风第一枝》的上片一、二句及四、五句,《满庭芳》的上片一、二句,等等。具体的词例,如辛弃疾的《西江月》:

> 明月别枝惊鹊,清风半夜鸣蝉。稻花香里说丰年,听取蛙声一片。　　七八个星天外,两三点雨山前。旧时茅店社林边,路转溪桥忽见。

但是,有的词,即使有相连的两句字数相同,也不用对仗。再就是,同一词调,不同词人填写,有的用了对仗,有的就不用对仗。比如《满江红》,上片五、六句是两个相连的七字句,岳飞写的是,"三十功名尘与土,八千里路云和月",用了对仗;而辛弃疾写的是,"不念英雄江左老,用之可以尊中国",没用对仗。

(二)相连的两句字数虽不同,但去掉领字后便使字数相同了,也存在着对仗的可能性。相连的两句,有一种,是前五字句,后四字句。这种情况,将前句的第一字省去不看,便成了两个四字句。用对仗的例子,如:

> 有东南佳气,西北神州。(辛弃疾《声声慢》)
> 更暮草萋萋,疏烟漠漠。(方千里《瑞鹤仙》)
> 看半砚蔷薇,满鞍杨柳。(文天祥《齐天乐》)
> 但苔深韦曲,草暗斜川。(张炎《高阳台》)

但是,这种情况,也有不用对仗的。即使同一个词牌,有人用,有人就不用。辛弃疾填写《声声慢》,用了对仗,而周密在

《声声慢》的相同位置上写的是，"叹周郎老去，鬓改花羞"，没有用对仗。

从以上看来，词的对仗并不固定。说词谱上有规定，只不过是相袭模仿，约定俗成。也有不受规定限制的，本应用对仗而不用。

词的对仗，还有几点不同于近体诗，而与古体诗相近。第一，相对的字词不一定平仄相对；第二，允许重字相对；第三，隔句对较为多见。

不计平仄的例子，如苏轼《江城子》中的"左牵黄，右擎苍"，"左"对"右"，仄对仄，"牵"对"擎"和"黄"对"苍"，平对平；陆游《诉衷情》中的"心在天山，身老沧洲"，"心"对"身"，平对平，"在"对"老"，仄对仄，"天山"对"沧洲"，平平对平平。以上两例，都是平仄一致，而不是平仄相对。词的对仗，之所以不一定平仄相对，是因为词谱规定了平仄，相连的两句，或平仄相对，或平仄一致。如果平仄相对的两句用了对仗，相对的字词平仄就相对；如果平仄一致的两句用了对仗，相对的字词平仄就不相对。因而，词的对仗，平仄相对与否，是取决于格律，同古体诗的对仗不计平仄并不一样。

不避重字的例子，如苏轼《永遇乐》中的"明月如霜，好风如水"，"如"是一重字对；史达祖《解佩令》中的"相思一度，浓愁一度"，"一度"是二重字对；吴文英《一剪梅》中的"春到三分，秋到三分"，"到三分"，是三重字对。

隔句对的例子，前面已经见到过了。再如辛弃疾《沁园春》中的"喜草堂经岁，重来杜老(杜甫)；斜川好景，不负渊明"，"草堂经岁"对"斜川好景"，"重来杜老"对"不负渊明"；刘克庄《满江红》中的"晞发处，怡山碧；垂钓处，沧溟白"，"晞发处"对"垂钓处"，"怡山碧"对"沧溟白"。

最后，有一点应当注意。词的对仗，相连的两句，即使不在开头，也有着押韵的情况，这在近体诗中和在古体诗中都是见不到的。如苏轼《水调歌头》中的"人有悲欢离合，月有阴晴圆缺"，是下片五、六句，相对仗，"合"与"缺"又押韵；蒋捷《一剪梅》中的"红了樱桃，绿了芭蕉"，是最后两句，相对仗，"桃"与"蕉"又押韵。

第五章　章法、句式

诗在章法方面,开始并没有明确的规定;词,根据音乐的要求,结构组织有一定安排。不管有没有明确规定,但就篇章结构这一问题,可以找出一些规律性的东西。句式,指句子的节奏形式。无论是诗中的句子还是词中的句子,也无论是五、七言还是四、六等言,都可以从音调、意义两个角度划分节奏。诗中的句子,音调节奏和意义节奏不一致的很多;词中的句子,音调节奏和意义节奏大都一致。在这一章中,先谈章法问题,再谈句式问题。

第一节　诗的起、承、转、合

起,即开始;承,即承上;转,即转折;合,即收合。这指的是诗在结构方面的规律。将诗的结构规律总结为起、承、转、合,到元代才明确提出。在元代之前,包括诗的创作极为繁荣的唐代,那时的诗人写诗,在结构方面,并没有按着一定的规则。然而,似乎不约而同地遵守着起、承、转、合这一规律。近体诗的创作,尤为明显。

在近体诗中,几乎每首都合于起、承、转、合的规律。先看一首五言律诗:

凉风起天末,君子意如何?
鸿雁几时到?江湖秋水多。

文章憎命达，魑魅喜人过。

应共冤魂语，投诗赠汨罗。

——杜甫《天末怀李白》

这首诗的第一、二句为"起"，诗从对流放到天末（夜郎）的李白的怀念写起，开头便点了题；第三、四句为"承"，承接一、二句，仍写的是对李白的怀念；第五、六句为"转"，转到对李白遭遇的概述：文章虽好却憎命，魑魅在路欲吃人；第七、八句为"合"，总结全诗，指出李白与屈原同冤，写了这首诗赠给他们，这种收结，又回合到开头对李白的怀念上。杜甫的另一首五言律诗《登岳阳楼》，也很合于起、承、转、合的规律。"昔闻洞庭水，今上岳阳楼"，这两句点题，是"起"；"吴楚东南坼，乾坤日夜浮"，这两句写在岳阳楼上的所见，是"承"；"亲朋无一字，老病有孤舟"，这两句转到对自己眼前处境的叙述，是"转"；"戎马关山北，凭轩涕泗流"，这两句写出由望远而怀故乡，由前两句引出，又为全诗的收结，是"合"。

七言律诗中，合于起、承、转、合规律的也很多。如刘禹锡的《酬乐天》：

巴山楚水凄凉地，二十三年弃置身。
怀旧空吟闻笛赋，到乡翻似烂柯人。
沉舟侧畔千帆过，病树前头万木春。
今日听君歌一曲，暂凭杯酒长精神。

这首诗的头两句，从自己的被贬写起；三、四句承接头两句，借典故说明被贬的时间之长；五、六句转出新的意思，认为个人的遭遇不应计较，要看到事物是向前发展的，表现了胸襟的阔大;最后两句,收合全诗,并扣了题。起、承、转、合,层次清楚。

起、承、转、合,在律诗中,一般是以两句为一单位,第一、二句为"起",第三、四句为"承",第五、六句为"转",第七、八句为"合"。但也不尽如此。文天祥写的题为《过零丁洋》的七言律诗,既合于起、承、转、合,但又不同于一般。请看原诗:

> 辛苦遭逢起一经,干戈寥落四周星。
> 山河破碎风飘絮,身世浮沉雨打萍。
> 惶恐滩头说惶恐,零丁洋里叹零丁。
> 人生自古谁无死,留取丹心照汗青。

这首诗的第一、二句是"起",以感叹身世、关注祖国作起,第三、四、五、六句是"承",具体地叙述祖国和个人的命运,到最后两句才是"转",而这一转,非同寻常,是转低沉为高昂的,也含有"合"的意思,表示要以身殉国,正合上开头的感叹身世、关注祖国。除这首七言律诗外,灵活运用起、承、转、合的,当不在少数,这里就不一一举例。

绝句的起、承、转、合,一般是以一句为一单位,第一句为"起",第二句为"承",第三句为"转",第四句为"合"。先看一首五言绝句:

> 白日依山尽,黄河入海流。
> 欲穷千里目,更上一层楼。

——王之涣《登鹳雀楼》

这首诗的第一句,以鹳雀楼上的所见写起;第二句承接第一句,仍写鹳雀楼上的所见;第三句转到新的举动上,想看得更远;

第四句连续第三句的意思,同时扣上了《登鹳雀楼》的诗题,收合了全诗。再看一首七言绝句:

> 烟笼寒水月笼沙,夜泊秦淮近酒家。
> 商女不知亡国恨,隔江犹唱后庭花。

——杜牧《泊秦淮》

这首诗的第一句,以夜泊秦淮河(在今南京)时的所见写起;第二句承接第一句,是对第一句的补充说明,并点了题,作为一小"合";但是,第三句突然写了商女(歌妓),是一"转";第四句是第三句的连续,又是全诗的收合。因《后庭花》是亡国之音,故第四句含有作者的深沉感慨,这一收合,丰富了此诗的内容。

在绝句中,起、承、转、合并非一律都是以一句为一单位,同律诗并非一律都是以两句为一单位一样,也有灵活运用的情况。了解了这一点,可知起、承、转、合不是一种硬性规定。古人写诗,如死守起、承、转、合,也不会有新颖之作的。

古体诗讲究不讲究起、承、转、合呢?不像在近体诗中那样多见,但也是有的。如《古诗十九首·迢迢牵牛星》:

> 迢迢牵牛星,皎皎河汉女。
> 纤纤擢素手,札札弄机杼。
> 终日不成章,泣涕零如雨。
> 河汉清且浅,相去复几许?
> 盈盈一水间,脉脉不得语。

这首诗的第一、二句,从天上的牵牛星和织女星写起;第三、

四、五、六句,承接"河汉女",写想象中的织女的相思;第七、八句,提出了一个问题,是一转;第九、十句,收合全诗,写牵牛、织女虽隔一水(天河),但只能相视而不能相会,反映了爱情横遭压制的痛苦。

从以上所举的例子,说明古体诗中也存在起、承、转、合的规律。不过,古体诗中的起、承、转、合是分析出来的,在写诗的当时,作者并未作为明确规定来遵守。

起、承、转、合,又是作文的一种要求,甚至曾一时作为明确规定,因这不属本书的讲述范围,就从略了。

第二节　词　的　分　段

词的结构组织有着明确规定,那就是分段。诗,除《诗经》中的诗和个别的古体诗分章类似词分段外,无论是近体诗还是古体诗,无论是篇幅短的还是篇幅长的,都没有分段的。词为什么分段呢?是根据音乐的要求。词的一段,叫一片,即一遍,音乐奏了一遍的意思。奏乐终了叫阕,故又用阕称一首词或词的一段。一首词只有一段的,是单片词,称为单调;一首词分两段的,是双片词,称为双调;一首词分三段的,称为三叠;一首词分四段的,称为四叠。还有叠韵,是将双调词,用原韵再叠一次,加倍成四叠。单调、三叠、四叠、叠韵的词,在词中都占少数;双调词,是词中的多数。双调词的第一段,称上片、上阕或前阕,第二段称下片、下阕或后阕。在这一节里,先举例介绍一下单调、三叠、四叠和叠韵,再重点介绍一下双调的结构组织。

(一)单调。《十六字令》、《忆江南》、《调笑令》、《如梦令》等都是单调。单调的词多是小令。如秦观的《如梦令》:

遥夜沉沉如水,风紧驿亭深闭。梦破鼠窥灯,霜送晓寒侵被。无寐,无寐,门外马嘶人起。

(二)三叠。三叠的词都是长调(慢词),分双拽头的词和非双拽头的词两种。双拽头的词,有《瑞龙吟》、《剑器近》等。如周邦彦的《瑞龙吟》:

> 章台路,还见褪粉梅梢,试花桃树。愔愔坊陌人家,定巢燕子,归来旧处。　　黯凝伫,因记个人痴小,乍窥门户。侵晨浅约宫黄,障风映袖,盈盈笑语。
> 前度刘郎重到,访邻寻里,同时歌舞,惟有旧家秋娘,声价如故。吟笺赋笔,犹记燕台句。知谁伴名园露饮,东城闲步?事与孤鸿去。探春尽是伤离意绪。官柳低金缕。归骑晚,纤纤池塘飞雨。断肠院落,一帘风絮。

第一段是六句,为三、六、四、六、四、四言;第二段也是六句,也为三、六、四、六、四、四言;第三段句数多,是十六句。比较一下,就可以看出,第一、二段句数和字数完全相同,比第三段短,好像是第三段的双开头。这种情况,称为双拽头。

非双拽头的词,指第一、二段句数和字数不相同的,如《兰陵王》、《戚氏》等。

(三)四叠。四叠的词也属长调(慢词),很少见。现在能见到的仅《莺啼序》,是词中字数最多的,有二百四十字。书后"附录二"中录有吴文英的《莺啼序》一首,可供参考。

(四)叠韵。叠韵的词,因是双调词的加倍,故也是四段。比如《梁州令》为双调词,有五十字。《梁州令叠韵》则是四段,有一百字。请看晁补之的《梁州令叠韵》:

> 田野闲来惯,睡起初惊晓燕。樵青走挂小帘钩,南

园昨夜,细雨红芳遍。　　平芜一带烟光浅,过尽南归雁俱远,凭栏送目空肠断。　　好景难常占,过眼韶华如箭。莫教鹍鸠送韶华,多情杨柳,为把长条绊。清樽满酌谁为伴? 花下提壶劝:何妨醉卧花底,愁容不上春风面。

　　单调、三叠、四叠、叠韵的词,因在词中占少数,故仅简单介绍如上。以下要较为详细地介绍双调词。

　　双调词虽然都是分为两段的,但是情况又不一样。第一,上、下片的句数和字数全同;第二,上、下片的句数和字数不同。第一种情况的,如《蝶恋花》,苏轼写的是:

　　　　花褪残红青杏小。燕子飞时,绿水人家绕。枝上柳绵吹又少。天涯何处无芳草?　　墙里秋千墙外道,墙外行人,墙里佳人笑。笑渐不闻声渐悄,多情却被无情恼。

　　这首词,上、下片各是五句,又各是七、四、五、七、七言。另外,《采桑子》、《卜算子》、《减字木兰花》、《武陵春》、《西江月》、《醉花阴》、《浪淘沙》、《鹊桥仙》、《踏莎行》、《渔家傲》等词,上、下片的句数和字数都是全同的。

　　第二种情况的,如《诉衷情》、《清平乐》、《钗头凤》、《八声甘州》等词,上、下片没有相同处。更多的是,上、下片部分相同,部分不同,如《菩萨蛮》、《忆秦娥》、《鹧鸪天》、《满江红》、《水调歌头》、《声声慢》、《念奴娇》、《木兰花慢》、《水龙吟》、《永遇乐》、《望海潮》、《沁园春》、《贺新郎》、《摸鱼儿》等词都是。在第二种情况中,常常有这样一种现象,即:下片的首句与上片的首句不同,这叫换头,又叫过变。

词分段后,或两段,或三、四段,其段与段之间是何关系呢?有无明确规定?以双调为例,说明一下这个问题。

一般地说,下片的开头要能承接上片,这样的下片开头称为过片。南宋就有了关于过片的明确规定,张炎在《词源》中说:"过片不可断了曲意,须要承上接下。"如辛弃疾写的《鹧鸪天》:

> 壮岁旌旗拥万夫,锦襜突骑渡江初。燕兵夜娖银胡鞢,汉箭朝飞金仆姑。　　追往事,叹今吾,春风不染白髭须。却将万字平戎策,换得东家种树书。

这首词的上片,写的是年轻时的奋勇杀敌的情景,下片写的是年老时的报国无门的悲愤。上、下片之间如何联系的呢?下片的开头写的是"追往事,叹今吾",起了承上启下的作用,这是合于规定的过片。

然而,正像写诗不能死守起、承、转、合一样,填词也不能死守过片的规定。一些有成就的词人,在过片的作法上很有特殊的地方。有的是上片写一事物,下片又写另一事物,如苏轼的《贺新郎》,上片写美人,下片另起写石榴;有的是上片和下片连着写一些同类事物,到过片时不变,如辛弃疾的《永遇乐》,上片的全部和下片的前三句,连着写孙权、刘裕、刘义隆的故事,到过片时不变,下片从第四句开始写作者自己。还有更特殊的,如辛弃疾的《破阵子》:

> 醉里挑灯看剑,梦回吹角连营。八百里分麾下炙,五十弦翻塞外声。沙场秋点兵。　　马作的卢飞快,弓如霹雳弦惊。了却君王天下事,赢得生前身后名。——可怜白发生!

这首词完全打破了过片的规定,上片的全部和下片的大部都是一个意思,写的是"壮词"。而最后一句却是另一个意思,表现了年华已逝、壮志未酬的悲愤。如按意思分,则是前九句为一片,后一句为一片。打破规定,是为了不要因形式的规定妨害了内容的表达,这是值得借鉴的。

第三节　诗中句子的节奏形式

诗中句子的音调节奏和意义节奏不一致的很多。音调节奏较为单纯,多是以两个字音组成一个音节。每句字数为偶数的,全部是每两个字音为一个音节;每句字数为奇数的,大部是每两个字音为一个音节,最后剩一字音,独成一个音节。以下举例介绍从四言到九言的不同句的音调节奏。

(1) 四言句,为两个音节。如"关关雎鸠,在河之洲"(《诗经·关雎》),读为"关关——雎鸠,在河——之洲";又如"东临碣石,以观沧海"(曹操《观沧海》),读为"东临——碣石,以观——沧海"。

(2) 五言句,为三个音节。如五古的例句,"江南可采莲,莲叶何田田"(汉乐府《江南》),读为"江南——可采——莲,莲叶——何田——田";五律的例句,"国破山河在,城春草木深"(杜甫《春望》),读为"国破——山河——在,城春——草木——深";五绝的例句,"红豆生南国,春来发几枝"(王维《相思》),读为"红豆——生南——国,春来——发几——枝"。

(3) 六言句,为三个音节。如"上邪!我欲与君相知"(汉乐府《上邪》),读为"上邪!我欲——与君——相知";又如"板桥人渡泉声,茅檐日午鸡鸣"(顾况《过山农家》),读为"板桥——人渡——泉声,茅檐——日午——鸡鸣"。

(4) 七言句,为四个音节。如七古的例句,"李波小妹字雍容,褰裳逐马如卷蓬"(北朝民歌《李波小妹歌》),读为"李波——小妹——字雍——容,褰裳——逐马——如卷——蓬";七律的例句,"丞相祠堂何处寻?锦官城外柏森森"(杜甫《蜀相》),读为"丞相——祠堂——何处——寻,锦官——城外——柏森——森";七绝的例句,"两岸猿声啼不住,轻舟已过万重山"(李白《早发白帝城》),读为"两岸——猿声——啼不——住,轻舟——已过——万重——山"。

(5)八言句,为四个音节。如"黄鹤之飞尚不得过"(李白《蜀道难》),读为"黄鹤——之飞——尚不——得过"。

(6)九言句,为五个音节。如"何时眼前突兀现此屋,吾庐独破受冻死亦足"(杜甫《茅屋为秋风所破歌》),读为"何时——眼前——突兀——现此——屋,吾庐——独破——受冻——死亦——足"。

以上例句的节奏,是按音调划分的。很明显,有些因照顾音节,而将一个双音词或意义相连的两个词拆开了。如"雍容",是人名,意义上不能拆开,而按音调划分节奏却拆开了;又如"田田"、"森森",是意义上不能拆开的叠字,但按音调节奏却给拆开了;再如"采莲"、"南国"、"卷蓬"、"此屋"等词组,两词之间有很紧密的意义联系,也是拆开来读的。可见,音调节奏和意义节奏不一致的很多。

诗中句子的节奏,按意义划分比按音调划分要复杂得多。仅从近体诗的五、七言的诗句来看,按意义划分,其形式多至十种左右。

先看看五言的,主要的节奏形式有九种:

(1)前两言、后三言,为"二、三"句式。这是五言最基本的句式。如"欲穷千里目,更上一层楼"(王之涣《登鹳雀楼》),可划为"欲穷——千里目,更上——一层楼"。

(2)前两言、中两言、后一言,为"二、二、一"句式。这同音调节奏一样,是五言的较为常见的句式,与"二、三"句式稍有不同。如"古宫闲地少,水港小桥多"(杜荀鹤《送人游吴》),可划为"古宫——闲地——少,水港——小桥——多"。

(3)前两言、中一言、后两言,为"二、一、二"句式。这也是五言的较为常见的句式。如"开轩面场圃,把酒话桑麻"(孟浩然《过故人庄》),可划为"开轩——面——场圃,把酒——话——桑麻"。

(4)前一言、中两言、后两言,为"一、二、二"句式。这一种和以下的五种是五言的特殊句式。如"色因林向背,行逐地高卑"(李颀《篱笋》),可划为"色——因林——向背,行——逐地——高卑"。

(5)前一言、中一言、后三言,为"一、一、三"句式。如"绿垂风折笋,红绽雨肥梅"(杜甫《陪郑广文》),可划为"绿——垂——风折笋,红——绽——雨肥梅"。

(6)前一言、中三言、后一言,为"一、三、一"句式。如"山随平野尽,江入大荒流"(李白《渡荆门送别》),可划为"山——随平野——尽,江——入大荒——流"。

(7)前一言、后四言,为"一、四"句式。如"露从今夜白,月是故乡明"(杜甫《月夜忆舍弟》),可划为"露——从今夜白,月——是故乡明"。

(8)前四言、后一言,为"四、一"句式。如"寻觅诗章在,思量岁月惊"(元稹《遣行》),可划为"寻觅诗章——在,思量岁月——惊"。

(9)前三言、后二言,为"三、二"句式。如"野火烧不尽,春风吹又生"(白居易《古原草送别》),可划为"野火烧——不尽,春风吹——又生"。

再看看七言的,主要的节奏形式有十二种:

(1)前四言、后三言,为"四、三"句式。这是七言的最基本的句式。如"晴川历历汉阳树,芳草萋萋鹦鹉洲"(崔颢《黄鹤楼》),可划为"晴川历历——汉阳树,芳草萋萋——鹦鹉洲"。

（2）前四言、中一言、后两言,为"四、一、二"句式。这一句式与"四、三"句式稍有不同,后三分为一、二,是七言较为常见的句式。如"年年喜见山长在,日日悲看水独流"(王昌龄《万岁楼》),可划为"年年喜见——山——长在,日日悲看——水——独流"。

（3）前四言、中两言、后一言,为"四、二、一"句式。这一句式也与"四、三"句式稍有不同,后三分为二、一,是七言较为常见的句式。如"无边落木萧萧下,不尽长江滚滚来"(杜甫《登高》),可划为"无边落木——萧萧——下,不尽长江——滚滚——来"。

（4）前三言、中一言、后三言,为"三、一、三"句式。这一句式也与"四、三"句式稍有不同,前四分为三、一,是七言较为常见的句式。如"三万里河东入海,五千仞岳上摩天"(陆游《迎凉有感》),可划为"三万里——河——东入海,五千仞——岳——上摩天"。

（5）前一言、中三言、后三言,为"一、三、三"句式。这一句式也与"四、三"句式稍有不同,前四分为一、三,是七言较为常见的句式。如"城因兵破恅歌舞,民为官差失井田"(汪元量《利州》),可划为"城——因兵破——恅歌舞,民——为官差——失井田"。

（6）前三言、后四言,为"三、四"句式。这一种和以下的六种是七言的特殊句式。如"巴人泪应猿声落,蜀客船从鸟道回"(刘禹锡《望峡中》),可划为"巴人泪——应猿声落,蜀客船——从鸟道回"。

（7）前二言、中四言、后一言,为"二、四、一"句式。如"试玉要烧三日满"(白居易《放言五首》第三首),可划为"试玉——要烧三日——满"。

（8）前一言、中五言、后一言，为"一、五、一"句式。如"水带离声入梦流"（罗隐《魏城逢故人》），可划为"水——带离声入梦——流"。

（9）前二言、后五言，为"二、五"句式。如"独怜一雁飞南海，却羡双溪解北流"（李白《寄崔侍御》），可划为"独怜—— 一雁飞南海，却羡——双溪解北流"。

（10）前五言、后二言，为"五、二"句式。如"永夜角声悲自语，中天月色好谁看"（杜甫《宿府》），可划为"永夜角声悲——自语，中天月色好——谁看"。

（11）前一言、后六言，为"一、六"句式。如"妾梦不离江上水，人传郎在凤凰山"（张潮《江南行》），可划为"妾——梦不离江上水，人——传郎在凤凰山"。

（12）前六言、后一言，为"六、一"句式。如"菊花须插满头归"（杜牧《齐山登高》），可划为"菊花须插满头——归"。

按意义划分节奏，仅近体诗的五、七言诗句，就可划分出多种形式。然而，不管哪种句子形式，读起来，只有一种，即：按音调节奏读。了解意义节奏，有助于准确理解诗句的意义。这也是很必要的。

第四节　词中句子的节奏形式

词，从句子组成来看，是长短不齐的。有同近体诗的五、七言句相类似的，即五字句、七字句。也有一字句、二字句、三字句、四字句，以至十字以上的句子。不同字数的句子，其节奏形式，又不是一种。比如五字句、七字句，就有不同的节奏形式，有的形式，同五、七言诗的句子形式相类似。词中句子的节奏形式，像诗中句子一样，有多种。但是，词中句子的音调节奏和意义节奏,一般地说,两者是一致的。因而,字数相同的句子,由于意义节奏不同,音调节奏也就不同,就是说,有不同的读法。下面将一字句以至十一字句分述,看一看不同字数的句子各有多少节奏形式。

(一) 一字句。在词中,一字单独成句的很少。《十六字令》的开头第一字,是单独成句的,如蔡伸的《十六字令》:"天!休使圆蟾照客眠。"还有,则是叠句中的一字句,如陆游的《钗头凤》:"山盟虽在,锦书难托。莫,莫,莫!"

一字单独成句的虽很少,但一字作领字的却很多。一字作领字的,称为一字领或一字逗。一字领虽不单独成句,但却成一节奏。一字领多是虚字,实字很少;多是去声字,平声字很少。常用作一字领的字,有如"任"、"看"、"正"、"待"、"乍"、"怕"、"总"、"问"、"爱"、"奈"、"似"、"但"、"料"、"想"、"更"、"算"、"况"、"怅"、"快"、"早"、"尽"、"嗟"、"凭"、"叹"、"方"、"将"、"未"、"已"、"应"、"若"、"莫"、"念"、"甚"、"怎"、"又"、"这"、"渐"、"须"、"对"等字。一字领,领的句数和领句的字数,有各种情况,分别举例如下:

(1) 领单句的,如"怕——梨花落尽成秋色"(姜夔《淡黄柳》);领双句的,如"方——春意无穷,青空千里"(张先《庆春泽》);领排句的,如"渐——月华收练,晨霜耿耿;云山摛锦,朝露团团"(苏轼《沁园春》)。

(2) 领三言的,如"对——长亭晚"(柳永《雨霖铃》);领四言的,如"任——杨花飘泊"(蒋子云《好事近》);领五言的,如"况——有文章山斗"(辛弃疾《水龙吟》);领六言的,如"怅——客里光阴虚掷"(周邦彦《六丑》);领七言的,如"更——绮窗临水新凉入"(毛滂《七娘子》)。

(二) 二字句。在词中,也比较少,但比一字句为多。二字句,常常用在押韵的地方。如"凄然,望江关"(柳永《戚氏》):"琅然,清圆。谁弹？响空山"（苏轼《醉翁操》）。在叠句中,二字句的较多。如"长夜！长夜！梦到庭华阴下"（冯延巳《三台令》）："知否,知否,应是绿肥红瘦"（李清照《如梦令》）。

像一字领一样,二字作领字的也很多。常用作二字领的字,有如"莫是"、"又还"、"那堪"、"休说"、"况是"、"何况"、"将次"、"只是"、"未省"等。有二字领的句子,如"休说——鲈鱼堪脍"（辛弃疾《水龙吟》）："那堪——片片飞花弄晚,蒙蒙残雨笼晴"（秦观《八六子》）。

（三）三字句。在词中,较为多见。有的词,连用三字句,造成繁音促节的效果。用三字句多的词,如《江城梅花引》接连用了五个三字句,《厅前柳》接连用了九个三字句,《芳草渡》全词有十四个兰字句,《六州歌头》全词有二十二个三字句。

三字句,不像一字句、二字句只有一种节奏形式,而是有三种节奏形式。第一,是"一、二"句式,如"思——往事,惜——流光"（欧阳修《诉衷情》）；第二,是"二、一"句式,如"碧云——天,黄叶——地"（范仲淹《苏幕遮》）；第三,是"一、一、一"句式,如"月——临——窗,花——满——树"（顾夐《酒泉子》）。

三字也有用作领字的。"更能消"、"最无端"、"又却是"、"又还是"、"更那堪"、"最好是"等,是常在词中出现的三字领。如"更能消——几番风雨"（辛弃疾《摸鱼儿》）："更那堪——冷落清秋节"（柳永《雨霖铃》）。

（四）四字句。词中最基本的句子之一,便是四字句。不少词连用四字句,如《水龙吟》接连六个四字句,《凤归云》接连九个四字句,《柳梢青》上片六句全是四字句,《人月圆》下片六句全是四字句。

四字句的节奏形式,以"二、二"句式为多。另外,还有其他各种句式。主要的有：

（1）"二、二"句式，如"思君——忆君，魂牵——梦萦"（刘过《醉太平》）。

（2）"一、二、一"句式，如"搵——英雄——泪"（辛弃疾《水龙吟》）。

（3）"三、一"句式，如"曾共谁——倚"（陈允平《齐天乐》）。

（4）"一、三"句式，多是有一字领的句子，即一字领三言，如"况——佳人尽"（柳永《凤归云》）。

（五）五字句。多与近体诗的五言类同。《生查子》等于两首五言绝句；《怨回纥》则如同五言律诗。另外，用五字句较多的词，如《赞浦子》上片全是五字句，《醉花间》下片全是五字句。

五字句的节奏形式，主要的有：

（1）"二、三"句式，这是近体诗五言的最基本句式，在词中也多见。如"明月——几时有"（苏轼《水调歌头》）。

（2）"二、一、二"句式和"二、二、一"句式，与"二、三"句式稍有不同。前者如"长亭——连——短亭"（李白《菩萨蛮》）；后者如"灯火——小桥——路"（吕渭老《祝英台近》）。

（3）"三、二"句式，如"且高歌——休诉"（叶清臣《贺圣朝》）。

（4）"一、四"句式，如"望——青葱无路"（辛弃疾《洞仙歌》）。这种句式，多是有一字领的，即一字领四言，如"尽——荠麦青青"（姜夔《扬州慢》）。

（六）六字句。四字句的延长，是四字句加两字而成，不是五字句加一字而成。连用六字句的词也不少，有的则是全首都是六字句，如《舞马词》四个六字句，《河满子》六个六字句，《谪仙怨》八个六字句，《寿山曲》十个六字句。

六字句的节奏形式，主要的有四种：

（1）"二、四"句式。如"倚栏——怕听画角"（张矞《东风第一枝》）。有的则是有二字领的句子，即二字领四言，如"又还——准备佳期"(赵长卿《满庭芳》)。

（2）"四、二"句式，如"三杯两盏——淡酒"(李清照《声声慢》)。

（3）"三、三"句式，如"极目送——归鸿去"(黄庭坚《青玉案》)。

（4）"一、五"句式，多是有一字领的句子，即一字领五言，如"又——片片吹尽也"(姜夔《暗香》)。

（七）七字句。多与近体诗的七言类同。《清平调》、《采莲子》、《欸乃曲》、《八拍蛮》等词，则和七言绝句差不多。《浣溪沙》全词六句，上、下片各三个七字句；《玉楼春》全词八句，上、下片各四个七字句。

七字句的节奏形式，主要的有四种：

（1）"四、三"句式，如"暗随流水——到天涯"(秦观《望海潮》)。

（2）"三、四"句式，如"便胜却——人间无数"(秦观《鹊桥仙》)。有的则是有三字领的句子，即三字领四言，如"更那堪——频频顾盼"(周邦彦《烛影摇红》)。

（3）"一、六"句式，多是有一字领的句子，即一字领六言，如"怕——南楼吹断晓笛"(高观国《声声慢》)。

（4）"二、五"句式，如"自叹——多愁更多病"(周邦彦《感皇恩》)。

（八）八字句。一般认为，八字句及八字以上的句子是长句，也可看作是两句复合而成，在词中较为少见。八字句的节奏形式，主要的有三种：

（1）"三、五"句式，如"问先生——何处更高歌"(晏几道《满江红》)。有的则是有三字领的句子，即三字领五言，如"又莫是——东风逐君来"(晏几道《洞仙歌》)。

（2）"二、六"句式，如"应是——良辰好景虚设"(柳永《雨霖铃》),这可看作是有二字领的句子。

（3）"一、七"句式，多是有一字领的句子，即一字领七言，如"但——长江无语东流去"（向子諲《七娘子》）。

（九）九字句。九字句的节奏形式，主要的有六种：

（1）"四、五"句式，如"如今憔悴——黄花惯风雨"（陈允平《解蹀躞》）。

（2）"三、六"句式，如"望孤村——三两茅屋疏篱"（无名氏《洞仙歌》）。有的则是有三字领的句子，即三字领六言，如"更消得——风雨几番零落"（何梦桂《念奴娇》）。

（3）"二、七"句式，如"楼上—— 一天春思浩无际"（秦观《南歌子》）。有的则是有二字领的句子，即二字领七言，如"只怕——酒醒时候断人肠"（秦观《虞美人》）。

（4）"一、八"句式，多是有一字领的句子，即一字领八言，如"怅——空山岁晚窈窕谁来"（辛弃疾《洞仙歌》）。这种句式，也可看作是"一、四、四"句式。

（5）"五、四"句式，如"闹娥儿满路——成团打块"（康与之《瑞鹤仙》）。

（6）"六、三"句式，如"细草软溪沙路——马蹄轻"（苏轼《南歌子》）。

（十）十字句。词中最为少见的一种句子。十字句的节奏形式，主要的是"三、七"句式，如"见说道——天涯芳草无归路"（辛弃疾《摸鱼儿》）。

（十一）十一字句。词中最长的一种句子。十一字句的节奏形式，主要的有两种：

（1）"四、七"句式，如"去年明月——依旧还照我登楼"（张孝祥《水调歌头》）。

（2）"六、五"句式，如"古今多少遗恨——俯仰已尘埃"（方岳《水调歌头》）。

第六章　语　法　特　点

　　古代诗词,在语法方面,同古代的散文,同现代的诗歌,都有
不同的地方。古代诗词很注重精练,以尽量少的文字表达尽量
多的内容,同时又要求整齐、押韵,近体诗和词还有种种的格律
规定,因此,在语法方面,与古代散文比较,就有了自己的特点。
现代诗歌也注重精练,也要求整齐、押韵,但因古今汉语语法有
异同,所以,古代诗词与现代诗歌比较,也就有了自己的特点。
在这一章中所说的古代诗词的语法特点,其中既包括与古代散
文的不同,也包括与现代诗歌的不同。为了突出其特点,着重谈
几个问题,而不按语法体系全面论述。

第一节　句子成分的省略

　　一个完整的句子,有各种成分,最起码要有主语和谓语。然
而,在古代诗词中,不完整的句子是常见的。每种成分都有省略
的情况。

　　省略主语,在古代诗词中最多见。但是,省略主语的情况,
在古代散文和现代诗歌中也不少见。在一首诗词中,各句的主
语如果不变换,省略了也能读懂。有时,各句的主语有变换,但
也常常省略。王勃的《送杜少府》:"与君离别意,同是宦游人。"
前一句省略了主语"我",后一句省略了主语"我们"。再复杂一
点的,如李白的《宿荀媪家》:"跪进雕胡饭,月光明素盘。令人
惭漂母,三谢不能餐。"头句和末句,主语不一样,又都省略了。

头句省略了主语"荀媪",末句省略了主语"我"。

谓语和主语同是句子的主要成分,主语虽是一句之"主",但也不像谓语那样重要。在古代散文中,谓语省略的情况不多。而在古代诗词中,谓语却常常被省略。刘禹锡的《至潜水驿》:"枫林社日鼓,茅屋午时鸡。鹊噪晚禾地,蝶飞秋草畦。"前两句与后两句一对照,很容易发现谓语的省略。后两句的谓语没省略,"噪"、"飞"是说明"鹊"和"蝶"的动作的。前两句省略了谓语,"鼓"、"鸡"的动作在字面上没有说明,但可体会出。前两句的意思是,为迎社日,枫林里响起了鼓声,中午时分,鸡在茅屋旁边啼叫。这样就可看出原诗句省略的成分了。谓语省略后,可以从诗句的其他成分体会出谓语来。王维的《送李使君》:"山中一夜雨,树杪百重泉。"前后两句都省略了谓语。但是,前句中从"雨"字可知谓语动词是"下",而后句省略的不是一个谓语,将省略的补充上,全句的意思是:远远一望,山间因夜雨而涨的百重泉,像悬挂在树梢上一样。在有的诗中,一个诗句是由两个句子形式紧缩成的。这种情况也有省略谓语的。陈子昂的《感遇》:"云构山林尽,瑶图珠翠烦。"前后两句各由两个句子形式组成,其间省略了连词"而"。主要的是,每个句子形式都省略了谓语动词。这两句如添了谓语动词,则是"因盖云构(高耸入云的建筑),而把山林伐尽,因做瑶图而用珠翠烦(很多)"。还有的诗,是前后相连的两句,有一句省略了谓语。岑参的《白雪歌》:"中军置酒饮归客,胡琴琵琶与羌笛。"后一句省略了谓语"吹拉弹奏",这是从前句的意思体会出的。王维的《使至塞上》:"萧关逢候吏,都护在燕然。"后句看来是个完整的句子,实际上前面省略了谓语动词"说"。后句是"候骑"所说的话。下面再举出一些谓语省略的例句,可以看出这种省略情况,在古代诗词中是多见的。如:

赧郎明月夜,歌曲动寒川。(李白《秋浦歌》第十四首)

　　前句省略了谓语动词"冶炼"。

　　戍鼓断人行,边秋一雁声。(杜甫《月夜忆舍弟》)

　　后句省略了谓语"响起"。

　　竹径通幽处,禅房花木深。(常建《题破山寺》)

　　后句省略了谓语动词"藏"。

　　在古代诗词中,句子成分的省略,还有一种多见的情况,就是省略一种成分的一部分。王维的《山居秋暝》:"明月松间照,清泉石上流。"两句谓语的动词前,都有一介词结构作状语,而介词结构只剩下了"松间"、"石上",省略了介词"于"。李白的《送孟浩然》:"故人西辞黄鹤楼,烟花三月下扬州。"前句将"自西"这一介词结构中的介词"自"省略了,后句将"于烟花三月"这一介词结构中的介词"于"省略了。介词结构作状语的省略了介词,作补语的也有省略情况。白居易的《卖炭翁》:"卖炭翁,伐薪烧炭南山中。"作补语的介词结构"于南山中",省略了介词"于"。有的不仅省略介词,而且还省略了后面的方位词和时间词。许浑的《咸阳城东楼》:"溪云初起日沉阁,山雨欲来风满楼。"前句中的"日沉阁"是"日沉在阁后"的省略,介词结构中的介词和方位词都省略了。

　　以合成谓语组成的句子,省略合成谓语的一部分——"是",这在古代诗词中也多见。杜甫的《社日》:"今日江南老,他时渭北童。"这两句的意思是,"他时(当年)是渭北之童,今日

是江南之老。"前后两句的合成谓语都省略了"是"。汉乐府《陌
上桑》："十五府小吏，二十朝大夫，三十侍中郎，四十专城居。"
头一句的意思是，十五岁时是府小吏，"是府小吏"这一合成谓
语中的"是"省略了。以下三句同此。

第二节　名词性词组组成句子

在古代诗词中，一个句子就是一两个或几个名词性词组，这
种情况很多。孟郊的《游子吟》："慈母手中线，游子身上衣。"前
后两句都是由两个名词性词组组成的，没有作为谓语的动词或
形容词。温庭筠的《商山早行》："鸡声茅店月，人迹板桥霜。"前
后两句都是由两个名词性词组和一个名词组成，也没有作为谓
语的动词或形容词。由三个名词性词组组成的句子，如陆游
《书愤》中的"楼船夜雪瓜州渡，铁马秋风大散关"。在这些诗句
中，虽没有作为谓语的动词或形容词，但其意思也能体会出来。
如果将其句子成分补全，要多出两三倍甚至更多的文字；并且可
以看出，一个句子是由多个句子紧缩成的。

名词性词组组成句子，是由于句子的某些成分省略而造成
的。举个简单的例句，就可以看出省略的情况。张祜的《宫
词》："故国三千里，深宫二十年。"前句省略了谓语动词"距"，后
句省略了谓语动词"住"，因而就造成了一对由两个名词性词组
组成的句子。在上一节中举的例句，如"枫林社日鼓，茅屋午时
鸡"，"山中一夜雨，树杪百重泉"，"胡琴琵琶与羌笛"等，也都是
名词性词组组成的句子。

前后相连的两个诗句，如前句是一问句，后句则往往是名词
性词组组成的句子。如：

飘飘何所似？天地一沙鸥。（杜甫《旅夜书怀》）

织者何人衣者谁？越溪寒女汉宫姬。（白居易《缭绫》）

卖炭得钱何所营？身上衣裳口中食。（白居易《卖炭翁》）

以上三例的后句都是名词性词组组成的句子。它们所省略的句子成分，一是"似"，二是"是"，三是"营的是"，都包含在前面的问句中。

还有一种情况是前后相连的两个诗句，前句是一个名词性词组组成的句子，但并不能独立，是作为后句的一个成分存在的。如：

孤舟蓑笠翁，独钓寒江雪。（柳宗元《江雪》）

玄都观里桃千树，尽是刘郎去后栽。（刘禹锡《戏赠诸君子》）

旧时王谢堂前燕，飞入寻常百姓家。（刘禹锡《乌衣巷》）

这三个例子的前句是作为后句的主语而存在的。白居易《卖炭翁》中的"半匹红纱一丈绫，系向牛头充炭值"，乍看起来，同前三例相同，但"半匹红纱一丈绫"不是后句的主语，而是省略了"把"字的把字结构，在这里是修饰谓语动词"系"的。还有更复杂一些的例句，如：

葡萄美酒夜光杯，欲饮琵琶马上催。（王翰《凉州词》）

茂陵刘郎秋风客，夜闻马嘶晓无迹。（李贺《金铜仙

人辞汉歌》)

这两个例子的前句都是名词性词组组成的句子,一是作为后句中"饮"的宾语,二是作为后句中"马"的定语。

第三节　修饰词语取代中心词语

修饰词语取代中心词语,这也是因为句子成分的省略而造成的。但是,又不同于一般的句子成分的省略。这种省略,是句子某一成分的中心词语省略了,留下了中心词语的修饰词语,而中心词语的作用由修饰词语来代替。

在有些诗词中,主语或宾语的中心词省略了,而代之以修饰词。修饰词取代主语中心词的例子,如杜甫《羌村三首》中的"四座泪纵横。"主语本是"四座的人们",而让"四座"这一修饰"人们"的词语取代了。再如辛弃疾《清平乐》中的"白发谁家翁媪?"主语本是"白发老人",而让"白发"这一修饰"老人"的词语取代了。修饰词取代宾语中心词的例子也很多,如"吏禄三百石"(白居易《观刈麦》),"东风染尽三千顷"(虞似良《横溪堂春晓》),"记得太行山百万"(刘克庄《贺新郎》)。一是"三百石"兼含着"米"这一中心词,二是"三千顷"兼含着"田"这一中心词,三是"百万"兼含着"义军"这一中心词。

谓语动词作为中心词语,有时为状语所取代。如李贺《雁门太守行》中的"角声满天秋色里",是"角声在满天秋色里回荡"的意思,"满天秋色里"是一省略"在"的介词结构,本是状语,用来修饰谓语"回荡"的,但却由它取而代之了。

谓语动词不仅能为较复杂的状语所取代,而且还往往被作为状语的单一副词所取代。这种情况,在古代散文和现代诗歌中,都是很少见的,而在古代诗词中,却是极为多见。《诗经》中就有这样的例子,如"不我以归,忧心有忡"(《击鼓》),其中的"不"是"不许"的意思,"许"省略掉了。到了后来,副词取代谓语动词的情况,更是多见了。仅在杜甫诗中就很多,如"寂寞天宝后,园庐但蒿藜。我里百余家,世乱各东西"(《无家别》),四句中有两句谓语动词省略了,而保留着副词。一是"但",它包含着"但"(仅)和"长"两个意思;二是"各",它包含着"各"和"奔"两个意思。

第四节　句子成分的顺序变换

在正常的情况下,句子的各种成分,哪个在前,哪个在后,是有一定顺序的。但是,古代诗词有不少特殊的句型,其各种成分的顺序变换,是多种多样的。

谓语的前置,是古代诗词的一个突出的语法特点。如"风雪夜归人"(刘长卿《逢雪》),"归人"实为"人归",谓语前置了。杜甫《咏怀五百字》中的"取笑同学翁",也是谓语前置了,"同学翁"不是"取笑"的宾语。在有的诗词中,谓语前置并未置于主语前,而仅仅同状语变换了一下顺序。如贾岛《题李凝幽居》中的"僧敲月下门",是"僧在月下敲门"的意思,谓语动词倒置在状语前面了。这种情况的例子,再如汉乐府《孔雀东南飞》中的"寂寂人定初"("定初"是"初定"的倒置)、欧阳修《采桑子》中的"双燕归来细雨中"("归来细雨中",是"细雨中归来"的倒置)。还有的诗词在谓语前置时,连同其修饰语一起提前。柳宗元的《寄京华亲故》:"若为化得身千亿,散上峰头望故乡。"前句中的谓语动词"化"及修饰语"若为"(怎能),都提在主语"身"的前面了。再如李益《竹窗闻风》中的"时滴枝上露",不仅谓语动词"滴"前置了,而且连同状语"时"和补语"枝上"都前置了。使动和意动用法的谓语本来就在前的,在古代散文中就是如此,古代诗词中也有,如屈原《湘夫人》中的"帝子降兮北渚,目渺渺兮愁予","愁予"是"使我愁"的意思,为使动动词前置,同以上情况的谓语前置还不一样。

宾语前置的情况也很多。如"将军金甲夜不脱"(岑参《走马川行》),"金甲"是"脱"的宾语,提前了。再如苏轼《蝶恋花》中的"燕子飞时,绿水人家绕",辛弃疾《水调歌头》中的"东岸绿荫少,杨柳更须栽",各句中作为宾语的"人家"、"杨柳"都前置了。宾语前置,有时是部分的,如"菊花须插满头归"(杜牧《齐山登高》),"插"的宾语本是"满头菊花",作为宾语一部分的"菊花"提前了。在有的诗句中,宾语前置后,宾语的中心词及其修饰词的顺序接着发生了变换。叶绍翁的《游园不值》:"春色满园关不住,一枝红杏出墙来。"前句"关不住"的宾语是"满园春色",宾语前置后,"满园春色"的顺序又变换了,宾语中心词置于最前面。再如秦观《鹊桥仙》中的"银汉迢迢暗渡",也是这种情况。还有一些宾语前置的例子,比如:

> 三岁贯女(汝),莫我肯顾。(《诗经·硕鼠》)
> 子不我思,岂无他人。(《诗经·褰裳》)
> 岂余身之惮殃兮?(屈原《离骚》)
> 欲问后期何日是?(王安石《示长安君》)
> 雁不到,书成谁与?(张元干《贺新郎》)

以上五例中,前二例,因有否定副词"莫"、"不",宾语"我"提前了;第三例,宾语"余身"提前,有"之"作为标志;后二例,因是疑问句,宾语"后期"、"谁"提前了。这些并不是古代诗词特有的情况,所以不详加分析了。

除谓语、宾语的前置外,状语、补语也有前置的。状语前置的,如张碧《农父》中的"到头禾黍属他人","到头"是"属"的时间状语;补语前置的,如苏轼《念奴娇》中的"多情应笑我,早生华发","多情"是"笑"的补语,应在"我"后,却前置于句首。

主语置于定语之前的情况,在一些诗词中存在着。如辛弃疾《清平乐》中的"破纸窗间自语",原来的顺序应是"窗间的破纸自语","破纸"提在定语前面了。李益《从军北征》:"碛里征人三十万,一时回首月中看。"前句中的"征人"是主语,"碛里"和"三十万"都是定语,主语提在"三十万"之前,置于两个定语之间。按一般规律,主语除在定语之后外,是在其他成分之前的。在古代诗词中,谓语、宾语、状语等成分有时置于主语之前,这种其他成分前置的情况,也可看作是主语的后置。

前面都是些简单的例句。还有的诗句,在句子成分顺序变换方面,有着更为复杂的情况。如"岭上晴云披絮帽,树头初日挂铜钲"(苏轼《新城道中》),这两句,按正常的顺序,应是"晴云像絮帽披在岭上,初日像铜镜挂在树头"。一是作为补语的"岭上"、"树头"置于句首,二是作为谓语动词的"披"、"挂"也提前了。李贺《昌谷北园新笋》中的"露压烟啼千万枝",有顺序的变换,也有省略。若是不变换顺序和省略的话,应是"露压千万枝,千万枝在烟中啼"。"千万枝"是"压"的宾语,又是"啼"的主语,"啼"作为谓语提在"千万枝"的前面。

第五节　词类的活用

词类的活用,包括名词用作动词和形容词,形容词用作名词和动词,动词用作形容词和副词等情况,这在古代诗词中是多见的。在古代散文中,也有一些词类活用的情况,但比不上古代诗词用得多,用得活。

(一)名词用作动词。汉乐府《上邪》中的"夏雨雪",是

"夏天下雪"的意思,名词"雨"当作动词用了。汉民谣《颍川歌》中的"灌氏族",是"灌氏被族灭"的意思,名词"族"也当作动词用了。刘皂《旅次朔方》中的"客舍并州数十霜","舍"就是名词用作动词。"雨"、"族"、"舍"都是普通名词。表示方位的名词也常常活用为动词。王维的《愚公谷》:"宁问春将夏,谁怜西复东。"前句中的"夏"和后句中的"东",都是名词用作动词,"东"是表示方位的名词。名词用作动词,一般地说,有可辨认的标志。比如,其后带宾语("雨"后带宾语"雪"),其前有状语("东"前有作为状语的副词"复")。在古代诗词中有的是因省略而造成名词当动词用,这在古代散文中很少见。刘禹锡的《乌衣巷》:"朱雀桥边野草花,乌衣巷口夕阳斜。"前句的"花"前省略了谓语动词"开",于是名词"花"用作了动词;后句的"斜",是形容词用作动词,这在后面还要提到。

(二)名词用作形容词。刘禹锡《酬乐天》中的"病树前头万木春","春"就是名词用作形容词。李嘉祐的《同皇甫冉》:"孤云独鸟千山暮,万井千山海色秋。"前句中的"暮",是名词用作动词;后句中的"秋",是名词用作形容词。名词用作形容词,是取名词所代表事物的特征以作比,如用"春"来形容万木的茂盛,用"秋"来形容海色的萧肃,这在古代散文中是很少见的。名词用作形容词,就是拿名词来打比方,如白居易的《杜陵叟》:"虐人害物即豺狼,何必钩爪锯牙食人肉。"后句中的"钩"和"锯",都是名词用作形容词,说明爪像钩,牙像锯。

(三)形容词用作名词。杜甫的《望岳》:"岱宗夫如何?齐鲁青未了。"后句中的"青",是形容词活用为名词,指青青的山色。白居易《买花》中的"灼灼百朵红","红"指"红花",是形容词当名词用了。

(四)形容词用作动词。王安石《泊船瓜洲》中的"春风又绿江南岸",是"春风又吹绿了江南岸"的意思,"绿"这一形容词起了谓语动词的作用。其他的例子如：

> 奈何穷金玉，雕刻以为尊？（陈子昂《感遇》）
> 风老莺雏，雨肥梅子。（周邦彦《满庭芳》）

这二例有一个共同的特点，即，形容词用作动词后，为使动用法。"穷金玉"，是"使金玉穷尽"的意思；"肥梅子"，是"使梅子长肥"的意思。前例的"又绿江南岸"，也可解作"又使江南岸绿了"。形容词用作动词，除使动用法外，还有意动用法。王维的《从岐王》："涧花轻粉色，山月少灯光。"两句的意思是，"涧花很白，以为粉色不算白；山月很明，以为灯光不算明"。形容词"轻"和"少"，都用作意动动词了。

（五）动词用作形容词。王维《送孙二》中的"行车起暮尘"，"行车"指"行走着的车"，"行"本是动词，但在这里修饰名词，当形容词用了。杜甫的《泛江送客》："泪逐劝杯下，愁连吹笛生。"前句中的"劝杯"是"劝人多饮的酒杯"，"劝"这一动词活用为形容词；后句中的"吹笛"是"吹着怨曲的笛子"，"吹"这一动词活用为形容词。动词用作形容词，一个突出的特点，是其后的名词不是宾语，而是所修饰的对象。

（六）动词用作副词。杜甫《喜达行在》中的"喜遇武功天"，"喜"本是动词，但在这里修饰动词"遇"，用作副词了。

（七）另外，名词和形容词也都有用作副词的情况。这同动词用作副词一样，因为修饰了动词，所以具有了副词性质。形容词用作副词的例子，如"安得广厦千万间，大庇天下寒士俱欢颜"（杜甫《茅屋为秋风所破歌》），"大"本是形容词，但在这里修饰动词"庇"（庇护），作用就如同副词了。

第六节　语气词的运用

在古代散文中,经常运用着不少语气词,而在古代诗词中,因为种类的不同,运用语气词的情况也就有了差异。

唐代以前的诗歌,同古代散文一样,经常运用着"也"、"矣"、"耳"、"乎"、"欤"、"哉"等语气词。唐代以后的古体诗,也不避免运用语气词。近体诗和词却是尽量少用语气词,偶尔也用一下,以"哉"的运用为多。如"江楚气雄哉"(孟浩然《游耆阇寺》)、"浮云千里思悠哉"(贺铸《海陵西楼寓目》)等。

"兮"作为语气词,同现代诗歌中的"啊",在古代诗词中,是用得很多的。尤其是楚辞,更是大量地运用着"兮","兮"字句成了楚辞的一个标志了。楚辞运用语气词"兮",有着不同的情况,从屈原的作品中就可看出。《离骚》等诗,"兮"用在奇句的句尾,作为音节上的自然延长,以增加抒情成分。如《离骚》的开头几句是:"帝高阳之苗裔兮,朕皇考曰伯庸。摄提贞于孟陬兮,惟庚寅吾以降。皇览揆余于初度兮,肇锡余以嘉名:名余曰正则兮,字余曰灵均。"而在"九歌"中,"兮"则用在每句的中间。如《国殇》的开头几句是:"操吴戈兮被犀甲,车错毂兮短兵接。旌蔽日兮敌若云,矢交坠兮士争先。"这样一用,活跃了句式,除自然延长音节外,还取代了一些虚词的作用。"九章"中各诗,运用"兮"字,有的在奇句句尾,有的在句中,有的在偶句句尾(《桔颂》就是)。在楚辞之前,《诗经》已大量地运用"兮"字了,如:

> 葛之覃兮,施于中谷。(《葛覃》)
> 摽有梅,其实七兮。(《摽有梅》)
> 绿兮衣兮,绿衣黄里。(《绿衣》)

彼采葛兮,一日不见,如三月兮!(《采葛》)
坎坎伐檀兮,真之河之干兮。(《伐檀》)

以上五例都用了"兮"字,但情况又不完全一样。有用在奇句的,有用在偶句的,有用在句尾的,有句中句尾都用的。用得最多的如《月出》,每句句尾都用了"兮"字。在楚辞之后,诗词都有用"兮"字的情况。唐诗如"霓为衣兮风为马,云之君兮纷纷而来下。虎鼓瑟兮鸾回车,仙之人兮列如麻"(李白《梦游天姥吟》)。宋词如"听兮,清珮琼瑶些,明兮,镜秋毫些"(辛弃疾《水龙吟》)。

还有一些运用语气词的特殊情况,或反复运用同一语气词,或两个以上的语气词连用,等等。前者如梁鸿的《五噫歌》,每句之后,用一个语气词"噫",反复用了五个;后者如李白的《蜀道难》,开头连用三个语气词"噫吁戏",接着是"危乎高哉",又间用了两个,七个字有五个字是语气词。另外,在不少诗中将"呜呼"连用,如杜甫《茅屋为秋风所破歌》中的"呜呼,何时眼前突兀现此屋,吾庐独破受冻死亦足!"然而,像以上三例的语气词运用,多在古体诗中,在近体诗和词中却很少见了。

这一章就古代诗词的语法特点,着重谈了几个问题。需要说明的,是近体诗和词同古体诗,在语法方面有相同,也有不同的地方。以上谈的句子成分的省略、名词性词组组成句子、修饰词语取代中心词语、句子成分的顺序变换等问题,主要表现在近体诗和词中。在语气词的运用问题上,谈了近体诗和词同古体诗的不同。另外,古体诗常用连词"与"、"而"、"且",介词"以"、"之"、"于",代词"其"、"之"、"彼",复音副词"一何"、"何其"、"日已"、"忽如"等,这有些类似古代散文,而有别于近体诗和词。

第七章　修　辞　手　段

　　修辞手段是修饰语言的技巧,运用它能提高语言的表达效果。古代的诗人、词人,在写诗填词时,就很注意运用修辞手段。今天阅读古代诗词,有必要了解古代诗人、词人所经常运用的修辞手段。了解并掌握了这些修辞手段,不仅对准确理解古代诗词有帮助,而且还可借此学习一些技巧。

　　修辞和语法,都是语言问题,是紧密联系在一起的。古代诗词中的某些问题,比如省略、倒装等,在上一章涉及了,在这一章还要提到。但是,侧重点不一样。这一章介绍的是包括省略、倒装等在内的各种修辞手段。

第一节　省　　略

　　省略,可以使诗句紧缩、精练和符合诗词的声韵等要求。在古代诗词中,省略运用得比较多。

　　省略是有条件的,不能任意省略,如果乱用省略,就不能准确地表达意思,甚至会"因词害意"了。在古代诗词中,往往在有平行语的情况下省略。如屈原《国殇》中的"左骖殪兮右刃伤","右"字后省略了"骖"字,因为"左骖"、"右骖"是平行语,所以省略其中一个平行语的部分字词,是不会引起误会的。类似的例句,如刘禹锡的《春日书怀》"心知洛下闲才子,不作诗魔即酒颠",在"即"字后省略了"作"字;杜牧的《西江怀古》"上吞巴蜀控潇湘,怒似连山静镜光",在"控"字前省略了同"上"字平行的"下"字,在"静"字后省略了"似"字;李商隐的《无题》"相见时难别亦难,东风无力百花残",在"别"字后省略了"时"字。

省略,在古代诗词中,很注意前后句的关系。省略的字词,或在前句出现,或在后句出现。前者情况的省略,为承前省;后者情况的省略,为探后省。承前省的,如白居易的《古原草送别》:"离离原上草,一岁一枯荣。野火烧不尽,春风吹又生。""烧不尽"的宾语"草","吹"的宾语、"又生"的主语"草",承前省略掉了。探后省的,如《诗经·七月》:"七月在野,八月在宇,九月在户,十月蟋蟀入我床下。""七月"、"八月"、"九月"之后,都省略了"蟋蟀"。

在古代诗词中,因诗句的字数和声调的限制,而造成了一种在古代散文中少见的省略情况,即:将诗句中的人名减字。如李白《奔亡道中》的"申包惟痛哭",孟浩然《初出关》中的"寂寞滞杨云",孟郊《寄郑给事》中的"赏句类陶渊"等。"申包"是"申包胥"的省称,"杨云"是"杨子云"的省称,"陶渊"是"陶渊明"的省称。这一类省略虽不算高明,但因为如此给人名减字的情况很多,所以也应了解。还有的诗词,将诗句中的地名一类的名称省略一部分。这样的省称,在李白的诗中就不少。《早发白帝城》中的"朝辞白帝彩云间","白帝城"的"城"省略了;《望庐山瀑布》中的"日照香炉生紫烟","香炉峰"的"峰"省略了;《姜薄命》中的"长门一步地","长门宫"的"宫"省略了;《将进酒》中的"陈王昔时宴平乐","平乐观"的"观"省略了;《望天门山》中的"天门中断楚江开","天门山"的"山"省略了;《战城南》中的"去年战,桑干源","桑干河"的"河"省略了。这样的省称,不了解也不行,若不知道"香炉"是"香炉峰",就有可能误以为"太阳照着香炉,香炉里生紫烟"了。

第二节　互　文

本应合在一起说的字词,却因诗句字数的限制而省略,但领会意思时可以对照前后补上,这称为互文。互文的情况,很类似于平行语的省略,但又有所不同。北朝民歌《木兰辞》中的"雄兔脚扑朔,雌兔眼迷离",前句省略了"眼迷离",可以对照着后句补上,后句省略了"脚扑朔",可以对照前句补上。王昌龄《出塞》第一首中的"秦时明月汉时关","秦汉"本来应合在一起说的,但前面省略了"汉",后面省略了"秦"。如不省略则是"秦汉时明月秦汉时关"。读有互文情况的诗词,只有对照前后补上省略的字词,才能准确理解。

第三节　倒　装

倒装,存在着各种情况。一是倒字,二是词语倒装,三是句子倒装。

(一)倒字。有些复音词,如名词"衣裳"、动词"往还"、方位词"东西"等,两字的顺序已成习惯,但由于迁就声韵的缘故,在不影响原意的情况下,有些诗词便将两字的顺序颠倒了。《诗经》中就有不少用倒字的。如《东山》中的"制彼裳衣",《君子于役》中的"羊牛下括",《常棣》中的"如鼓瑟琴",《雄雉》中的"下上其音"。在唐诗中,也有用倒字的情况。如杜甫《出郭相访》中的"还往莫辞遥",《所思》中的"徒劳望牛斗"("牛斗"是星宿"斗牛"的倒字),白居易《自河南经乱》中的"弟兄羁旅各西东",《寄献裴令公》中的"美景从游遨"("遨游"是习惯上的顺序)。

（二）词语倒装。这种情况，在上一章的句子成分的顺序变换中已举过不少例句了。在这里，再举几个。如"城阙辅三秦，风烟望五津"（王勃《送杜少府》）；"竹喧归浣女，莲动下渔舟"（王维《山居秋暝》）；"香稻啄余鹦鹉粒，碧梧栖老凤凰枝"（杜甫《秋兴》）。这三例，倒装情况较为复杂，修辞色彩很浓。可以看出，倒装的原因，除了迁就声韵外，还决定于强调什么，着重什么。第一例，因强调"城阙"、"风烟"而将其前置；第二例，因着重描写先闻、见的"竹喧"和"莲动"而将其前置；第三例，因"香稻"、"碧梧"贴合《秋兴》诗题而将其前置。如此倒装，虽在修辞方面有不足之处，但也要了解。因为古代诗人很欣赏这些，并写了不少类似的诗句，若不了解，就很可能产生误会。

（三）句子倒装。有些诗词的逆挽对，就是句子倒装的一种。如温庭筠《苏武庙》中的"回日楼台非甲帐，去时冠剑是丁年"，先说苏武从匈奴回来，后说苏武去匈奴。这种倒装，极为明显。有的倒装，经过具体分析才能辨别出来。杨万里的《过石磨岭》："翠带千镮束翠峦，青梯万级搭青天。长淮见说田生棘，此地都将岭作田。"前两句描述的是山上梯田的情况，最后一句"此地都将岭作田"作为概括，正好与前两句相接，但在此诗中却倒装了，将"长淮见说田生棘"一句前置，这句本身还有词语倒装，应是"见说长淮田生棘"（听人说淮河一带田地都生荆棘了，这田地荒芜的现象是南宋时南北分裂造成的）。辛弃疾的《西江月》："稻花香里说丰年，听取蛙声一片。"前后两句有倒装情况，不是简单的整句倒装，而是前句的一部分"说丰年"颠倒在前了。两句的意思是：在稻花香里听到一片蛙的叫声，像是在说（报道）今年的好收成。如果不了解这是倒装，便可能误解为人们在谈论着丰年，又听到一片蛙的叫声。句子倒装，不一定是整句与整句倒装，倒装的情况是各式各样的。

第四节 借 代

人、物和事的名称,不直接说出来,而用另一个名称代替,这就是借代。在古代的诗词中,经常运用借代这种修辞手段。读古代诗词,遇到借代的诗句,不能直解,要考虑其借代的是什么。否则,容易产生误解。

(一)有关人的名称的借代。某阶级、阶层、集团的人,都各有其特征。在有的诗词中,便以特征代称某些人。高适的《燕歌行》:"铁衣远戍辛勤久,玉箸应啼别离后。""铁衣"代称的是边防战士,因战士的特征之一是穿着铁衣;"玉箸"代称的是战士家属,家属因怀念战士而流泪,"玉箸"(白如玉的筷子)先作为"泪"的代称,再以"泪"代称家属。杜甫《赠韦左丞》中的"纨袴不饿死,儒冠多误身",《咏怀五百字》中的"赐浴皆长缨,与宴非短褐",辛弃疾《青玉案》中的"蛾儿雪柳黄金缕,笑语盈盈暗香去",都是以特征代称某些人的。"纨袴"是贵少爷穿的,"儒冠"是读书人戴的,"长缨"是高官显宦的佩戴,"短褐"是下层人民的穿着,"蛾儿雪柳黄金缕"是妇女戴的各种首饰,在这三例中,就以穿、戴借代不同的人。具体的人,在有的诗词中,也用特征借代。如李商隐《隋宫》中的"玉玺不缘归日角,锦帆应是到天涯","日角"指的是唐高祖李渊,因他的额角隆起如日,故用"日角"借代。还有一些人名,是用其人所在地或所任官的名称来借代的。如杜甫的《忆李白》:"清新庾开府,俊逸鲍参军。"庾信任过名为"开府"的官,鲍照任过名为"参军"的官,就以所任官的名称来借代他们二人了。用所在地的名称代人,这所在地的名称可以是泛指的。如王昌龄的《从军行》第五首:"前军夜战洮河北,已报生擒吐谷浑。""吐谷浑"本是西域国名,这里先泛指边地的敌国,再用国名借代人名,指敌军首领。再如陆游《夜读揽辔录》中的"帷幄无人用岳飞","帷幄"原指军帐，这里先泛指为统帅所在的地方，再用以借代南宋统治集团。有关人的名称的借代，还另有一些形式，比如，有时用具体的人名借代一般的人，有时又用一般的名称借代具体的人。

.(二) 有关物的名称的借代。在古代诗词中，一些植物，如桃、柳、梅等，有分别用"红雨"、"章台"、"驿使"等借代；天上的日月，地上的山水，其名称也有借代的，如用"望舒"指月；人的饮食，用的器物，有时也用另外的名称借代，如以"杜康"借代酒。像以上借代情况，已成定式。有的诗词，是根据具体情况来考虑借代的，读起来颇有新颖之感。如王安石的《书湖阴先生壁》："一水护田将绿绕，两山排闼送青来。"前后用两种颜色，分别借代"长着绿色庄稼的田地"和"青翠的山色"。苏轼《江城子》中的"老夫聊发少年狂，左牵黄，右擎苍"，也是用两种颜色，分别借代"黄狗"和"苍鹰"。有关物的名称的借代，是有规律的，多是用物的特征来借代，前二例是抓住了颜色的特征。如卢纶《塞下曲》中的"平明寻白羽"，用箭有"白羽"这一特征借代箭。有的则用某物的部分名称借代它的整体名称。如温庭筠《望江南》中的"过尽千帆皆不是"，"帆"是船的一部分，在这里指船的整体。还有的和用典有关，但又不同于通过用典寓含事例的例子，仅仅是名称的借代。如杜甫《咏怀五百字》中的"蚩尤塞寒空"，李贺《雁门太守行》中的"提携玉龙为君死"，一是用"蚩尤"指雾，一是用"玉龙"代剑。再如有一些诗词，用了某物的名称，但不是指这一物，而是借代由这一物所产生的东西。陶渊明《归园田居》第三首中的"带月荷锄归"，李益《闻笛》中的"受降城下月如霜"，陆游《泊公安县》中的"不断海风吹月来"，三例中的"月"都是借代"月发出的光"。还有用"笛"代"笛发出的声音"等等，都属这一类。

（三）有关事的名称的借代。有些事的名称是抽象的，但由另一名称代替就具体了,这另一名称往往是做事的工具。如"笔墨"是写诗文的工具,而陆游《谢徐志义》中的"笔墨极奇峭",便用来借代诗文了;"管弦"是音乐用的乐器,而白居易《琵琶行》中的"举酒欲饮无管弦",便用来借代音乐了。再如"战争"这一名称很抽象,于是便用同战争有关的具体器物的名称来借代。杜甫《无家别》中的"召令习鼓鞞",白居易《自河南经乱》中的"田园寥落干戈后",其中"鼓鞞"和"干戈"都是借代战争的。

第五节　双　　关

　　某一字词表面所指的是一个意思,而内在的却又是另一个意思,这就是双关。南朝乐府民歌,运用双关最为常见,多是通过谐音造成双关效果。在南朝以后的诗词中,也有谐音双关的。刘禹锡《竹枝词》中的"东边日出西边雨,道是无晴却有晴","晴"是"情"的双关语;李商隐《无题》中的"春蚕到死丝方尽,蜡烛成灰泪始干","丝"是"思"的双关语。谐音双关有三种情况:第一,字音相同,而字形、字义都不同,但从谐音上联系到不同形、不同义的字词;第二,字音相同,字形也相同,不仅仅因为谐音,而是利用同音、同形的字词由一义联系到另一义;第三,字音、字形、字义都相同,表面和内在所说的事物却不同。第一种情况的例子,如:

　　　　雾露隐芙蓉,见莲不分明。(《子夜歌》)
　　　　明灯照空局,悠然未有棋。(《子夜歌》)
　　　　三更书石阙,忆子夜题碑。(《读曲歌》)
　　　　不爱独枝莲,只惜同心藕。(《读曲歌》)
　　　　风吹黄蘗藩,恶闻苦篱声。(《石城乐》)

桑蚕不作茧,昼夜长悬丝。(《七日夜女歌》)

以上六例中的"芙蓉"双关到"夫容"(丈夫的面容),"莲"双关到"怜"(爱),"棋"双关到"期"(期会),"题碑"双关到"啼悲","藕"双关到"偶"(偶配),"篱"双关到"离"(离别),"丝"双关到"思"(思念)。第二种情况的例子也不少。《子夜歌》中的"理丝入残机,何悟不成匹","丝"双关"思",属第一种情况,而"匹"既是"布匹"的"匹",又是"匹配"的"匹",由"布匹"义联系到"匹配"义,属第二种情况。《子夜春歌》中的"黄檗向春生,苦心随日长",用黄檗的"苦"双关到离别的"苦",属第三种情况。

第六节　重　叠、反　复

重叠和反复,包括字词的重叠和语句的反复。

字词的重叠,称为叠字,这在古代诗词中很多见。屈原《山鬼》中的"雷填填兮雨冥冥,猿啾啾兮狖夜鸣。风飒飒兮木萧萧,思公子兮徒离忧",四句诗有五对叠字;《古诗十九首》中的《迢迢牵牛星》,全诗共十句,就有六句的句首用了叠字;李清照的《声声慢》,一开头便用了"寻寻觅觅,冷冷清清,凄凄惨惨戚戚"这么七对叠字。叠字有两种情况:第一,两字重叠后,产生了新词意,这纯粹是字的重叠。如杜甫《咏怀五百字》中的"兀兀遂至今","兀"重叠后,在这里作"忙碌"讲,已不是原意了。第二,两字重叠后,词意没改变,而是起加强、反复等作用。如孟郊《游子吟》中的"临行密密缝","密"的重叠是为了加强。这种情况,其实是词的重叠(古代汉语中,词多是单音的,字也就是词)。词的重叠,以量词为多。量词重叠后,含有"每一"或"一切"的意思。如李绅《悯农》第一首中的"谁知盘中餐,粒粒皆辛苦","粒"重叠后,含有每粒的意思。可以作为量词的名词,重叠的更多,重叠后也含有"每一"或"一切"的意思。如白居易《买花》中的"家家习为俗,人人迷不悟",柳中庸《征人怨》中的"岁岁金河复玉关,朝朝马策与刀环"。像"岁岁"、"朝朝"一类的名词,重叠如连用两个,则意味着连续不断。如宋玉《高唐赋》中的"朝朝暮暮,阳台之下",崔颢《邯郸宫人怨》中的"岁岁年年奉欢宴"。动词也有重叠的,以表示动作的反复。如《诗经·卷耳》中的"采采卷耳",《古诗十九首》中的"行行重行行",李白《送韦八》中的"望望不见君",苏轼《别岁》中的"去去勿回顾"。还有副词的重叠。如汉乐府《孔雀东南飞》中的"各各还家门","各"的重叠起了加强语势的作用。

在古代诗词的句子中,叠字几乎可以充当各种成分。叠字作主语的,如汉乐府《孔雀东南飞》中的"物物各自异",姜夔《淡黄柳》中的"燕燕飞来"。叠字作定语的,如王安石《示长安君》中的"草草杯盘供笑语"。叠字作谓语的比较多一些,大部分是形容词。如《诗经·黍离》中的"彼黍离离",屈原《湘君》中的"石濑兮浅浅",王建《望夫石》中的"望夫处,江悠悠",柳永《雨霖铃》中的"暮霭沉沉楚天阔"。也有动词叠字作谓语的,如李贺《感讽》中的"吴蚕始蠕蠕"。作谓语的叠字,有时倒装在前面。如汉乐府《长歌行》中的"岧岧山上亭,皎皎云间星",陶渊明《归园田居》第一首中的"暧暧远人村,依依墟里烟"。叠字又多用作状语,直接或间接修饰谓语动词。如李颀《古从军行》中的"胡雁哀鸣夜夜飞,胡儿眼泪双双落",杜甫《登高》中的"无边落木萧萧下,不尽长江滚滚来",杜牧《早雁》中的"须知胡骑纷纷在,岂逐春风一一回"。有时叠字同其他词语一起组成省略了介词的介词结构,以作为谓语动词的状语。如王维的《辋川庄作》"漠漠水田飞白鹭,阴阴夏木啭黄鹂","漠漠水田"是"在漠漠水田上"的省略,"阴阴夏木"是"在阴阴夏木里"的省略,这两个省略介词的介词结构是修饰"飞"和"啭"的。杜甫的《暮归》:"客子入门月皎皎,谁家捣练风凄凄。"这与上例类同,所不同的是,上例叠字在前,此例叠字在后。叠字作补语的也有,如韦庄《望雨》中的"雁行斜去字联联"。

叠字很容易收到摹状的修辞效果。叠字用来摹色的,如白居易的《暮江吟》:"一道残阳铺水中,半江瑟瑟半江红。""瑟瑟"是摹色的叠字,指的是碧色。叠字用来摹声,比起摹色来,在古代诗词中,要多得多。摹仿鸟的叫声的,如《诗经》头一篇中的"关关雎鸠",《风雨》中的"鸡鸣喈喈";摹仿兽的叫声的,如陈子昂《晚次乐乡县》中的"噭噭夜猿鸣",杜甫《兵车行》中的"车辚辚,马萧萧"(除摹仿马的叫声"萧萧"外,还有摹仿车行走的声音"辚辚");摹仿风雨声的,如黄巢《题菊花》中的"飒飒秋风满院栽",岳飞《满江红》中的"凭栏处,潇潇雨歇";摹仿水流声的,如韩愈《山石》中的"水声激激风吹衣",卢纶《山店》中的"决决溪泉到处闻";摹仿人声的,如北朝民歌《木兰辞》中的"唧唧复唧唧("唧唧",叹息声),韩愈《听颖师弹琴》中的"昵昵儿女语"("昵昵",亲昵私语声),元稹《田家词》中的"牛吒吒,田确确"("吒吒",叱牛声);还有摹仿其他各种声音的叠字,如白居易《琵琶行》中的"大弦嘈嘈如急雨,小弦切切如私语。嘈嘈切切错杂弹,大珠小珠落玉盘",摹仿琵琶的弹奏声,再加之以比喻,产生了极为生动的修辞效果。

叠字,是字或单音词的重叠。还有一种重叠情况,是双音词或语句的重叠。双音词的重叠,如李贺《苦昼短》中的"飞光飞光",劝尔一杯酒",重叠"飞光",是对日月的连声呼唤;白居易《缭绫》中的"缭绫缭绫何所似? 不似罗绡与纨绮",重叠"缭绫",为反复加强。像李贺《老夫采玉歌》中的"采玉采玉须水碧",而是语句的重叠,"采玉"是一短语。再如,冯著的《洛阳道》:"春色深,春色深,君王一去何时寻! 春雨洒,春雨洒,周南一望堪泪下。"前后两处重叠的各是一短句。有些词调,格律规定,必须有语句的重叠,《如梦令》等就是如此。如秦观的《如梦令》"无寐,无寐,门外马嘶人起";李清照的《如梦令》"争渡,争渡,惊起一滩鸥鹭"。

语句的反复类同于语句的重叠。不同之处:语句的重叠,前后紧连;语句的反复,是前后反复出现同一词语,但不紧连。语句反复的例子,如屈原《招魂》中反复出现十一次"魂兮归来"、六次"归来归来",李白《蜀道难》中反复出现三次"蜀道之难,难于上青天"。

在《诗经》中,有很多相同语句前后反复的例子,而其情况又是各式各样的。《诗经》式的反复,不同于一般的语句反复,这应叫作叠章。如《硕鼠》:

> 硕鼠硕鼠,无食我黍!
> 三岁贯女(汝),莫我肯顾。
> 逝(誓)将去女(汝),适彼乐土。
> 乐土乐土,爰得我所。
>
> 硕鼠硕鼠,无食我麦!
> 三岁贯女(汝),莫我肯德。
> 逝(誓)将去女(汝),适彼乐国。
> 乐国乐国,爰得我直。
>
> 硕鼠硕鼠,无食我苗!
> 三岁贯女(汝),莫我肯劳。
> 逝(誓)将去女(汝),适彼乐郊。
> 乐郊乐郊,谁之永号?

共三段,三段的章法、句式类同。三段的第一、三、五句都是

"硕鼠硕鼠"、"三岁贯女"、"逝将去女",三段的第二、四、六句只有一字之差。《伐檀》也是三段相叠,《茉苢》是六段相叠。再如《月出》:"月出皎兮。佼人僚兮,舒窈纠兮。劳心悄兮。月出皓兮。佼人懰兮,舒忧受兮。劳心慅兮。月出照兮。佼人燎兮,舒夭绍兮。劳心惨兮。"这首诗是三段相叠,第一、二、三段中的相应各句,既类同又有差异,与《硕鼠》等例比较,各有特点。

另外,附带说一下近体诗的避免重字问题。叠字,是一种修辞手段,近体诗也运用的。在近体诗中,除叠字外,还有两种情况可以出现字的重复。第一,在一句之中可以重字,如需对仗,必是重字对重字。如杜牧《招李郢》中的"行乐及时时已晚,对酒当歌歌不成"。第二,首联或尾联的出句和对句可用重字。如项斯《夜泊淮阴》中的"夜入楚家烟,烟中人未眠"。除叠字和以上两种情况外,则一概要避免字的重复,即在一首诗中不能出现相同的字。这是一个技巧问题。但是,也有少数近体诗,为了确切而真实地表达作者的构思和写诗的目的,出现了上述三种情况以外的重字。

第七节　排　　比

排比,同语句的反复差不多。所不同的,排比不是完全相同的句子的反复出现,而是将一些类似的句子相比着排列下来。在古代诗词中,用排比的有一些。用了排比,容易造成一贯而下的气势。如北朝民歌《木兰辞》:"爷娘闻女来,出郭相扶将。阿姊闻妹来,当户理红妆。小弟闻姊来,磨刀霍霍向猪羊。"这便是排比。在《木兰辞》中,不仅这一处,而是多处用了排比。唐诗中也有用排比的。如杜甫的《草堂》:"旧犬喜我归,低徊入衣裾。邻里喜我归,沽酒携胡芦。大官喜我来,遣骑问所须。城郭喜我来,宾客隘村墟。"白居易的《夜雨》:"我有所念人,隔在远远乡;我有所感事,结在深深肠。"

第八节　连珠、连环

　　连珠和连环,是又一种重叠和反复。但是,不同于前面所讲的重叠和反复,其特点是,依次相叠,连绵不断,或如一串珠子连在一起,或如连环套在一体。

　　连珠,是将前句句尾的字词作为后句句头,并依次连续下去。这多用在古体诗中。如汉乐府《平陵东》:"平陵东,松柏桐,不知何人劫义公?劫义公,在高堂下,交钱百万两走马。两走马,亦诚难,顾见追吏心中恻。心中恻,血出漉,归告我家卖黄犊。"南朝民歌《西洲曲》,全诗三十二句,有二十二句用了连珠。其中的"忆郎郎不至,仰首望飞鸿。鸿飞满西洲,望郎上青楼。楼高望不见,尽日栏干头",是典型的连珠。还有连得不太紧的,隔一字或几字,如"采莲南塘秋,莲花过人头。低头弄莲子,莲子青如水。"巧妙的是,末句"吹梦到西洲"又与首句"忆梅下西洲"连起来,全诗不仅其中相连,而且前后相连。唐人写的古体诗,用连珠的也不少。如李白的《白云歌》:"楚山秦山皆白云,白云处处长随君,长随君,君入楚山里,云亦随君渡湘水。"白居易的《新丰折臂翁》:"又不闻天宝宰相杨国忠,欲求恩幸立边功。边功未立生人怨,请问新丰折臂翁。"近体诗中也有用连珠的。近体诗不必避免用重字的一种情况——首联或尾联的出句和对句可用重字,就是近体诗用连珠的例子。在词中,用连珠是一些词调的格律规定,《忆秦娥》、《丑奴儿》等就是。如范成大的《忆秦娥》:"楼阴缺,阑干影卧东厢月。东厢月,一天风露,杏花如雪。"这是上片,下片的相同位置也用了连珠。辛弃疾的《丑奴儿》:"少年不识愁滋味,爱上层楼;爱上层楼,为赋新词强说愁。"这词同《忆秦娥》一样,上、下片相同位置都用连珠。

连环,指一诗分为几章的,前章末句作后章首句的情况。如曹植的《赠白马王彪》,全诗分六章,第一章末句是"我马玄以黄",第二章首句接着便是"玄黄犹能进",第二章末句是"揽辔止踟蹰",第三章首句接着便是"踟蹰亦何留",第三章末句是"抚心长太息",第四章首句接着便是"太息将何为",第四章末句是"咄喑令心悲",第五章首句接着便是"心悲动我神",第五章末句是"能不怀苦辛",第六章首句接着便是"苦辛何虑思"。这样,因前后章的末、首句相连,便使分章的诗连成了一体。

第九节 拆字、藏词

拆字、藏词,严格地说,并不是修辞手段,而是文字游戏。但是,在古代诗词中,拆字、藏词的情况也不少,因而有了解的必要。不然,便会影响对诗词的理解。

拆字,是把一个字拆成两个或几个字,用这两个或几个字表达一个字的意思。东汉末年有一首痛斥董卓的童谣,将"董"拆成"艹"、"千"、"里",将"卓"拆成"卜"、"日"、"十",其全诗是:"千里草,何青青,十日卜,不得生。"文人写诗,也有用拆字的,如李白《永王东巡歌》中的"海动山倾古月摧","古月"是"胡"的拆字。还有一种情况,虽不是拆字,而也是在文字上出花样。比如"十五"不说"十五",而说"三五"(三个五)。李清照《永遇乐》:"中州盛日,闺门多暇,记得偏重三五。""三五"在这里指正月十五元宵节。

藏词,指将一个词组拆成两半,只说一半,藏起一半的情况。陶渊明的《庚子岁从都还》:"一欣侍温颜,再喜见友于。""友于"是《书经·郡东》中"友于兄弟"的藏词,"兄弟"藏起不说,而用"友于"代表。韩愈的《符读书城南》:"岂不念旦夕,为尔惜居诸。""居诸"是《诗经·柏舟》中"日居月诸"的藏词,"日月"

藏起不说,而用"居诸"代表。藏词多引用经书中的成句,藏一半,说一半,而藏起来的却是要表达的意思。除以上二例外,又如用"周余"(《诗经》中有"周余黎民"的句子)代表"黎民",用"贻厥"(《书经》中有"贻厥孙谋"的句子)代"孙"等等。

修辞手段,除以上九种外,还有一些。如比喻、夸张等,也是一些重要的修辞手段。因为修辞手段被运用进行诗词创作时,就成了构成诗词艺术形式的表现方法,所以,把比喻、夸张等修辞手段放在下一章作些必要的阐述。

第八章　艺术形式

　　诗词的艺术形式，同其他文学体裁相比较，有其显著的特点，比如整齐、押韵和精练等。这些特点，在前几章已涉及到了。意境，是有关诗词艺术形式的一个重要问题。若谈诗词艺术形式，就不能不提到意境。构成诗词艺术形式的表现方法，像赋、比、兴一类，也应着重谈一谈。古代有成就的诗人、词人，之所以能写出艺术性很高的诗词篇章，和运用多种多样的表现方法是有关系的。了解所运用的表现方法，不仅有助于阅读、欣赏古代诗词，而且可以作为新诗创作的借鉴。

第一节　赋、比、兴

　　赋、比、兴，是古代诗词写作中经常运用的表现方法，是由《诗经》开始而不断得到发展的传统表现方法。《诗经》中的诗篇，或用赋，或用比，或用兴，或赋、比、兴结合运用。这些表现方法，又为后来的诗词作者所仿效，代代相因，成了诗词写作经常运用的手段。

　　（一）赋

　　"赋者，敷陈其事而直言之者也。"这是南宋人朱熹对赋的解释。从这种解释可以看出，赋这一表现方法的特点，一是直言，二是铺陈。直言，就是直接把话说出来；铺陈，就是铺开来从各方面把话说出来。直言和铺陈，有时是分不开的，为了说明问题，就分别举例作一介绍。

先介绍直言。在《诗经》中,直言的运用有各种情况。

(1)直描情状。如《卷耳》写道:"采采卷耳,不盈顷筐。嗟我怀人,寘彼周行。"这里,将诗中"我"(一个怀念丈夫的妇女)的情状直接描述出来了。她采卷耳,采了又采,但总是采不满筐,最后干脆把筐放到了周行(大路),因为她想念丈夫没心思干活了。这种描述,将一个人的举动直接说出,同时也直接说出一个人的心思。

(2)直抒胸怀。如《式微》写道:"式微(暮),式微,胡不归?微(无)君之故,胡为乎中露。"这是苦于劳役的人直接呼出的不满心声,说:天黑了,天黑了,为什么还不能回家?如果不是为了贵族老爷,怎么会在这夜露中干活。

(3)直写人物。直描情状和直抒胸怀,都是直写人物的。但是,这两种情况所写的人物,多半是以第一人称出现的,或者就是作者自己。这里所说的直写人物,是用第三人称,直接写出人物的肖像、内心、行动、对话和一般情况。如《硕人》写道:"硕人其颀,衣锦褧衣。齐侯之子,卫侯之妻,东宫之妹,邢侯之姨,谭公维私。"这里写了一个女人的长条身材和她的衣着,而着重写了她的社会关系,以说明她的地位。《女曰鸡鸣》写道:"女曰:'鸡鸣',士曰:'昧旦'。'子兴视夜,明星有烂。''将翱将翔,弋凫与雁。'"这是夫妻之间的对话。女说,鸡叫了;男说,天将明还未明。女又说,你起来看看吧,天上的启明星多亮。男接着说,我就起来,去射凫和雁。双方的对话,直接写出,显得很真切。

(4)直叙事件。在《诗经》中有一些小型的叙事诗,写劳动生活,写爱情故事,有的还写了大的历史事件,如《生民》写了周的始祖后稷的出现和功德,《公刘》写了后稷的后代公刘从邰地迁往豳地的事迹。

直言的运用,除以上四种情况外,还有直写景物等。《诗经》中直言的手法,尤其是直写人物和直叙事件这两种,为后来的叙事诗创作所仿效。汉乐府《孔雀东南飞》、北朝民歌《木兰辞》和一些诗人创作的叙事诗,在写人和叙事方面都是很成功的。《诗经》以后的抒情诗,直言的也很多,不仅直写景物、直描情状和直抒胸怀,而且也直写人物和直叙事件,如杜甫《北征》的开头是:

> 皇帝二载秋,闰八月初吉。
> 杜子将北征,苍茫问家室。

这四句写了杜甫北征的时间和北征的目的——探家,用的就是直叙事件的手法。

再介绍铺陈。在《诗经》中,铺陈的运用也有各种情况。

(1) 情景的铺陈。对某种特定的景物,或从不同的角度加以描绘,或抓住一点反复渲染,以突出所要抒发的情感。如《风雨》全诗是:

> 风雨凄凄。鸡鸣喈喈。
> 既见君子,云胡不夷!
> 风雨潇潇。鸡鸣胶胶。
> 既见君子,云胡不瘳!
> 风雨如晦。鸡鸣不已。
> 既见君子,云胡不喜!

这首诗所写的景是风雨交加和群鸡乱叫;所写的情是一个久盼“君子”的妇女,在“君子”到来时的欣喜心情。这种景和情,是铺开来写的,进行了反复渲染。

(2) 行态的铺陈。如《芣苢》的全诗是:

采采芣苢，薄言采之。
采采芣苢，薄言有之。
采采芣苢，薄言掇之。
采采芣苢，薄言捋之。
采采芣苢，薄言袺之。
采采芣苢，薄言襭之。

这首诗写的是采集芣苢(车前子)的劳动过程,由泛言采集到满载而归,将其过程分阶段铺开来写。

(3)心志的铺陈。在咏怀言志的诗中,有反复抒发的,将某种心志尽量铺展。如《无衣》的全诗是:

岂曰无衣？与子同袍。
王于兴师，修我戈矛，与子同仇。
岂曰无衣？与子同泽。
王于兴师，修我矛戟，与子偕作。
岂曰无衣？与子同裳。
王于兴师，修我甲兵，与子偕行。

这首诗反映了士兵之间的友爱和同仇敌忾,欣然应征。这种心志,反复抒发、铺陈的结果,给人以很深的印象。

《诗经》中铺陈的手法,给屈原的创作以很大的影响。《离骚》表现"上下而求索",则天上、地下铺开来写。汉赋的作者,将铺陈的手法推向了极端。写某种景物,便上下左右、东西南北地铺陈一番。如司马相如的《子虚赋》,其中写云梦的一段为:

云梦者,方九百里,其中有山焉。其山则盘纡弗郁,隆崇嵂崒;……其土则丹青赭垩,雌黄白坿,锡碧金银;……其石则赤玉玫瑰,琳瑉昆吾;……其东则有蕙圃,……其南则有平原广泽,……其西则有涌泉清池,……其北则有阴林,……

这一段是摘录的,但仍可看出,写云梦,是从山、土、石和东、南、西、北等不同角度、不同方面写的,尽其铺张,罗列万象。汉赋极端运用铺陈手法的结果,使铺陈手法不但没有得到发展,反而不为后人所经常运用了。这是因为,只讲究字词的铺陈而缺乏实际内容,是不受欢迎的。一般地说,汉赋的作者是奉命作赋,由于没有深刻的生活感受,越在字词上下功夫,便越显得华而不实。后来的有成就的诗人、词人,不会仿效汉赋对铺陈手法的极端运用。

（二）比

"比者,以彼物比此物也。"这是朱熹对比的解释。这种解释指出,比是拿别一事物打比方来说明要表现的这一事物。一提起比,很容易想到作为修辞手段的比喻,那么,就先从比喻谈起。

比喻作为修辞手段,可分为三种。

（1）明喻。明显地用彼物比此物,在彼物与此物之间多用比喻词连接,常用的比喻词有"如"、"似"、"若"、"同"、"类"、"犹"等。明喻的例子,如:

> 出其东门,有女如云。(《诗经·出其东门》)
> 裁为合欢扇,团团似明月。(汉乐府《怨歌行》)
> 海内存知己,天涯若比邻。(王勃《送杜少府》)
> 相送情无限,沾襟比散丝。(韦应物《暮雨送李曹》)
> 嗟余听鼓应官去,走马兰台类转蓬。(李商隐《无题》)

以上五例都是明喻,有比喻词。还有一种明喻,不是说"甲像乙",而是说"甲比乙更……"在彼物与此物之间也有相关的词连接。如杜牧《山行》中的"霜叶红于二月花",说霜叶比二月花还红;李清照《醉花阴》中的"人比黄花瘦",说人长得比菊花还瘦。这种明喻,含有夸张的成分,更形象生动。另外,还有省略比喻词的明喻。如:

　　缭绫缭绫何所似? 不似罗绡与纨绮,应似天台山上明月前,四十五尺瀑布泉。中有文章又奇艳,地铺白烟花簇雪。(白居易《缭绫》)

　　遥望洞庭山水翠,白银盘里一青螺。(刘禹锡《望洞庭》)

　　落日熔金,暮云合璧。(李清照《永遇乐》)

　　以上三例,都省略了比喻词,但情况又不尽同。第一例,前有比喻词"似",后句"地铺白烟花簇雪",本为"地似铺白烟花似簇雪",以说明缭绫是白地白花的,省略了比喻词"似";第二例,在两句之间省略了比喻词"似",两句的意思是,远望着洞庭湖的水和山,就像白银盘里放着青螺;第三例,不仅省略了比喻词,而且还省略了别的成分,"落日熔金,暮云合璧",本为"落日映水似熔金,暮云合拢似合璧"。

　　(2)隐喻。比明喻进了一步,不说"甲像乙",而说"甲是乙",在彼物与此物之间多用"是"、"为"、"成"之类的词连接。如:

　　笠是兜鍪蓑是甲,雨从头上湿到胛。(杨万里《插秧歌》)

余霞散成绮,澄江静如练。(谢朓《晚登三山》)

君当作磐石,妾当作蒲苇。(汉乐府《孔雀东南飞》)

以上三例都是隐喻,直接把此物说成是彼物。有的则用不肯定的语气说,实际上也是把此物说成是彼物。如李白《静夜思》中的"床前明月光,疑是地上霜"。还有一种隐喻,不说"甲是乙",而说"甲不是乙"。如《诗经·柏舟》中的"我心匪(非)石,不可转也。我心匪(非)席,不可卷也"。

(3)借喻。比隐喻又进了一步,既不说"甲像乙",又不说"甲是乙",干脆不提"甲",而用"乙"代甲,在诗中只见用来打比方的彼物。如:

端州石工巧如神,踏天磨刀割紫云。(李贺《紫石砚歌》)

冲天香阵透长安,满城尽带黄金甲。(黄巢《赋菊》)

惊涛拍岸,卷起千堆雪。(苏轼《念奴娇》)

欲驾巾车归去,有豺狼当辙。(胡铨《好事近》)

以上四例都是借喻,要表现的此物由彼物取代了。第一例中的"紫云",取代了"紫色的砚石";第二例中的"黄金甲",取代了"菊花";第三例中的"雪",取代了"白色的浪花";第四例中的"豺狼",取代了"秦桧之流的投降派"。

作为修辞手段的比喻,在运用过程中,除一般情况外,还有几种特殊情况。

(1)返喻。在比喻的运用中,前人用过"甲像乙",或"甲是乙",后人返回来,用为"乙像甲",或"乙是甲"。比如常用水波来比眼光,而王观在《卜算子》中,则把眼波来比水,说"水是眼波横,山是眉峰聚"。

（2）曲喻。这种比喻,比一般的比喻多转一个弯,因而很新巧。如李贺《天上谣》中的"银浦流云学水声",用水的流动来比云的飘动,是一般的比喻,再转一个弯,想到水流动的声音,用水流声来比流云,这样的曲喻,既有视觉感,又有听觉感。另如李贺《秦王饮酒》中的"羲和敲日玻璃声",也是这种情况。

（3）博喻。在比喻的运用中,一般的情况是单用一个比喻,但也有连用比喻的,这称为博喻。《诗经》就有用博喻的例子,如《硕人》中的"手如柔荑,肤如凝脂,领如蝤蛴,齿如瓠犀,螓首蛾眉",五句用了六个比喻来形容女人的手、皮肤和容貌。《诗经》之后,用博喻的例子,唐诗如韩愈的《听颖师弹琴》,接连十句都用了比喻,以"昵昵儿女语"、"勇士赴敌场"等来形容琴声的细微幽怨、慷慨雄壮等不同的情调;宋词如贺铸的《青玉案》,用"一川烟草,满城风絮,梅子黄时雨"接连三个比喻来喻愁。

同比喻一样,作为修辞手段的比拟,也是比所包括的。或以人拟物,或以物拟人,或以动物拟静物,都是比拟。其中以人拟物的为多,所以,有将比拟叫做拟人的。比拟的例子,如:

> 蜡烛有心还惜别,替人垂泪到天明。(杜牧《赠别》)
> 只疑松动要来扶,以手推松曰"去"。(辛弃疾《西江月》)
> 虐人害物即豺狼,何必钩爪锯牙食人肉。(白居易《杜陵叟》)
> 叠嶂西驰,万马回旋,众山欲东。(辛弃疾《沁园春》)

第一、二例,是以人拟物,把蜡烛比作像人一样能流泪,把松树比作像人一样能扶人;第三例,是以物拟人,把压榨人民的剥削者比作像豺狼一样食人肉;第四例,是以动物拟静物,用"万马"来比"叠嶂"、"众山"。这些是明显的比拟。另外,在一些诗词中,常常用表示人的举动的词语来形容事物的变化,使所描写的静物或抽象的事物活了起来。如张先《天仙子》中的"云破月来花弄影",宋祁《玉楼春》中的"红杏枝头春意闹",其中的"弄"、"闹"都是表示人的举动的词语,这里用来描述静物"花"和抽象的事物"春意",极为生动形象。

比喻、比拟是修辞手段,但被用来进行诗词创作时,便可看作是表现方法了。然而,比喻、比拟并不是比的全部,比作为表现方法,不仅限于比喻、比拟,还包括象征、寄托一类的手法。

(1)设比言志。这种手法,接近于比喻中的借喻,但又不是借喻。借喻的运用,只是用彼事物取代此事物,而设比言志则更复杂些,通过设比要抒发某种情感,或说明某种道理。如《诗经·鹤鸣》中的"他山之石,可以攻玉",是说明举贤治国的道理的。再如韩愈《调张籍》中的"蚍蜉撼大树,可笑不自量",刘禹锡《酬乐天》中的"沉舟侧畔千帆过,病树前头万木春"等等都是。

(2)托物咏怀。这种手法在运用中,有各种情况。其中一种情况,是全首诗只用一种事物,并通过比拟将这一事物人格化,从而抒发某种胸怀。《硕鼠》是《诗经》中托物咏怀的名篇,此诗借不能忍受大老鼠的为害,以抒发对剥削者的怨恨之情,并表现了寻求"乐土"的理想。再如《诗经·鸱鸮》、汉乐府《枯鱼过河泣》、柳宗元的《笼鹰词》等,都是托物咏怀的。以上几例,所托之物是动物,再将动物人格化。还有将静物人格化的,以作为寄托。汉乐府《怨歌行》将团扇人格化,以表现旧社会妇女被玩弄的遭遇;曹植写的"煮豆燃豆萁,豆在釜中泣,本是同根生,相煎何太急",用豆的口吻,说出他自己受到的迫害;陆游的《卜算子》,把梅花写成了具有人的情操,表现了不同流合污的高尚品质,也流露了孤芳自赏的消极思想;于谦《石灰吟》中的"千锤万击出深山,烈火焚烧若等闲。粉身碎骨全不怕,要留清白在人间",借人格化了的石灰,以突出不怕牺牲的意志。除全诗只用一事物寄托外,另有一种情况,是诗中用了众多的事物,并各有象征。屈原是运用这一手法的成功诗人,他在《离骚》中,就以众多的事物作比,而构成了一个色彩绚丽的艺术境界。

(3)以景寓意。在《诗经》中,就有些诗篇运用了这种手法。如《凯风》:"凯风自南,吹彼棘心,棘心夭夭。母氏劬劳。"前三句描绘了和暖的南风吹酸枣树成长的图景,同时含有比喻意义,说明母亲对下一代的抚育。接着,后一句说出"母氏劬劳"的结论。《诗经》之后,在不少诗词中,存在着具有象征意义的景物描写。如辛弃疾的《菩萨蛮》,写了青山的遮挡、江水的东流和鹧鸪的啼叫,这些景物组织在一个画面上,很和谐,像一幅风景图。但是,都有象征意义,青山的遮挡象征投降派对抗战的阻挠,江水的东流象征抗战派定能冲破阻挠,鹧鸪的啼叫象征抗战之事仍不可行。全诗没有一句议论的话,而是用所描绘的景物以寓意。《诗经·凯风》和辛弃疾的《菩萨蛮》代表着以景寓意的两种情况:一是点出景物的象征意义,二是不点出景物的象征意义。

(4)借事抒情。借事作比,以抒发某种情感,是古代诗词常用的手法。借什么事? 常见的有三种:男女私情,神话传说,历史故事。借男女私情以寄托,屈原的诗篇中有不少。在《离骚》中,屈原以美女自比,用男女私情比拟君臣关系,来显示政治上的得失。曹植的《美女篇》,写美女"盛年处房室,中夜起长叹",以抒发自己壮志未酬的感喟。后来也有用男女私情比拟一般关系的,如王建的《新嫁娘》、张籍的《节妇吟》、朱庆余的《闺意》等。朱庆余的《闺意》:"洞房昨夜停红烛,待晓堂前拜舅姑。妆罢低声问夫婿:'画眉深浅入时无?'"表面看来,是一个新嫁娘要拜她的公婆,不知自己打扮得是否合时,便事先问自己的丈夫。如果不知其寓意,便是没有读懂这首诗。这首诗是作者送给张籍的,要张籍看看自己的文章是否合时,以便参加科举考试。借神话传说以寄托,自楚辞始,但不明显。经汉、魏的诗歌创作,到郭璞写的《游仙》十四首,寄托意义便逐渐明显起来。借历史故事以寄托,也是用典中的一个问题,在后面将提到。男女私情、神话传说、历史故事,这三种不一定都是分开写的,在有的诗词中,既写了美女,又写了神仙,还写了历史故事,或两种所借之事,或三种所借之事,组织在一篇之中。

总括象征、寄托一类的手法,主要是设比言志,托物咏怀,以景寓意,借事抒情等,其中大都属于古人所称的比体。

最后,附带谈一下忌穿凿的问题。有象征、寄托的诗词,不了解其象征、寄托,便是没读懂其诗;反之,有的诗词没象征、寄托,硬牵强附会拉出象征、寄托,便是错解其诗。如《诗经·关雎》本是一篇普通的爱情诗,而《诗经》的一些注疏家却要与帝王、后妃比附;再如韦应物《滁州西涧》中的"独怜幽草涧边生,上有黄鹂深树鸣。春潮带雨晚来急,野渡无人舟自横",写的本是西涧的景物,元人赵章泉却说有君子在下、小人在上的象征;还有不少诗词都有被人牵强附会的现象。穿凿,是读诗的大忌。在古代有穿凿的,到今天又何尝不会发生穿凿?要注意这个问题。

(三)兴

"兴者,先言他物以引起所咏之词也。"这是朱熹对兴的解释。此种解释指出,兴是以别一事物为发端,引出要记叙的人物事件和要表达的思想感情。兴作为发端,一般用在开头,所以,又称为起兴。兴与引出的所咏之词,一是有联系,一是没联系。有联系的又分为两种:一是"触物起情",即照当时所见的景物而起兴;二是"托物兴词",即借不是当时所见的景物而起兴。这样,兴可分为三种。

（1）触物起情。如《诗经·月出》："月出皎兮。佼人僚兮，舒窈纠兮。劳心悄兮。"第一句，写洁白光明的月亮出来了；第二、三句，写所爱的女子在月光下容貌更美，姿态更俏；第四句，写作者自己的心动不能自宁。前一句是起兴，后三句是所咏之词，起兴与所咏之词有联系，是触物起情。在《诗经》之后，有不少诗词是用触物起情之兴的。如辛弃疾的《菩萨蛮》，开头第一句"郁孤台下清江水"，是当时所见之景物，是触物起情之兴。眼见清江水，而想到"中间多少行人泪"，接着引出青山的遮挡和江水的东流。起兴与所咏之词，在意义上和情调上都有联系。

（2）托物兴词。这种起兴，其景物不是当时所见的，而是根据所咏之词的需要，借一景物起兴，但是，也存在着联系。如《诗经·相鼠》，对处于高位的剥削者进行了斥责，开头用"相鼠有皮"起兴。"相鼠有皮"，不是当时所见，而是借来之物，托物以兴词。再如汉乐府《孔雀东南飞》的开头两句："孔雀东南飞，五里一徘徊"，也是托物兴词之兴，虽不是当时所见，但同所咏的焦仲卿、刘兰芝的爱情有联系。

（3）协音发端。这种起兴，与所咏之词没有联系，但起着协调音律的作用，以便有一个和谐动听的开头。这种起兴只是解决开头的问题。如《诗经·鸳鸯》写的是对贵族的称颂，而开头两句却是"鸳鸯于飞，毕之罗之"，起兴与所咏之词没有联系。

在以上三种兴中，所举例子都是开头用一个兴的。除此之外，还有在开头用两个或三个、四个兴的。开头用两个兴的，如《诗经·南山》的开头："南山崔崔，雄狐绥绥。""南山"和"雄狐"，同为起兴。开头用四个兴的，如《诗经·汉广》的第一章："南有乔木，不可休息。汉有游女，不可求思。汉之广矣，不可泳思。江之永矣，不可方思。""乔木"、"游女"（神女）、"汉水的宽广"、"江水的永长"，同为起兴。

兴，一般的用在开头，但也有用在篇中的。屈原《湘夫人》

中的"沅有芷兮澧有兰,思公子兮未敢言",是诗中的第九、十两句,第九句为兴,用在篇中;韩愈《八月十五夜》中的"洞庭连天九疑高,蛟龙出没猩鼯号",是诗中的第七、八两句,也是用在篇中的兴。元人傅若金提出,在诗的起、承、转、合之处,都可用兴。起处用兴,即开头用兴,这是一般的,不必再说;承和转处用兴,是篇中用兴;合处用兴,是结尾用兴,这很少见。现举一个例子,是杨载的《寄友》诗,在承处(第三、四句)用了兴,即:

> 闻君游宦处,正值洞庭湖。
> 落日波涛壮,晴天岛屿孤。
> 舟帆通汉沔,风物览衡巫。
> 天下文章弊,非公孰起予!

(四) 赋、比、兴的结合运用

赋、比、兴,在实际运用中,是很难分开的。比、兴经常结合运用,或兴中有比,或比又兼兴,或比兴连用。赋,也经常和比、兴结合运用,或赋中有比,或赋又兼兴,或赋比连用,或赋兴连用。还有赋兼比兴的,三法合于一笔。其中的兴比连用、赋比连用、赋兴连用,指的是先兴后比、先兴后赋等情况,这较为容易理解,不再举例说明了。现以《诗经》为例,将连用以外的赋、比、兴的结合运用作一介绍。

(1) 兴中有比。如《鸨羽》的第一章:

> 肃肃鸨羽,集于苞栩。
> 王事靡盬,不能艺稷黍。
> 父母何怙?
> 悠悠苍天! 曷其有所!

这首诗是劳动者的不满呼声,说:因为"王事靡盬"(徭役没有停息的时候),庄稼顾不上种了,父母的生活没有了依靠。这不满呼声的开头两句是起兴,但其中也有比。鸨鸟属涉禽类,足没后趾,在树上站不稳,所以不断颤动羽翼,肃肃有声。这种起兴,与所咏之词的联系,是比的联系,以鸨鸟的栖树之苦,比劳动者的徭役之苦。

(2)比又兼兴。这同兴中有比难于分清,但也有区别,要看是以兴为主还是以比为主。《鸨羽》是以兴为主的,属兴中有比。现举一个例子,是以比为主的,属比又兼兴,如《伐柯》的第一章:

> 伐柯如何, 匪(非)斧不克。
> 取妻如何, 匪(非)媒不得。

以伐柯要斧来比取妻要媒,前两句是以比为主的,但也兼起兴的作用。

(3)赋中有比。如《大叔于田》第一章的部分:

> 叔于田, 乘乘马,
> 执辔如组, 两骖如舞。

这四句是直写"叔"(一个男子)乘马车去田猎的景况,为赋法,但是,赋中有比,后两句用了明喻。

(4)赋又兼兴。如《黍离》的第一章:

> 彼黍离离, 彼稷之苗。
> 行迈靡靡, 中心摇摇。
> 知我者谓我心忧, 不知我者谓我何求。

悠悠苍天！此何人哉？

这八句都是用的赋法，前两句是直写景物，三、四句是直描情状，后四句是直抒胸怀。但前两句的直写景物，也兼起着兴的作用。

（5）赋兼比兴。如《伐檀》的第一章：

坎坎伐檀兮，寘之河之干兮，
河水清且涟猗。
不稼不穑，胡取禾三百廛兮？
不狩不猎，胡瞻尔庭有县（悬）貆兮？
彼君子兮，不素餐兮！

这九句也是全用赋法，前两句直描情状，第三句直写景物，后六句直抒胸怀。前三句表现了劳动者的伐檀景况，后六句写出了劳动者对剥削者不劳而食的讽刺。从前三句看，也有比的意思。檀木是作车的好材料，伐了檀应作成车来乘用，但却扔到了河边。以物非所用，比人不尽力。这三句在开头，也是起兴。在这里，采用了赋、比、兴结合在一起的手法。

《诗经》之后的诗词写作，仍以赋、比、兴为重要的表现方法。在运用中，更多的情况是赋、比、兴结合在一起。比和兴是越来越不可分离了，在有些情况下，已合成了一法，被称为比兴，或托兴、兴寄等。

第二节　意　　境

意境，是写作诗词和欣赏、评论诗词都很注意的一个问题。写作诗词要注意创造意境，欣赏诗词要注意领会意境，评论诗词也应从意境入手。那么,意境是什么呢? 简而言之,是情与景的和谐统一。情,指的是思想感情;景,指的是艺术境界。意境是思想感情与艺术境界的结合,这一结合,不是两者的简单相加,而是两者有机地组成一个整体。这正如古代诗词评论者所说的,情与景偕,思与境共。具有完美意境的诗词,情与景的和谐统一,不仅是情景交融的,而且还能情景相映,也就是,思想感情与艺术境界互增光彩。好的诗词篇章,深刻的思想感情都是通过精湛的艺术境界体现的。在谈论诗词时,人们常提到诗意、诗味。诗意深刻、含蓄,诗味浓,才富于艺术魅力。

意境是诗词不可少的,但是,意境又不是划一的,在不同的诗词中有着不同的形式。

(一)触景生情。因见到某一景物、某一场景,油然而引出某种情感的抒发,这体现在诗词中,常常是情与景的一致,情与景的融合。如黄巢的《题菊花》:

飒飒西风满院栽,蕊寒香冷蝶难来。
他年我若为青帝,报与桃花一处开。

这首诗的作者,因见到菊花在秋天生长的情况,而想到改变菊花的处境,让它在春天同桃花一齐开放。将所见之景和引发之情,艺术地概括在四句诗中,有着完美的意境。触景而生的情,说出来的是"报与桃花一处开",而内在还有更深邃的思想,那就是,要为劳苦大众改变现状。从这可以看出,这首诗的意境,不仅是完美的,而且是高超的。

(二)缘情写景。诗人或词人用某种感情看待某一景物或场景,在其笔下,这一景物或场景,也染上了某种感情的色彩。此种意境,古人称为"有我之境",即有着作者自己感情色彩的境界。杜甫《春望》中的"感时花溅泪,恨别鸟惊心",这两句诗就染有作者自己的感情色彩,花容和鸟鸣本是赏目悦耳的,但让处于战乱之中的作者看来,却成了"花溅泪"、"鸟惊心";欧阳修《蝶恋花》中的"泪眼问花花不语,乱红飞过秋千去",这里的花也成了同作者感情一致的东西,人"无计留春住",花亦然。

(三)情景分列。在一首诗或一首词中,写景部分与抒情部分界限很清,表面看来,情与景是并立的,是分开的,实际上,情景一致,情景融合。在一句之中,上半写景下半抒情的,如杜甫《江亭》中的"水流心不竞,云在意俱迟",前后句都是一半写景一半抒情,"水流"、"云在"是景,"心不竞"、"意俱迟"是情;在两句中,上句写景下句抒情,或上句抒情下句写景的,如陈亮《水龙吟》中的"寂寞凭高念远,向南楼一声归雁",即上句抒情下句写景;在四句之中,上两句写景下两句抒情,或上两句抒情下两句写景的,如张孝祥《西江月》中的"世路如今已惯,此心到处悠然,寒光亭下水连天,飞起沙鸥一片",即上两句抒情下两句写景;在一首之中,上半部分写景下半部分抒情,或上半部分抒情下半部分写景的,如杜甫的《蜀相》:

蜀相祠堂何处寻? 锦官城外柏森森。
映阶碧草自春色,隔叶黄鹂空好音。
三顾频烦天下计,两朝开济老臣心。
出师未捷身先死,长使英雄泪满襟。

这首诗上半部分写景,画出了蜀相祠堂这一古庙的景象,下半部分抒情,对诸葛亮的远见和勤奋进行了讴歌,并惋惜其事业未竟。上、下部分虽分写景和情,但景与情是融合的。

(四)寄情于景。有的诗词,表面看来,全是写景,实际上,也有情在,是寄情于景。韦应物的《滁州西涧》,四句全是写景,如果说有君子、小人之寄托的话,那是穿凿,但在写景中,也寄有

作者的感情,即对西涧春日景色的喜爱。再如辛弃疾的《清平乐》:

> 茅檐低小,溪上青青草。醉里吴音相媚好,白发谁家翁媪？　　大儿锄豆溪东,中儿正织鸡笼;最喜小儿无赖,溪头卧剥莲蓬。

这首词写了普通农家的生活场景,除"谁家"的发问和"最喜"的流露,都是生活场景的描写,表面看来,作者没表示态度,但在生活场景的描写之中,寄有作者的思想感情,那就是,对农村生活的热爱。

(五)景略情在。有的诗词,表面看来,又全是抒情,同寄情于景的形式正好相反。像这样的诗词,是否就没有意境呢?也是有的。本是触景生情,情与景一致,但写成诗时,却把景略去了,而直抒胸怀。如陈子昂的《登幽州台歌》:

> 前不见古人,后不见来者,
> 念天地之悠悠,独怆然而涕下。

这首诗是登幽州台时所发出的慨叹,从这不满现状的呼声中,不仅可以领会出幽州台的氛围,而且也可觉察出当时的社会环境。因而,景虽略了,但意境很完美。

有意境而一般,也不算好诗词,所以,有意境只是对诗词的基本要求,还有更高的要求,就是意境要高超,意境要新颖。怎样才能使意境高超和新颖呢?

(一)要境近而意远。所谓境近,指的是景物要具体、真实,又是人们所熟悉的;所谓意远,指的是思想感情要深远。境近,才能使人感到亲切,有艺术感染力;意远,才能以深远的思想感情启发人、打动人，从而具有高度的思想意义。黄巢的《题菊花》，就达到了境近而意远。菊花在秋天生长，这是常见之景，可谓境近了，在这常见之景的描绘中，寄寓的不是一般的感情，而是深邃的思想，又称得上是意远。

（二）必景新和情殊。选择前人没写过的景物或场景，能达到景新，但是，有些景物或场景，像风花雪月和生死离别之类，是永久存在的，经常出现的，不可回避的，写这样的景物，若能达到景新，则更新颖。怎样才能做到这一点？一方面要抓住景物的特点来写，另一方面要写出独特的感受。比如唐代长安的慈恩寺塔，引了不少文人骚客登临题诗，所题的诗优劣不等，其中有一首是章八元的《题慈恩寺塔》，即：

> 七层突兀在虚空，四十门开面面风。
> 却讶鸟飞平地上，自惊人语半空中。
> 回梯暗踏如穿洞，绝顶初攀似出笼。
> 落日凤城佳气合，满城春树雨蒙蒙。

这首诗写慈恩寺塔面面俱到，从塔的形状到登临的景况都写了，用语虽多，但却不能使人感到新颖奇巧，而寄于景中的情更是少得可怜，没抓住景物特点，没写出独特感受。杜甫的《登慈恩寺塔》则不同，因为抓住了景物的特点，写出了独特的感受，所以具有高超的意境。诗的开头只用两句"高标跨苍穹，烈风无时休"，就写出塔高耸天的特点，下面的"七星在北户，河汉声西流"，也是形容塔高，登临塔上仿佛听到了天河的流水声，如此写塔高耸天的特点，给人印象多么强烈。更主要的是，本诗写出了独特的感受，登塔下望，作者见到了长安周围的景象，写出了有独特感受的诗句，即：

秦山忽破碎，泾渭不可求。

俯视但一气，焉能辨皇州？

　　作者见到塔下景物一定很多，写出来的只是雾气蒙蒙，泾水和渭水看不清了，连长安城也难分辨。这是作者当时的感受，在这感受中，蕴含着对国家的忧虑，唐王朝的政治气氛也正是"但一气"的。这里，景物写得有特点，所寄寓的思想感情也很深远。

　　（三）容矛盾为统一。诗词的意境，一般的，是情与景在感情色彩上一致，达到了和谐的统一。可是，有些诗词作者，故意将感情色彩正好相反的情与景写在一起，并使其和谐统一。这样的情与景，因为既矛盾又统一，对比鲜明，所以有着更强的艺术感染力。如《诗经·风雨》，景是风雨交加，群鸡乱叫，是让人烦闷的，而情却是欣喜的。一个久盼"君子"的妇女，盼了很长时间，逢上风雨交加，群鸡乱叫，自然烦闷得很，但是，就在这时，"君子"来了，欣喜之情便难以抑制了，烦闷的景与欣喜的情加以鲜明对比，就更突出了欣喜的情，既矛盾又统一。还有另一种情况，就是要表达的思想感情是矛盾的，把这一矛盾的思想感情寄寓在一个和谐统一的境界中。辛弃疾的《菩萨蛮》，既抒发了作者抗战到底的坚定决心，又流露了抗战不可行的消极情绪，这是作者矛盾心情的反映，而矛盾的心情却为一个统一的画面所蕴含，青山、流水和山里的鹧鸪啼叫，写在一起是很和谐的。

　　在如何创造完美、高超的意境方面，古代的诗人和词人积累了不少的成功经验，以上三个方面仅是其中的一部分。其他的如用渲染来烘托、化景物成情思等，也有助于创造意境。用渲染来烘托，就是通过景物的渲染来烘托要表达的思想感情，在景物描写上虽多用了笔墨，但使思想感情更鲜明突出了。化景物成情思，就是借助某些艺术手段使景物更富于思想感情。如王维

《过香积寺》中的"泉声咽危石,日色冷青松",写泉水的流声用"咽",写日光的微弱用"冷",这样就使所描写的景物更多地带上了幽僻的情调,景物也就成了有感情的东西。

第三节　谋篇方面的一些技巧

诗词的写作,要注意立意谋篇。立意主要考虑的是内容,谋篇主要考虑的是形式。谋篇涉及的范围很广,狭义地说,包括结构安排和其他一些问题。

（一）开头的不同形式

诗词的开头,没有固定的形式。然而,在不同的开头形式中,是有好坏差别的。现在,就古代诗词的一些好的开头形式,作一归纳。

（1）起兴式。在本章第一节中,关于开头起兴问题谈过了,这里从略。

（2）点题式。这是一种开门见山的形式。一开始就亮出本事或本意,显得自然而明洁。杜甫《茅屋为秋风所破歌》的开头"八月秋高风怒号,卷我屋上三重茅",开始亮出本事;苏轼《念奴娇》的开头"大江东去,浪淘尽、千古风流人物",正点词题"赤壁怀古",开始亮出本意。

（3）写景式。这种形式,最为多见。有的诗词,用写景式开头,是为了创造一个阔大深远的意境。如谢朓《赠西府同僚》的开头"大江流日夜,客心悲未央",以大江日夜东流作比,在阔大境界中蕴含着深广的悲愁。有的诗词,用写景式开头,是为了给本事或本意渲染气氛。如李白《古风》第二十四首的开头:"大车扬飞尘,亭午暗阡陌",写宦官权贵的乘车横行,在扬尘蔽日上大加渲染,以揭露他们的骄奢无度。有的诗词,用写景式开头,是为了起象征作用。如冯延巳《谒金门》的开头"风乍起,吹皱一池春水”,写的是眼前景,也有象征意义,以披露思夫之妇的静不下来的心境。总之,写景式开头,因情况的不同,所起的作用也不一样。

（4）倾怀式。这一形式是抒情性的,但又不是一般的抒情,而是一开始便倾出心中之慨,造成一种淋漓酣恣而不可遏止的气势。如李白《饯别校书叔云》的开头:“弃我去者,昨日之日不可留;乱我心者,今日之日多烦忧。”

（5）感喟式。这一形式也是抒情性的。如李白《蜀道难》的开头:“噫吁戏,危乎高哉!”辛弃疾《贺新郎》的开头:“甚矣吾衰矣!”以感喟为开头,一开始便震撼着读者的心,感染力强。

（6）发问式。开头先提出问题,或随即回答,或暂不作答,以引人入胜。现举出几首诗词的开头第一句,都是问句,即:

　　蜀相祠堂何处寻?（杜甫《蜀相》）
　　织妇何太忙?（元稹《织妇词》）
　　明月几时有?（苏轼《水调歌头》）
　　何处望神州?（辛弃疾《南乡子》）

（7）设辩式。将富于辩论色彩的句子设置在开头,也起着引人入胜的作用。陆游《游山西村》的开头“莫笑农家腊酒浑,丰年留客足鸡豚”,似乎有人在嘲笑农家酒浑,作者加以辩论,说明农家热情,陈亮《水调歌头》的开头“不见南师久,漫说北群空”,对认为南宋没有人才的胡说,作者加以辩论,表现了民族自豪感。

（8）交代式。一开始便把有关问题交代清楚,使头绪不乱。这种形式,有交代地点、时间、人物、事件等不同情况。交代地点的例子,如李白《长相思》的开头“长相思,在长安”;交代时间的例子,如白居易《观刈麦》的开头“田家少闲月,五月人倍忙";交代人物的例子,如杜荀鹤《山中寡妇》的开头"夫因兵死守蓬茅,麻苎衣衫鬓发焦";交代事件的例子,如高适《燕歌行》的开头"汉家烟尘在东北,汉将辞家破残贼"。以上交代地点、时间、人物、事件的开头,并非单纯的交代,还包含着其他内容。第一例,不仅交代地点,主要还起着概括全诗内容的作用;第二例,在交代时间的同时,引出了对农民生活情景的描述;第三例,在对人物遭遇的交代和肖像描写之中,流露了作者的爱和恨;第四例,随着事件的交代,也交代了地点和人物。

（9）突起式。这种形式,与交代式大不相同。交代式,大都是平起;突起式,是突起。如岳飞的《满江红》,一开头就是"怒发冲冠",这一突起的句子,给人以强烈的印象。

（10）概括式。开头是对全篇的总括。欧阳修《采桑子》的开头"轻舟短棹西湖好",先总说"西湖好",接着再具体描述颍州西湖如何好。有些诗词的开头,虽不是对全篇的总括,但能体现全篇的思想感情,也可看作是概括式开头。

（二）层次和连接

层次和层次间的连接,在谋篇时也不能忽视。好的诗词,不只是开头好,而且还有好的层次。诗词的结构安排,要有层次,并且要层次清楚,这是一般的要求。这里主要介绍一些诗词比较好的层次。

（1）波澜起伏。好的层次,只是清楚还不行,要有如波澜一样,有起有伏。李贺的《梦天》,开头两句"老兔寒蟾泣天色,云楼半开壁斜白",从想像中的月亮写起,起得很奇特,接下去的两句仍写想像中的月亮,虽也很奇特,但没有多大变化,可看作是伏,再接着第五、六两句"黄尘清水三山下,更变千年如走马",另开一头,写了人世间的千年更变如跑马一样,像波澜由伏而起。有些绝句,虽只四句,但也是起而伏、伏而起的。而一些篇幅较长的古体诗,层次要比律诗、绝句多,起伏的变化也多。

（2）相互映衬。层次之间的相互映衬,有陪衬、反衬、衬垫等各种情况。陪衬,即一般的衬托,如李白的《行路难》第一首,开头两句"金樽清酒斗十千,玉盘珍羞直万钱",写了酒和菜特别的好,这一层是为下一层作衬托的,下面两句"停杯投箸不能食,拔剑四顾心茫然",要表现内心的"茫然",用好酒好菜都不想吃作衬托,就显得很突出。反衬,是从反面来衬托,如李煜的《浪淘沙》,其中两句"梦里不知身是客,一晌贪欢",这两句前后写的都是愁,再用"梦里贪欢"反衬,越发愁了。衬垫,是为了防止直泻而下,在中间用一层垫一下,使诗有回味,如李白的《早发白帝城》,就用了衬垫。形容船行迅速,可用马快跑、鸟急飞作比,但这太直,同前句"千里江陵一日还"和后句"轻舟已过万重山"配在一起,给人以快、快、快的单调之感,而作者却用了"两岸猿声啼不住"来垫一下,就避免了直泻而下。

（3）递进加倍。层次,以递进加倍为好。一层接一层,一般的深入还不行,还要加倍深入,这样才能使要表达的思想感情更深刻。如刘皂的《旅次朔方》:"客舍并州数十霜,归心日夜忆咸阳。无端又渡桑干水,却望并州是故乡。"离开咸阳到并州（今山西省太原市）,住了数十年,想回咸阳回不了,这是一层。下一层如何深入呢? 若写成再过十年也回不去,是一般的深入,而作者却用加倍深入法,说,往北渡过了桑干河,不但回不了咸阳,并州也难回了。有的诗词,在一句之中就有着递进的层次,如杜荀鹤《山中寡妇》中的"桑柘废来犹纳税,田园荒后尚征苗",在封建社会,因战争死了丈夫而寡居的农妇,碰上灾年就够苦的了,但还要纳税,这就苦上加苦了。

（4）有主有宾。古人作诗填词,讲究分主宾。从结构安排来看,"主"应详,应为主,"宾"应略,应作衬。如此详略得当,才算得上好层次。如苏轼的《念奴娇》,以写周郎的层次为"主",下片六句专写周郎,写其他历史人物的层次为"宾",只在上片用"大江东去,浪淘尽、千古风流人物"和"江山如画,一时多少豪杰"这四句概括写出。

古代诗词中好的层次,不只是以上几种。另外,像重叠、反复也是。层次的重叠和反复,如果安排得当,就会起到加强的作用。有关重叠、反复的问题,在前面已谈过了,这里从略。

诗词的结构安排,在注意层次的同时,还应注意层次的连接。层次的连接,诗词不同于散文,大都是不用连接词语的,而是靠内在的联系。最常见的层次连接是顺接,特殊的有逆接、反接等。

(1)顺接。因为顺接是用得最多的一种连接方式,所以又可分多种情况。前后两层有时间先后的关系,用的是顺接,如陆游的《诉衷情》,开始一层写"当年万里觅封侯",接着一层写眼前的"梦断",从当年到眼前,时间是先后。前后两层在内容上是并列的,用的也是顺接,如李白的《古朗月行》开始一层写"小时不识月,呼作白玉盘",接着一层写"又疑瑶台镜,飞在白云端",把月比作白玉盘和比作瑶台镜,二者是并列的。后层是前层的进一步说明,也多用顺接,如秦观的《鹊桥仙》,前层写牛郎、织女"金风玉露一相逢",后层"便胜却人间无数",是为前层作的说明性结论。除以上三种外,顺接还有别的一些情况。

(2)逆接。照时间先后安排为前后层,是顺接;反之,是逆接。时间在后的成了前层,时间在先的却成了后层。如李商隐《马嵬》中的"此日六军同驻马;当时七夕笑牵牛",前层写的是当时,指唐玄宗逃亡时,警卫部队不肯前进,要求惩办杨贵妃,后层写的是以前,指唐玄宗与杨贵妃在逃亡前的相恋之事。如此看来,逆接类似于语句的倒装。

(3)反接。同逆接不一样,逆接是时间先后的反用,反接是后层反用前层深入下去的意思。比如若将"离乡多年又断了音信"作为前层,那么前层深入下去的意思则是"盼望听到家里的消息",反过来就是"不愿听到家里的消息",把反过来的意思作为后层,这样的后层接前层便是反接。宋之问的《渡汉江》就是如此:

> 岭外音书断,经冬复历春。
> 近乡情更怯,不敢问来人。

(三)结尾的不同形式

同开头一样,结尾也没有固定的形式。不过,仍可从古代诗词中归纳出几种好的结尾形式。

(1)以写景作结。古代诗词,结尾是写景的,为数很多。以描写景物为主的诗词,结尾自然多是写景。以抒情、叙事为主的诗词,结尾也有用写景的,作者欲说而不直说之意都蕴含在景中,耐人寻味。如岑参的《白雪歌》,是送别之作,结尾不直说不忍离别,而是写了眼见之景"雪上空留马行处",这雪地上留下的马走过的蹄痕,引起作者无限的情思,也给读者以回味的余地。

(2)以描状作结。同结尾写景相类似,但写的不是自然的景物,而是人的情状。以描状作结,也是为了避免直说,在情状之中寓有深意。如杜牧的《秋夕》,写一少女在秋夜乘凉的活动,结尾是"卧看牵牛织女星",牛郎、织女的神话,会使这少女在"卧看"之中产生联想,也从而引起读者的想像。范仲淹的《渔家傲》,在描绘边塞景象的同时,反映了将士们的既坚持抗战又想念家乡的矛盾心情,结尾是"人不寐,将军白发征夫泪",将士们的矛盾心情没有直说,而用情状表现。

(3)以抒情作结。这是一种常见的结尾形式。古代诗词中,无论是以抒情为主的,还是以写景、叙事为主的,都有以抒情作结的。以抒情作结,往往是全篇思想感情的汇总,用一、两句精警的话表现出来。如李白《将进酒》的结尾"呼儿将出换美酒,与尔同消万古愁",把诗中反复抒发的怀才不遇的郁结心情一下子倾诉出来。以抒情作结,最好的是结尾的抒情应是全篇思想感情的升华,杜甫《茅屋为秋风所破歌》的结尾便达到了这一点。此诗从自己的茅屋为秋风所破,而想到"天下寒士",最后表示,若有了"广厦千万间"以"大庇天下寒士",纵使"吾庐独破受冻死亦足"。这结尾的抒情确实是将全篇的思想感情升华到了难得的高度。

（4）以判断作结。结尾是判断语或类似判断语,起着总结全篇思想感情的作用。如白居易《买花》的结尾"一丛深色花,十户中人赋",这一判断指出,权贵豪富买一丛花,价值十户缴纳的赋税。李绅《悯农》第一首的"粒粒皆辛苦"这一结尾,也是通过判断,说明每粒粮来之不易。

（5）以发问作结。诗词到结束时,忽又提出问题,这不仅能增加层次的起伏,而且还能留下联想的伏线。如曹邺的《官仓鼠》,在"健儿无粮百姓饥"之后,接着提出"谁遣朝朝入君口"这一问题,虽没明确指出造成"百姓饥"的剥削者养活着"官仓鼠",但却能使人想到,并且更含蓄有力。结尾提出问题,不作回答,使人能展开联想。也有些诗词,以发问作结,随即便有回答,这样的例子,如李煜《虞美人》的结尾:"问君能有几多愁?恰似一江春水向东流。"

（6）以反诘作结。同以发问作结相类似,但是,这是无疑问而提问,目的在于加强所肯定的意思。如高适的《别董大》,结尾用"天下谁人不识君"反诘,更加说明董大到处能遇到朋友。白居易《忆江南》的"能不忆江南"这一结尾,比直说"使人忆江南"更加有力。

（7）以对比作结。有些诗词,在结尾处并列着两相对比的句子,通过对比,增强艺术感染力。如白居易《长恨歌》的结尾

"天长地久有时尽,此恨绵绵无绝期",用"天长地久"进行对比,说明恨之长久。陆游《诉衷情》的结尾"心在天山,身老沧洲",内心的志愿是戍防边疆,而现实却是老在了隐居之地,通过这一对比,指斥了南宋统治集团打击抗战派的行径。

（8）以进层作结。结尾不限于一般的总结,而是再深入一层,这就加深了所要表达的思想内容。如杜荀鹤的《山中寡妇》,写了丧夫寡居的农妇在受灾之后也逃不脱赋税的逼迫,若按一般的结尾,则是作一个总结,说明这农妇的遭遇确让人同情,但此诗的结尾并未停留在一般的总结上,而是写了"任是深山更深处,也应无计避征徭",又深入一层,这不仅说明一个农妇逃不脱赋税的逼迫,而且也说明了无论哪个农民,即便是在"深山更深处",也都"无计避征徭"的。

（9）以他意作结。全篇大部分说的是一个意思,而到结尾时却另说一个意思,这另说的意思,或是前一意思的发挥,或与前一意思形成对比。如李清照的《声声慢》,全篇大部分表现的都是愁,而结尾却说"怎一个愁字了得",这是前一意思的发挥,并非说不愁,而是说除愁之外,还有怨和恨,表现了对南宋统治集团的不满。辛弃疾《破阵子》的"可怜白发生"这一结尾,同全篇的大部分形成对比,反映了作者年华已逝、壮志未酬的郁愤。

（10）以扣题作结。有的诗词是在开头点题;有的诗词则是在结尾扣题。无论是在开头,还是在结尾,这种明确地揭示题意的办法,能较容易地达到结构的完整和层次的清楚。以扣题作结的例子,如李白《渡荆门送别》的结尾"仍怜故乡水,万里送行舟",扣上了"送别"的题意。

开头、结尾以及层次和层次间的连接,是结构安排问题,是表现形式问题,但是,又不纯属于形式。结构安排的好坏,取决于构思,构思不仅是谋篇问题,而更重要的是立意问题,形式不能离开内容。以上举的各个例子,无论是层次好,还是开头、结尾好,之所以好,不都是因为形式适应内容的缘故吗?

第四节 夸 饰

夸饰,是通过夸张这一修辞手段以增强艺术表现力的方法。古代诗词,运用夸饰的很多。《诗经》就已开始运用,屈原的创作运用得更多,此后,成了一种普遍运用的方法。南朝人刘勰在《文心雕龙》中专门列了"夸饰"一章,给夸饰以很高的评价,说夸饰"可以发蕴而飞滞,披瞽而骇聋矣"。就是说,夸饰能够创造生动鲜明的艺术形象,取得"披瞽"、"骇聋"这样的惊人效果。夸饰的运用,有着各种各样的情况。

(一) 抓特征而发挥。抓住事物的某一方面的本质特征而尽量发挥,发挥到现实生活中不曾见的地步,从而突出表现这一事物。如《诗经·绵》中的"周原脦脦,堇荼如饴",把周原上长的堇荼(苦菜)说成像糖浆一样甜,以突出周原的肥美;宋玉《大言赋》中的"长剑耿介,倚天之外",把剑说成长到"倚天之外"的地步,以突出剑之长;王之涣《凉州词》中的"春风不度玉门关",把本来到处吹的春风说成吹不到玉门关之外,以突出古代凉州一带的荒凉,岳飞《满江红》中的"三十功名尘与土",把本来已建节封侯的功名说成像尘和土那样小和贱,以突出要建立更大事业的决心。像以上几例的发挥,或极言好,或极言大,或极言坏,或极言小。夸饰,并非只是夸大、夸好,还包括向小和坏方面夸张。是夸大、夸好,还是夸小、夸坏,视内容表达的需要而定。

(二) 借假设以比况。借助假设,把现实生活中不曾见的事物说成是可能出现的,并以常见事物作比,以使艺术形象更鲜明生动。如李贺《金铜仙人歌》中的"天若有情天亦老",把本来无情的天说成像人一样有情,并说目睹了人世间的变化也会衰老;王观《卜算子》中的"若到江南赶上春,千万和春住",说春像人一样地跑走了。假如到江南能赶上的话，一定要留住春。这种借假设的夸饰，大都带有"若"之类的假设词语。

（三）用对比来突出。为了突出表现某一事物，便拿另一事物作对比，用大的、好的比得更大、更好，用小的、坏的比得更小、更坏。如李白《蜀道难》中的"蜀道之难难于上青天"，用上天之难来比蜀道之难，上天在古代是难以办到的，说蜀道之难比上天还难，这就突出了蜀道之难。

（四）同比喻相结合。这类似于用对比来突出，但又不同。用对比来突出，是比某某更大、更好，或更小、更坏；而同比喻相结合，是像某某一样大和好，或小和坏。如《诗经·采葛》中的"一日不见，如三岁兮"，把一天的时间说成像三年那样长，以突出表现想念之情；辛弃疾《破阵子》中的"弓如霹雳弦惊"，把弓弦的震动声说成像霹雳一样响，以突出表现引弓射箭人的骁勇。以上两例是同明喻相结合的情况，还有同隐喻、借喻相结合的。

夸饰，既然要夸大、夸好，或夸小、夸坏，就免不了要夸张到现实生活中不曾见的地步。因而，夸饰的合理与否，不在于是否符合现实生活的原样。杜甫《古柏行》中的"霜皮溜雨四十围，黛色参天二千尺"，说的是诸葛亮庙里的古柏树之高，显然是夸饰。精通科学的北宋人沈括，用精确的数学计算来分析诗句，算出四十围是七尺，便认为，粗七尺，高二千尺，"无乃太细长"。这是一种不了解夸饰特性的看法。杜甫抓住古柏的高大，便尽量发挥高大这方面的特征，以用来象征诸葛亮的品格高大。如果不在高大方面发挥，而写成"黛色参天几丈高"，虽然粗、高相衬了，不太细长了，但是，却不如"黛色参天二千尺"有神。夸饰，是一种传神的笔法，它并不追求形似。

夸饰，可以夸张到现实生活中不曾见的地步，然而，必须有现实生活的基础。李白《北风行》中的"燕山雪花大如席"，是夸饰，在现实生活中虽见不到"大如席"的雪花，但写的是燕山雪花,这就有现实生活的基础。鲁迅在《漫谈"漫画"》中说:"'燕山雪花大如席',是夸张,但燕山究竟有雪花,就含着一点诚实在里面,使我们立刻知道燕山原来有这么冷。如果说'广州雪花大如席',那可就变成笑话了。"因而,夸饰又不同于漫无边际地说大话,它不能离开现实生活的基础,不然,就会闹出"广州雪花大如席"的笑话来。

第五节　用　　典

　　用典,是古代诗人、词人所常用的一种表现方法,像杜甫这样的大诗人和辛弃疾这样的名词人,他们写的诗词,大部分篇章都有用典处。其他诗人、词人的写作,也多有用典的。用典,指的是对前人语句、神话传说、历史故事等的引用。引用前人语句,第一,是引用经、史、子书中的语句,如辛弃疾将《论语》中的"甚矣吾衰也"一句话,改了一个字为"甚矣吾衰矣"而用作《贺新郎》的开头;第二,是引用前人诗词中的语句,如柳永《蝶恋花》中有"对酒当歌"一句,是引用曹操《短歌行》中的;第三,是引用民谣谚语中的语句,如陈琳《饮马长城窟行》中的"生男慎莫举,生女哺用脯"两句,引用的是秦时民谣:"生男慎勿举,生女哺用脯"。引用历史故事,在古代诗词中也是多见的。"咏史"、"怀古"一类的诗词,是引用历史故事的典型。这些诗词,有一首咏一人的,如杜甫的《蜀相》,咏诸葛亮一人;有一首咏一事的,如刘禹锡的《西塞山怀古》,咏王濬伐吴一事;有一首咏多人多事的,如辛弃疾的《水龙吟》,先后提到了孙权、刘裕、刘义隆、廉颇等几个历史人物和他们的故事。除"咏史"、"怀古"一类的诗词外,其他诗词也有引用历史故事的,对这些诗词应特别注意,因为在引用历史故事方面不像"咏史"、"怀古"一类的诗词那样明显。以上说的是用典的一般情况,下面再将用典的不同形式作一介绍。

（一）直引前人语句。将前人用过的语句，照原样或稍加改动引用过来。这不同于抄袭，因为虽在字面上看来是照抄，但引用过来后组织在新的一篇中，就融合在新的意境之中了。如翁宏《春残》中的"落花人独立，微雨燕双飞"，为晏几道所直接引用，在《临江仙》中写出："去年春恨却来时，落花人独立，微雨燕双飞。"再如杜甫《登高》中的"不尽长江滚滚来"，为辛弃疾所直接引用，在《南乡子》中写出："千古兴亡多少事，悠悠，不尽长江滚滚流。"

（二）点化前人语句。点化不同于直引，而是将前人语句消化后用自己的话写出。有的经点化后，比前人说的更具体、更生动形象了，如《孟子》中的"狗彘食人食而不知检，途有饿莩而不知发"，为杜甫点化，在《咏怀五百字》中写出："朱门酒肉臭，路有冻死骨。"有的经点化后，同前人说的在艺术风格上不同了，如杜甫《羌村三首》第一首中的"夜阑更秉烛，相对如梦寐"，写战乱之中的夫妻相逢，风格是沉郁的，这两句为晏几道点化，在《鹧鸪天》中写出"今宵剩把银釭照，犹恐相逢是梦中"，用来表现女子情思，风格是婉转的。有的经点化后，同前人说的在思想内容上不同了，如韩愈《听颖师弹琴》中的"昵昵儿女语，恩怨相尔汝"，是用来形容琴声的，经张元干点化，在《贺新郎》中写出"肯儿曹恩怨相尔汝"，说明了在离别时的惜念，不是儿女之情。以上点化的例子，涉及到的是少数语句。还有的点化，涉及到了整篇作品。如金昌绪的"打起黄莺儿，莫叫枝上啼，啼时惊妾梦，不得到辽西"这首《春怨》诗，为苏轼点化成"梦随风万里，寻郎去处，又还被莺呼起"三句话，写进《水龙吟》中。再如周邦彦的《西河》，整首词是隐括刘禹锡的两首诗而成的。又有的点化，是仿照前人的笔法，如杜甫的《客从》，开头是"客从南溟来，遗我泉客珠"，是仿照汉乐府的，汉乐府《饮马长城窟行》中有

"客从远方来,遗我双鲤鱼"的诗句。

（三）引用神话传说。如李贺的《李凭箜篌引》,有"江娥啼竹素女愁,李凭中国弹箜篌"的诗句,用湘妃和素女这样的神女为乐声感动来形容李凭的箜篌弹得好。还有"女娲炼石补天处,石破天惊逗秋雨"的诗句,进一步形容李凭的箜篌弹得好。最后有"吴质不眠倚桂树,露脚斜飞湿寒兔"的诗句,写出月中吴刚为乐声所吸引,也是形容李凭弹箜篌的。引用神话传说,能增强诗词的艺术表现力,并可构成奇特的艺术境界。

（四）明用历史故事。在引用历史故事时,明白地指出是何人何事,这是明用。如白居易《放言五首》第三首中的"周公恐惧流言日,王莽谦恭未篡时",明白地指出是借周公和王莽之事来喻今的。

（五）暗用历史故事。比明用要隐蔽,因为没有明白地指出是何人,所以难于一眼看出。如果知道所用的历史故事,便能读懂诗或词;反之,便要大费脑筋了。如杜甫《前出塞》第三首中的"功名图麒麟",暗用了汉宣帝(刘询)把霍光等十一个功臣画像于麒麟阁的故事,如不知道这一故事,就要费解了。

（六）反用历史故事。明用和暗用历史故事,都是正用其意;反用历史故事,则是反用其意。比如,汉文帝(刘恒)爱贾谊之才,将他从长沙召回,在宣室接见,而李商隐写的《贾生》,却用"可怜夜半虚前席,不问苍生问鬼神"的诗句,讽刺汉文帝不能真正重用贾谊,这是对汉文帝接见贾谊的反用。通过反用,以慨叹自己的怀才不遇。

用典,作为一种表现方法,有好的一方面。用典用得恰当,便能以精炼的语句包含丰富的内容,可以通过用典提供的材料,让读者展开联想。但是,用典也有不好的一方面。用典影响诗词的形象性,并且常因用典过多或生僻而使诗词晦涩难懂。南朝人钟嵘在《诗品》中就批评过用典,认为"古今胜语,自非补假,皆由直寻"。也就是说,从古到今,一切好的诗句,都不是借用典来添彩的,而是运用了白描的手法。这话有一定的道理。

第六节　诗中议论和以文为词

议论,不是诗词常用的表现方法。如果诗中议论过多,就很容易失去形象性。但是,诗歌创作并不排斥一切议论。从古代诗歌来看,有一些好的诗中议论。

(一)关键之处的警句。在诗的关键之处,常有一些警句,这警句多是议论性的。如《诗经·君子偕老》,全篇三章,对贵族妇女宣姜的华贵衣饰进行了一番形容,第一章的最后两句是关键句,说"子之不淑,云如之何",意思是你这人品质不好,衣饰华贵又有何用? 这是多么精警的议论。再如白居易的《红线毯》,通过宣州(今安徽省宣城县)进贡红线毯的事,讽刺了宣州太守之流对皇帝的阿谀奉承,揭露了封建统治阶级不顾惜织工的劳动而任意浪费的罪行,诗的最后写道"地不知寒人要暖,少夺人衣作地衣",这一精警的议论,用作诗的结尾,又有深一层的意思。即:封建统治阶级的挥霍浪费不知要造成多少人没衣穿。关键之处的警句,如果议论具有着深刻的思想内容,确实是很好的。

(二)带有情韵的议论。好的诗中议论带有诗歌的情韵,与议论文中的议论大不相同。第一,是用形象化的诗句来议论;第二,是用充满感情的诗句来议论;第三,是用音韵和谐的诗句来议论。如杜甫的《咏怀五百字》,诗中多议论,但其议论具备以上三点。其中一段是:

当今廊庙具,构厦岂云缺?
葵藿倾太阳,物性固难夺。

顾惟蝼蚁辈，但自求其穴；
胡为慕大鲸，辄拟偃溟渤？
以兹悟生理，独耻事干谒。
兀兀遂至今，忍为尘埃没？

　　这一段议论，反映了作者不甘于碌碌无为而抱有远大志向，同时对鼠目寸光、自私自利的人表示了蔑视，感情色彩很浓，音韵也很和谐，并且运用了比喻等形象化手段。因此，虽然这是一段议论，但是不能不承认是好诗。

　　（三）形象寓含着哲理。有些诗句，构成了一个完美的形象，在这形象之中，寓含着深刻的道理，这道理经得住时间的考验，即使到今天，也觉得很有意义。如白居易《古原草送别》中的"野火烧不尽，春风吹又生"，陆游《游山西村》中的"山重水复疑无路，柳暗花明又一村"等，都是形象寓含哲理的名句。不只是一些诗句，也有整首诗把哲理寓含在形象之中的，如苏轼的《题西林壁》：

横看成岭侧成峰，远近高低各不同。
不识庐山真面目，只缘身在此山中。

　　这首诗描绘的是身在庐山的情景，很形象。同时，又有哲理寓含其中，说的是，当被各种现象迷惑时，就不易看清真相。这种形象和哲理统一的情况，古人称为理趣。

　　诗中有议论，词中也有议论。辛弃疾一派的词人，有以文为词的情况。以文为词，第一，是指用文的笔法写词；第二，是指将文的议论入词。辛弃疾在一首《西江月》中就写进了《孟子》的一段议论，《孟子》中说"尽信书，则不如无书"，辛弃疾点化成为"近来始觉古人书，信著全无是处"，仍是文的笔法，又是议论，

但合于词律,也带有情韵。词中议论的例子是很多的,略举几个如下:

> 莫等闲白了少年头,空悲切!(岳飞《满江红》)
>
> 追想当年事,殆天数,非人力。(张孝祥《六州歌头》)
>
> 算平戎万里,功名本是,真儒事,君知否?(辛弃疾《水龙吟》)
>
> 今古恨,几千般,只应离合是悲欢?(辛弃疾《鹧鸪天》)
>
> 六朝何事,只成门户私计。(陈亮《念奴娇》)
>
> 天时地利与人和,"燕可伐欤?"曰"可"。(刘过《西江月》)
>
> 叹臣之壮也不如人,今何及!(刘克庄《满江红》)

　　以上七例,其中"莫等闲白了少年头,空悲切",是点化汉乐府诗句;"天时地利与人和,'燕可伐欤?'曰'可'",是点化《孟子》文句;"叹臣之壮也不如人,今何及",是点化《左传》文句。这点化前人语句的三例,连同其他四例,都是议论性的,有的还是用文的笔法写成的。以文为词,冲破了词律的严格束缚,形式上活泼自由,又因议论性强,能观点鲜明地表达思想感情。这是以文为词的好的一方面。但是,以文为词,常常使词的形象性不强,减弱了艺术感染力。

第九章　风　格、流　派

在我国古代,诗人、词人无数,就只算有成就的,也犹如灿烂群星;诗词篇章无数,就只算优秀的,也犹如绚丽百花。这么多的诗人、词人,这么多的诗词篇章,千姿百态,千差万别,其间有哪些不同之处,又有哪些共同之处呢?如果从艺术风格方面来看,不同诗人、词人写的诗词篇章有着不同的风格特点;如果从创作流派方面来看,无数的诗人、词人可以归进不同的诗派和词派。

第一节　诗词创作的不同艺术风格

艺术风格,指的是艺术创作上的独到之处。每一个诗人、词人,都各有自己的风格特点。即使同一流派的诗人、词人,艺术风格虽大同但又有小异;即使同一个诗人、词人,虽以一种风格为主,但还伴有他种风格。艺术风格千千万,但也可以大致归并为若干类。刘勰在《文心雕龙》中,将艺术风格归并为八体,"一曰典雅,二曰远奥,三曰精约,四曰显附,五曰繁缛,六曰壮丽,七曰新奇,八曰轻靡。"从古代诗词来看,其艺术风格也有刘勰所归并的八体,当然还有刘勰所未归并的。对艺术风格加以归并,是为了便于掌握,实际上,归并的若干类风格,并不能包括风格的全部。

（一）自然。写出的诗词,不留雕琢的痕迹,不使人感到是做作之词,这可称为自然。李白曾用荷花出水作比来说明自然这一风格,他说:"清水出芙蓉,天然去雕饰。"荷花是美的,出在清水之上,天然而成,这才更美。谢灵运《登池上楼》中的"池塘生春草",便被南宋人葛立方称为"混然天成"。王安石《百家夜休》中的"欲别更携手,月明洲渚生",写离别,又不忍离别,月照着洲渚,更加烘托了友情的深厚,抒情、写景为所想、所见,不加雕饰,是很自然的。

(二)平淡。与自然有相同之处,即不加雕琢;与自然又有不同之处,即语言力求朴素。自然讲究天然而成,并不排斥在词藻上下功夫;而平淡,则不尚词藻,显现出质朴无华的特点。如陶渊明《饮酒》第五首中的"采菊东篱下,悠然见南山。山气日夕佳,飞鸟相与还"。句句都很平淡。平淡,并非平而无味,而是于平淡之中蕴含着深意。葛立方在《韵语阳秋》中说,陶渊明的诗"平淡有思致",即指表面平淡而内有深意。所以说,平淡并不易达到。梅尧臣欲写平淡诗,方觉平淡不易,在《赠杜挺之》中写道:"作诗无古今,欲造平淡难。"

(三)工丽。与平淡比较,有着截然不同的特点。平淡不尚词藻,而工丽既讲究词藻华丽,又讲究对仗工整。如杜甫《观山水图》中的"红浸珊瑚短,青悬薜荔长",就有着词藻华丽、对仗工整的特点,并且在每句开头用颜色词构成一幅色彩鲜明的画面,可算得上工丽的诗句。然而,仅仅词藻华丽和对仗工整,并不能称为真正的工丽。是否工丽,还要看意境如何。《唐诗三百首》的编者,把李白写的"烟花三月下扬州",称为"千古丽句",就是从意境着眼的。词中的丽句,如柳永《望海潮》中的"重湖叠巘清佳,有三秋桂子,十里荷花。羌管弄晴,菱歌泛夜,嬉嬉钓叟莲娃"。杭州西湖的风景情物,在柳永的笔下,多么华艳绮丽。

(四)委婉。抒情或叙事,不直接写出,而是经过委曲婉转,然后透露出来,此为委婉。具有委婉风格的诗词,有着各种情况。第一,通过写与本意无关的事物而委婉表现内心情感。如金昌绪的《春怨》,诗的本意是表现征人之妻的怀念之情,但是,一开始却写这个妇女去打黄莺儿,经过委曲婉转,才在最后说明,黄莺儿的啼叫把她的梦打断了,使她"不得到辽西",即不能同出征到辽西的丈夫相会。第二,通过想像的情景而委婉表现内心情感。如李商隐的《夜雨寄北》,诗的本意在于作者对妻子的怀念,但是,没有直接地写出,而写了"何当共剪西窗烛,却话巴山夜雨时",意思是,到什么时候能回到家,在夜里,一边剪着烛花,一边促膝交谈,将在巴山做客时的情景,都说给你听,这一想像的情景透露了诗的本意。第三,通过对比而委婉表现内心情感。如杜甫《秦州杂诗》第二首中的"清渭无情极,愁时独向东",用渭水的东流反衬自己的西行,说渭水无情是要表达自己的悲愁,内心的情感就是这样委婉表达的。清人王夫之《薑斋诗话》中的"情语能以转折为含蓄者,唯杜陵(杜甫)居胜",就是推崇杜诗之委婉的。

(五)流转。这种风格,是侧重音韵说的,指音节声韵流畅而又婉转的。如张若虚的《春江花月夜》:

> 春江潮水连海平,海上明月共潮生。
> 滟滟随波千万里,何处春江无月明。
> 江流宛转绕芳甸,月照花林皆似霰。
> 空里流霜不觉飞,汀上白沙看不见。
> 江天一色无纤尘,皎皎空中孤月轮。
> 江畔何人初见月?江月何年初照人?
> ……

这是前面的十二句,写了月夜春江的绚丽景色,音节声韵流畅而又婉转。婉转是通过四句一换韵造成的。明人胡应麟在

《诗薮》中，便很称誉《春江花月夜》的"流畅婉转"。

（六）直率。这不像委婉那样，而是毫不隐晦，毫不修饰，依照情感的原样子直接写出。如《诗经·相鼠》中的"人而无礼，胡不遄死"，是对处于高位的剥削者的斥责，咒他为什么不快点死，吐露真情，多么直率。

（七）奔放。与直率有相同之处，但比直率有气势。要抒发的内心情感达到相当激烈的程度时，便一下迸发出来，淋漓酣恣。如屈原的《离骚》，其中有不少奔放的诗句，把心中的怨愤倾出，有些简直是大声疾呼了。李白的《将进酒》，抒发的虽是怀才不遇的郁结心情，但很奔放，开头的第一个起兴"君不见黄河之水天上来，奔流到海不复回"，便是奔放的诗句，以下接着的是淋漓尽致的抒怀，有不可遏止的气势。

（八）雄奇。气势很雄伟，立意又奇特，此为雄奇。如李贺的《梦天》，假想飞上了天空，从天而望，人世间竟渺小得很，"遥望齐州九点烟，一泓海水杯中泻"，九州小得像九个烟点，大海小得像倒在杯子里的一汪水。如此雄奇的诗句，没有丰富的想像力是不可能写出的。

（九）雄浑。同雄奇一样，气势是雄伟的，但又有不同，雄奇的立意奇特，雄浑的含意深沉。如陆游的《迎凉有感》，先以"三万里河东入海，五千仞岳上摩天"的诗句，描绘了北方山河的壮丽，后用"遗民泪尽胡尘里，南望王师又一年"的诗句，表达了北方人民渴望统一的愿望。深沉的含意和雄伟的气势，浑然一体，高昂而厚重。

（十）沉郁。沉指深沉而不浮，郁指厚重而不薄。沉郁，在深沉厚重方面同于雄浑，但不像雄浑那样高昂，而是多顿挫。如辛弃疾的《贺新郎》，写与茂嘉十二弟分别，通过"杜鹃声住，鹧鸪声切"的气氛渲染和一连串的离别故事，不仅同情茂嘉十二弟的被逐，而且也含有自己被压抑的愤慨，联系南宋时代抗战派与投降派的斗争，就可以体味出，抒发的不仅是个人的离情，而且有深沉的思想在里面。词的笔法，抑扬顿挫，令人回肠荡气。清人陈廷焯在《白雨斋词话》中说："稼轩词，自以《贺新郎》一篇为冠，沉郁苍凉，跳跃动荡，古今无此笔力。"

（十一）清幽。清静而又幽深，表面看来虽平淡自然，细细体味却不着边底。如王维的《鹿柴》："空山不见人，但闻人语响。返景入深林，复照青苔上。"前两句写出了不见人影而闻人声的情景，烘托出山的深广而空荡；后两句写出了夕阳返照之光映着深林中的青苔，把山的深广而空荡又作了进一步渲染。

（十二）风趣。具有这种风格的诗词，不单纯是让人发笑，而于诙谐幽默之中含有深意。如辛弃疾的《沁园春》，写自己与酒杯的对话，开头便是"杯汝来前，老子今朝，点检形骸"，饶有风趣。此词不是滑稽之作，而有其深意在焉，表面上诙谐幽默，实际上是抒发壮志未酬的苦闷。在杜甫的诗中，有不少风趣横生的细节描写，如《遭田父泥饮》中的"高声索果栗，欲起时被肘"，写田父高声喊叫家里人给杜甫拿果栗来，杜甫想起来劝阻，被田父抓住不放，十个字便活现出田父的热情和他们之间无拘无束的关系，真实亲切，趣味盎然。清人仇兆鳌在《杜少陵集详注》中转引别人的话说，"子美（杜甫）善谑"，确实如此。

以上所举的艺术风格，是一些常见的，也是值得称道的。有一些却不值得称道，其表现出的特点是有害艺术的，比如做作、平庸、绮靡、晦涩、险怪、轻浮等等。做作是自然的反面；平庸是平淡不成的结果；工丽的极端是绮靡；委婉的恶化是晦涩；险怪不能算奇特；轻浮同深沉相反。诸如此类的不值得称道的风格特点，为相当多的诗词所具有，像绮靡之诗，曾在南朝盛行，李白在《古风》第一首中批评说："自从建安来，绮丽不足珍。"确实不足以珍重，虽然如此，但也要引起注意。

第二节　文学史上的一些诗派

从《诗经》结集以来,在两千多年间,有无数的诗人先后出现。这无数的诗人,或因为风格相同,或因为处于同时,或因为同一籍贯,或因为师生相承,各自被归进了不同的诗派。诗派有大有小,在文学史上的地位高低也不一样。现从大大小小的各个诗派中,选择有影响的(既指好的影响,也指不良影响),按历史顺序列出。

(一)屈宋。此指战国时期的楚国诗人屈原和宋玉。屈、宋虽并称,但在文学史上的地位高低相差很多。屈原是我国文学史上的第一个伟大诗人,也是世界文化名人。屈原写有《离骚》、《天问》和"九歌"、"九章"等,宋玉写有《九辩》、《风赋》等,他们的诗篇在艺术形式上有不少的相同点。语言方面,多运用楚国的方言口语,比如"离骚"是楚国的方言,"兮"是楚国的口语;声韵方面,多依楚国乐歌的音律;风格方面,大都是奔放而华美的。南宋人吕祖谦编选的《宋文鉴》引文说:"盖屈宋诸骚,皆书楚语,作楚声,纪楚地,名楚物,故可谓之《楚辞》。"汉代结集的《楚辞》,收进的主要是屈、宋的作品。刘勰在《文心雕龙》中说:"屈宋逸步,莫之能追。"这一高度评价,屈原是受之无愧的。

(二)三曹。此指汉、魏之间的曹操、曹丕(魏文帝)、曹植三人。曹丕和曹植是曹操的儿子,曹氏父子三人,在诗歌创作方面,以曹操、曹植的成就为高。所谓的"建安风骨",主要是通过曹操、曹植的诗篇体现的。曹操的诗,多取材于动乱的现实,内容深广,气势雄伟,风格遒劲;曹植的诗,也多是慷慨、悲壮情怀的抒发,骨气奇高,词采华茂。曹丕除诗外,还写有《典论·论文》等。三曹,因其所处的政治地位和诗歌创作的成就,而成了当时文学界的领袖。

（三）建安七子。此指东汉建安年间（公元196—220年）的孔融、陈琳、王粲、徐幹、阮瑀、应玚、刘桢七人。因同居邺中（今河南省安阳市北），又被称为邺中七子。他们同三曹关系密切，能文善诗。他们的诗篇，流传到现在的，以王粲的《七哀诗》、陈琳的《饮马长城窟行》等较有名。曹丕在《典论·论文》中，将他们七人并举，并加以称誉。

（四）竹林七贤。此指曹魏正始年间（公元240—249年）的阮籍、嵇康、山涛、向秀、阮咸、王戎、刘伶七人，是正始文学的代表作家。《三国志·嵇康传》注中称，嵇康等七人，"游于竹林，号为七贤"。在诗歌创作方面，阮籍的《咏怀》、嵇康的《幽愤诗》等较有名，表现了对当时黑暗现实的不满，但也蒙有脱离现实的老、庄色彩。

（五）三张、二陆、两潘、一左。三张指张载和他的弟弟张协、张亢；二陆指陆机和他的弟弟陆云；两潘指潘岳和他的侄子潘尼。他们都是西晋太康年间（公元280—289年）的作家，诗歌创作偏重技巧，崇尚词藻，其诗体被称为"太康体"。一左指左思，他也是太康年间的诗人，比张、陆、潘等人的成就高，他的《咏史》八首很有名。钟嵘在《诗品》中说："太康中，三张、二陆、两潘、一左，勃尔复兴。"从这里可以看出，他们在当时的影响。

（六）颜谢。此指南朝宋元嘉年间（公元424—453年）的诗人颜延之和谢灵运。他们创作的诗歌，多描写自然景物，很注重词藻雕饰，被称为"元嘉体"。谢灵运的成就较高，他开创了"山水诗派"的创作，不仅活跃了南朝诗坛，而且也影响了后代的一些诗人。他写的《登池上楼》、《岁暮》、《入彭蠡湖口》等诗，都有着为历代传誉的佳句。

（七）竟陵八友。此指南朝齐代竟陵王萧子良门下的萧衍（梁武帝）、沈约、谢朓、王融、萧琛、范云、任昉、陆倕八人。他们写诗，讲究四声（平、上、去、入）、八病（平头、上尾、蜂腰、鹤膝、大韵、小韵、旁纽、正纽），在声律上下功夫。因为他们活动在永明年间（公元483—493年），故称他们的诗体为"永明体"。他们之中，沈约、谢朓较有成就，是新体诗的代表作家。

（八）宫体诗派。南朝梁代的一个诗派，以萧纲（梁简文帝）为首。《梁书·简文帝本纪》中称，萧纲"雅好题诗。……然伤于轻艳，当时号曰宫体"。宫体诗派的诗歌，多表现闺情，内容淫秽，形式绮靡。

（九）初唐四杰。此指唐代初年的王勃、杨炯、卢照邻、骆宾王四人。他们创作的诗歌，开始改变齐、梁的绮靡风气，题材较为广泛，初具雄伟气势。除诗之外，王勃的《滕王阁序》、骆宾王的《讨武曌檄》等文，也较有名。杜甫在《戏为六绝句》第二首中说："王杨卢骆当时体，轻薄为文哂未休。尔曹身与名俱灭，不废江河万古流。"对"轻薄为文"以嗤笑王、杨、卢、骆的人进行了斥责，并对王、杨、卢、骆的诗歌成就给予了充分肯定。

（十）王孟。此指盛唐诗人王维和孟浩然。在他们的作品中，山水田园诗写得生动形象，新颖清幽。因此，他们和储光羲、裴迪等人，被合称为"田园诗派"。实际上，王、孟不单以山水田园诗见长，如王维写的《老将行》、《观猎》、《使至塞上》等诗，风格雄浑，也较有名。

（十一）高岑。此指盛唐诗人高适和岑参。在他们的作品中，边塞诗写得很有特色，如高适的《燕歌行》，岑参的《白雪歌》、《走马川行》，都是名篇。因此，他们和王昌龄、李颀等人，被称为"边塞诗派"。实际上，高、岑也不是只写边塞诗的，如高适写的《封丘作》就是别一题材的诗，也称得上是名篇。

（十二）李杜。此指盛唐诗人李白和杜甫。李、杜是我国古代伟大的诗人，又是世界文化名人。在古代，李白被称为"诗仙"，杜甫被称为"诗圣"、"诗史"。李、杜虽并称，但不属于一个诗派。他们的诗歌创作各有特色，又都是兼容多种风格的大手笔。李白的诗,现存约近一千首,《蜀道难》、《将进酒》、《行路难》、《梦游天姥》、《饯别校书叔云》等长篇古体,以及《秋浦歌》、《赠汪伦》、《望庐山瀑布》、《望天门山》、《早发白帝城》等精短绝句,都是传诵千古的名篇。杜甫的诗,现存约一千四百余首,"三吏"、"三别"和《兵车行》、《咏怀五百字》、《羌村三首》、《北征》、《茅屋为秋风所破歌》、《古柏行》等长篇古体,以及《望岳》、《月夜》、《春望》、《蜀相》、《春夜喜雨》、《闻官军收河南河北》、《旅夜书怀》、《登高》、《登岳阳楼》等五、七言律诗,也都为千古所传诵。韩愈在《调张籍》中说:"李杜文章在,光焰万丈长。"可见,在当时就已经有人给他们以很高的评价了。

(十三)韦刘。此指唐代中期的诗人韦应物和刘长卿。他们的诗多描写山水田园,被看作是"山水诗派"。但是,也有其他题材的诗,如韦应物的《观田家》、《采玉行》等。

(十四)大历十才子。此指唐代大历年间(公元766—779年)的十个诗人。哪十个诗人,说法不一,据《新唐书·卢纶传》载,十才子是卢纶、吉中孚、韩翃、钱起、司空曙、苗发、崔峒、耿沣、夏侯审、李端。这十个人,都依附权贵,出入于驸马郭暖之门,多以诗作为饮宴点缀和送别应酬。在他们的作品中也有一些较好的诗,如卢纶的《塞下曲》等。

(十五)韩孟。此指唐代中期的诗人韩愈和孟郊。韩愈的创作主要在散文方面,他和柳宗元同是唐代最有成就的散文作家,但也写了一些诗。韩愈和孟郊写诗,虽有各自的风格特色,但在字句的刻意推敲方面是一致的。他们着力实践杜甫的"语不惊人死不休"的口号,在形式上追求翻空出奇,而形成一种险怪的诗风。他们还主张以文为诗、议论入诗,使诗体有进一步散文化的倾向。然而,他们在扭转大历以来的平庸诗风方面起了一定作用,并且也写了一些有思想意义和艺术价值的诗。在当时,与韩、孟诗风相近的还有:贾岛、卢全、刘叉等。贾岛写诗特别注意字句的推敲，"推敲"一词就来自于贾岛写诗的故事。据说，贾岛最初写有"鸟宿池边树，僧推月下门"的诗句。他骑在驴背上还在反复考虑是用"推"好呢，还是用"敲"好？因为精神过于集中，竟不知不觉地混进了韩愈（时为京兆尹）的仪仗行列里，被韩愈的手下抓住，韩愈问明情由，很赞赏他，同意将"推"改为"敲"，写成了"僧敲月下门"的诗句。贾岛写诗很刻苦，被称为"苦吟诗人"。韩孟诗派的创作，后为宋、清时代的一些诗人所仿效。

（十六）新乐府运动诗派。唐代中期，诗人白居易、元稹发起了"新乐府运动"。参加者还有张籍、王建、李绅、唐衢、刘猛、李余等，成为一大诗派。新乐府，指的是一种类似乐府的古体诗，但不是拟乐府古题，而是即事名篇，用新题写作。新乐府因出现在元和年间（公元806—820年），故称"元和体"；又因白居易编有《白氏长庆集》、元稹编有《元氏长庆集》，也称"长庆体"。在新乐府运动中，白居易是最杰出的，他是我国也是世界上的著名诗人。他的诗，现存近三千首，是唐代诗人中诗篇数量最多的一个。他写的"秦中吟"中的《重赋》、《轻肥》、《买花》等，"新乐府"中的《杜陵叟》、《缭绫》、《卖炭翁》等，以及《长恨歌》、《琵琶行》等长篇古体诗，《古原草送别》、《钱塘湖春行》等五、七言律诗，都是思想、艺术成就很高的名篇。

（十七）小李杜。此指晚唐的诗人李商隐和杜牧。小李杜与李（白）、杜（甫）很少有一致的地方。李商隐擅长咏史、爱情诗的写作，《无题》诗很有名；杜牧的写景、抒情小诗写得很好，《江南春》、《赤壁》、《泊秦淮》、《山行》等都算得上名篇。小李杜于律诗、绝句的写作上，恰与李白的绝句第一、杜甫的律诗第一换了个儿，李商隐是以律诗、杜牧却以绝句而名列前茅的。

（十八）西昆体诗派。北宋初年的一个形式主义诗派，其中有杨亿、刘筠、钱惟演等人。他们写诗，专在形式上模仿李商隐,追求词藻,堆砌典故。相传,西方昆仑之山是古代帝王藏书的地方。杨、刘、钱等人,作为朝臣,经常出入于宫中的藏书处。他们之间写诗唱和,便称为"西昆酬唱"。他们的诗编成《西昆酬唱集》,"西昆体"是由此而得名的。

(十九)江西诗派。由北宋江西诗人黄庭坚创始的一个形式主义诗派,因吕本中的《江西诗社宗派图》而得名。《江西诗社宗派图》,列出江西诗派成员有黄庭坚、陈师道、吕本中、晁冲之、韩驹等二十四人。他们写诗,强调字字有来处,并讲究"夺胎换骨,点铁成金",致使模拟抄袭,影响很坏。这派诗人中能摆脱束缚的有陈师道,他写了一些较好的诗。

(二十)中兴四大诗人。此指南宋的陆游、范成大、杨万里、尤袤四人。陆游确实是大诗人,他不仅在南宋而且在我国古代乃至世界,都称得上伟大诗人;范成大、杨万里次于陆游,也写了不少好诗;尤袤配不上大诗人的称号,诗的数量少,质量也差。陆、范、杨三人,早年都受过江西诗派的影响,后摆脱其束缚,各有创新,致使宋代诗歌创作能得到"中兴"。陆游的成就最高,是我国古代诗歌创作数量最多的一个,他写的诗,现存九千三百多首,其中的《游山西村》、《金错刀行》、《关山月》、《书愤》、《迎凉有感》、《风雨大作》、《示儿》等,都是名篇。

(二十一)永嘉四灵。此指南宋的徐照、徐玑、翁卷、赵师秀四人。他们都是永嘉(今浙江省永嘉县)人,每人的字或号都带有"灵"字,故称为"永嘉四灵"。四灵虽反对江西诗派,但并未写出好诗。

(二十二)江湖诗派。南宋末年的一个诗派,由陈起刊行的《江湖集》而得名。《江湖集》等诗集收入了一百零九人的诗,其中只有戴复古、刘克庄、刘过等人有些可读的诗。江湖诗派并没有统一的主张,有反对江西诗派和永嘉四灵的,也有受江西诗派和永嘉四灵影响的。

（二十三）前七子和后七子。"前七子"指明代弘治、正德年间（公元1488—1521年）的李梦阳、何景明、徐祯卿、边贡、康海、王九思、王廷相七人；"后七子"指明代嘉靖年间（公元1522—1566年）的李攀龙、王世贞、谢榛、宗臣、梁有誉、徐中行、吴国伦七人。前七子和后七子，是明代的复古主义文学流派。前七子首先提出"文必秦汉，诗必盛唐"的口号，后七子继之，在当时虽起了反形式主义文风的积极作用，但也形成了严重的拟古风气。前七子和后七子的创作，主要在诗歌方面。其中的李梦阳、何景明、李攀龙、王世贞四人，名气较大，被称为四大家。

（二十四）公安派。明代万历年间（公元1573—1620年）的一个文学流派。以袁宗道、袁宏道、袁中道兄弟三人为首，因他们是公安（今湖北省公安县）人，故称"公安派"。公安派反对前、后七子的复古主义文学主张，提出"独抒性灵，不拘格套"的口号，也就是要文学充分表现个性，突破复古派的清规戒律。在创作方面，袁宏道的成就较高。袁宏道以散文为主，也写了一些诗，如《猛虎行》《竹枝词》等。总的来说，公安派的作品，内容多局限于自然景物和身边琐事，社会意义不大。

（二十五）竟陵派。明代万历年间的一个文学流派。代表人物是钟惺和谭元春，因为他们是竟陵（今湖北省天门县）人，故称"竟陵派"。竟陵派在反对复古派方面，是公安派的友军。诗歌的写作，内容上比公安派更空虚，形式上追求孤、奇、僻、怪。因而，有价值的作品不多。

（二十六）几社。明代末年的一个文学组织，主要成员有陈子龙、夏允彝、徐孚远、何刚等人。在政治上，继东林党之后和阉党作斗争，后与"应社"合并为"复社"（因主张"兴复古学"，故名复社）。在文学上，赞同前、后七子的复古主张，并有其时代色彩。陈子龙在诗歌创作方面，有较高的成就，被誉为明诗殿军。他的后期诗歌，悲郁苍凉，有着强烈的民族感情。

（二十七）神韵说诗派。清代康熙年间（公元 1662—1722年），王士禛继唐人司空图在《诗品》中和南宋人严羽在《沧浪诗话》中的主张，而提出"神韵说"。神韵说，讲究"不着一字，尽得风流"，"羚羊挂角，无迹可求"，以王维、孟浩然的诗为样板。神韵说的提出，致使诗歌写作一味追求迷离惝恍的境界和脱离现实的超脱。但是，神韵说注重对诗歌意境的探索，还有可取之处。提出神韵说的王士禛，是当时的诗坛领袖，他不仅在理论上而且在创作实践上推行神韵说，影响了当时的很多诗人。

（二十八）格调说诗派。清代乾隆年间（公元 1736—1795年），沈德潜在前、后七子和叶燮之后，再次提出"格调说"。格调说，强调"温柔敦厚"，"讲求格律"。这种束缚诗人的落后主张，曾显赫一时，为一些诗人所遵守。沈德潜本人也没有写出什么好诗，而他选的《古诗源》、《唐诗别裁》、《明诗别裁》等，在介绍古代文学遗产方面是很有用处的。

（二十九）性灵说诗派。清代乾隆年间，袁枚同沈德潜的格调说相对立，提出"性灵说"。性灵说，主张直抒性情，认为诗"有工拙而无今古"。因为性灵说是一种较为进步的文学主张，再加上袁枚本人写了一些较好的诗，所以，实际影响超过了格调说。属于性灵说诗派的，除袁枚外，还有赵翼等人。他们虽然写了一些较好的诗，但是大部分诗作都缺乏重大的思想内容。

以上所举的，着眼于诗派，并选了一些习惯上的并称。另外，还有很多的独成一家的诗人，如东晋的陶渊明、初唐的陈子昂、金代的元好问、清代的龚自珍等等，他们比有些诗派中的诗人还要重要。因他们独成一家，就不与诗派同时介绍了。

第三节　婉约词派和豪放词派

我国古代的词人，如果也划分派别的话，笼统地说，可分为

"婉约词派"和"豪放词派"两大派。

明人徐师曾在《文体明辨》中说："论词有婉约者,有豪放者。婉约者欲其词情蕴藉,豪放者欲其气象恢宏。"这里,把婉约词派和豪放词派的不同处指了出来,但是,仅限于表现方法和艺术风格方面。总的来说,婉约词派和豪放词派不同之处:第一,在题材选择方面不同。婉约词派多写儿女之情、离别之思,豪放词派则广泛地选择题材;第二,在表现方法方面不同。婉约词派多用含蓄蕴藉的方法,将情思曲折地表达出来,豪放词派则采取更多的方法,以铺叙、直抒为主;第三,在遵守格律方面不同。婉约词派严守格律,豪放词派则敢于突破格律的束缚;第四,在艺术风格方面不同。婉约词派多委婉、绮丽,豪放词派则以恢宏、沉郁为主。婉约词派是较早出现的,从唐、五代以温庭筠为鼻祖的"花间词派"开始,后有宋初的欧阳修、晏殊、晏几道。与欧、晏同时的柳永,虽在词的表现方法方面大有改进,但仍未脱出婉约词风。柳永之后,婉约词派的代表词人,有秦观、贺铸和李清照等。李清照是我国古代有名的女词人,诗和文也写得很好。北宋的周邦彦和南宋的姜夔,是属于婉约词派的格律派。豪放词派由既是散文作家又是诗词作家的苏轼创始,在他以前的范仲淹已露豪放的端倪,此后的辛弃疾将豪放词派的创作推向了高峰。在过去,以婉约为正宗,以豪放为别格,现在看来,这是不对的。婉约派的词,虽在艺术表现方面有可取之处,但思想内容上远不如豪放派的词。

婉约词派和豪放词派是两个大的词派,若再细分,又可分成很多派别,现在,将常常提到的词派列出。

(一)花间派。五代时西蜀的一个词派,尊唐代末年的温庭筠为鼻祖。"花间派"的名称,来自后蜀赵崇祚所编的《花间集》。《花间集》收入了温庭筠、皇甫松、韦庄、薛昭蕴、牛峤、牛希济、毛文锡、欧阳炯、顾敻、鹿虔扆、魏承班、阎选、尹鹗、孙光宪、毛熙震、李珣、张泌、和凝等十八人的词。花间派的词几乎都是描写女人和抒写相思的,内容空虚,形式绮丽,仅温庭筠、皇甫松、韦庄等有一些可读的词。另外,鹿虔扆和李珣,也写了一些别一题材、别一风格的词。

（二）南唐词派。这个词派以五代时南唐的君相为主要成员,其中有中主李璟、后主李煜和元老冯延巳。李璟、冯延巳的词,虽未脱女人、相思之类,但不像花间词那样脂粉气浓,有些清丽风味。李煜的词,前后有所不同。他前期的词,受"花间派"词风的影响,多写宫廷生活和男女恋情。他后期的词,因失去了帝王的生活环境,而多哀思的倾吐,情调低沉,但在艺术上有较高的成就。

（三）苏门四学士。此指北宋的黄庭坚、秦观、晁补之、张耒四人。他们都是苏轼的门下。黄、张以写诗为主,但也工词;秦、晁是词人,但也能诗。黄、秦、晁、张的词,多半具有婉约词风,尤其是秦观,更被推为婉约词派的代表。他们虽是苏轼的门下,但并未把苏轼创始的豪放词风继承下来。

（四）辛派。以南宋词人辛弃疾为首的一个词派。辛弃疾把苏轼创始的豪放词风继承下来并加以发展,他不仅是南宋的重要词人,而且也是我国古代成就很高的词人,在国外也有声誉。辛弃疾的词,题材广泛,以表达统一国家的志向和吐露壮志未酬的悲怨为主;风格多样,于豪放之中兼有婉约;形式活泼,突破格律的束缚而有创造。大诗人陆游,也写了一些具有豪放风格的词,是辛派词人中的突出人物。辛派词人,主要的还有:张元干、岳飞、张孝祥、韩元吉、杨炎正、陈亮、刘过、岳珂、刘克庄、方岳、文及翁、文天祥、刘辰翁、蒋捷、汪元量等,有的在辛弃疾之前,有的是同时人,更多的则在辛弃疾之后。辛弃疾之后,以刘克庄和刘辰翁的成就为高,他们是辛派的后期代表。

（五）姜张格律派。南宋的一个严守格律的词派。与辛弃疾同时的姜夔,承袭北宋词人周邦彦的词风,特别注重格律声韵。宋、元之间的张炎,着力宣传姜夔的格律理论,在写作上也仿效姜词。因而,常把姜、张并称。姜张格律派的成员还有:史达祖、吴文英、高观国、王沂孙、周密、陈允平等。

(六)浙派。清代的一个词派,浙江词人朱彝尊创始。写词以姜夔、张炎为样板,讲究声律,雕琢字面,但内容贫弱。浙派成员还有:厉鹗、项鸿祚等。

(七)常州词派。清代的一个同浙派相对的词派。常州词人张惠言创始,后经周济发展。写词强调兴寄和含蓄,因之流于隐晦。对前人词作寻求"微言大义",多穿凿附会。

同上节列出诗派的情况一样,因着眼于词派,故使一些独成一家的词人没被提到,如元的萨都刺、清的陈维崧等等。

第四节　现实主义和浪漫主义两大流派

我国古代的诗派和词派很多,还有不少自成一家的诗人和词人。然而,如果按创作方法来划分,大体上有现实主义和反现实主义、浪漫主义(也称积极浪漫主义)和消极浪漫主义以及形式主义几个流派,而现实主义和浪漫主义两大流派,在我国古代诗词发展中占据着主流。

现实主义流派和浪漫主义流派,虽是两大流派,但又不可截然分开。一些大诗人、名词人,如陶渊明、李白、杜甫、白居易、陆游和苏轼、辛弃疾等,都是现实主义和浪漫主义兼而有之的。另外,还有一些有名的诗人,如曹操、陈子昂、高适、刘禹锡等,也是现实主义和浪漫主义兼而有之的。划分现实主义和浪漫主义,是就主要倾向来看的。

现实主义流派,最早的成员,是《诗经》中现实主义诗篇的无名作者。此后,创作汉、魏乐府的一些无名诗人,是现实主义流派中的重要成员。再后,有一些大诗人,像陶渊明、杜甫、白居易、陆游等,他们是现实主义流派在不同历史时期的领袖人物。其他的,如东汉建安年间的蔡琰、王粲、陈琳、中唐的元结、柳宗元、元稹、张籍、王建、李绅、晚唐的皮日休、聂夷中、杜荀鹤、北宋的王禹偁、梅尧臣、苏舜钦、王安石、南宋的范成大、杨万里、金代的元好问、元代的王冕、明代的高启、于谦、清代的顾炎武、吴伟业等,都是一些有代表性的现实主义诗人。

现实主义流派的诗人们,共同运用着现实主义的创作方法,这就使他们的诗篇有了一些共同的特点。

(一)对社会生活的真实反映。现实主义诗人的作品,大都表现了广泛而深刻的社会内容。杜甫的大量诗篇,真实而形象地、广泛而深刻地反映了当时的现实,成了时代生活的一面镜子,正因为这些,杜甫的诗才被称为诗史。白居易也把社会生活的各个方面都摄入笔底,有表现人民劳顿困苦的,有暴露剥削阶级荒淫骄奢的,有反映妇女悲惨命运的,有为下层文人鸣不平的,等等。他的"秦中吟"和"新乐府",是揭示当时社会问题的生动画卷。对社会的真实反映,最好能达到揭示出社会问题的本质。杜甫、白居易的一些诗篇都达到了。再如李绅写的"春种一粒粟,秋收万颗子;四海无闲田,农夫犹饿死"这首《悯农诗》,虽只四句,但揭示出封建社会存在着阶级压迫和剥削这一本质问题。一些现实主义诗篇之所以有着很高的社会意义,原因就是对本质问题进行了揭示。

(二)有具体生动的细节描写。叙事诗的细节描写,若具体生动,便有助于真实地反映社会生活。白居易在不少诗中,很注意对人物的肖像、行动、对话进行细致刻画,尤其是人物的心理刻画更为突出,如《卖炭翁》中的"可怜身上衣正单,心忧炭贱愿天寒",把卖炭翁的矛盾心理活现出来,形象地表现了人民生活的悲惨。抒情诗中也有细节描写,如陆游《雪后苦寒》中的

"指直不可握,终日缩袖间",写手指冻得发直,不敢露在外面,这一细节充分地描绘了苦寒的情景。

（三）塑造典型环境中的典型性格。现实主义诗篇,只有细节描写还不行,还要塑造典型环境中的典型性格。杜甫写的一些叙事诗,塑造了战乱环境中的不同典型,如《石壕吏》中的老翁、老妇,《新婚别》中的新妇,这些栩栩如生的人物,都有其典型意义。塑造典型环境中的典型性格,在叙事诗中是塑造人物形象。在抒情诗中典型性格指什么呢？是作者的自我形象。作者若把自己在典型环境中的典型心情写出来,也就等于塑造了典型性格。读陶渊明的一些诗,就可以看到一个不愿与肮脏社会同流合污的节士;读陆游的一些诗,就可以看到一个胸怀统一国家大志而至死不渝的壮士。现实主义诗人们的抒情诗,大都是通过自我形象的塑造,以表达对现实的看法。

（四）在深刻认识的基础上的高度概括。要反映现实,就必须对现实有深刻的认识;有了深刻的认识,还要进行高度概括。只有这样,才能使写出的诗具有社会意义。杜甫目睹了权贵豪富之家的花天酒地,贫穷劳苦大众的饥寒交迫,便概括为"朱门酒肉臭,路有冻死骨"的诗句,写进《咏怀五百字》中。这两句诗,因为是高度概括,所以比用更多的具体描述更有力,更深刻。

（五）多运用白描的手法和朴实的语言。白描,是现实主义诗人常用的一种手法。如陶渊明《归园田居》第一首中的"暖暖远人村,依依墟里烟。狗吠深巷中,鸡鸣桑树巅",就是白描的手法,画出了一幅农村图景。在语言运用上,现实主义诗人不多用奇特、华丽的语言,而注重语言的朴实。像"狗吠深巷中,鸡鸣桑树巅",就很朴实。再如于谦《喜雨行》中的"夏田得雨苗青青,秋田得雨容易耕。夏田秋田俱得雨,农家不用愁收成",也是朴素无华的。

在浪漫主义流派中,屈原是第一个有名的诗人。从魏、晋到南北朝,先后出现了曹植、左思、郭璞、鲍照等浪漫主义诗人。盛唐时期,成批的浪漫主义诗人登上了诗坛,李白是最杰出的一个,其他的有王之涣、崔颢、王昌龄、岑参等等。盛唐之后,又有像李贺这样的浪漫主义诗人。在宋代的词坛上,苏轼和辛弃疾是浪漫主义流派的杰出人物。到了清代,又出现了一个浪漫主义诗人——龚自珍。

浪漫主义流派的诗人和词人,是以浪漫主义的创作方法写诗填词的,他们的诗词篇章,有着不同于现实主义诗篇的特点。

(一)洋溢着追求理想的精神。浪漫主义,可以说,就是理想主义。浪漫主义的诗篇,大都洋溢着追求理想的精神。在不同的社会条件下,理想有着不同的内容。生活在封建社会的进步诗人和词人,他们不可能有共产主义理想,但他们不满现状,希望能有一个理想的境界,这也有其积极意义。屈原《离骚》中的"路曼曼其修远兮,吾将上下而求索",说的是,不管天高地远,也要找到理想境界,强烈地表现了对理想的追求。在有的浪漫主义诗篇中,把理想具体化,写出一个染有理想色彩的人物。如曹植的《白马篇》,塑造了一个英俊勇武的爱国壮士的形象,以寄托自己的理想。浪漫主义诗篇所表现出的叛逆精神,也是追求理想的一种反映。不满现状,要同黑暗社会决绝,这就意味着对理想的追求。李白在《梦游天姥》的最后写道:"别君去兮何时还,且放白鹿青崖间,须行即骑访名山。安能摧眉折腰事权贵,使我不得开心颜!"他表示,不愿同当时的统治集团合作,要躲开不合理的社会。从李白的诗篇看,叛逆精神是相当强烈的。

(二)具有豪迈气概和乐观情绪。浪漫主义,也有英雄主义的成分。读一读王昌龄的《出塞》,从"秦时明月汉时关,万里长征人未还。但使龙城飞将在,不教胡马度阴山"这四句诗中,便可感到有一种压倒一切敌人的豪迈气概。一些具有豪迈气概的诗篇,能把囊括宇宙的胸襟体现出来。李白《赠裴十四》中的"黄河落天走东海,万里写入胸怀间",就是这样的。英雄主义和乐观主义常常连在一起,读一些浪漫主义诗篇,总给人以一种乐观向上的鼓舞力量。

（三）以丰富的想像构成虚幻的境界。浪漫主义诗人爱驰骋想像,在他们的笔下,古往今来,天上地下,神话传说,梦境幻觉,都可能出现。屈原在《离骚》中写道,他乘着长风上天旅行,早晨从苍梧出发,晚上就到了悬圃,他来到天门前,但没叫开天门,便又驾云去找宓妃。……这种虚幻的境界,是对理想追求的一种寄托。李白的诗篇中也有着不少虚幻的境界,如"素手把芙蓉,虚步蹑太清。霓裳曳广带,飘拂升天行"(《古风》第十九首),写仙女飞升太空的状况;"玉女四五人,飘摇下九垓。含笑引素手,遗我流霞杯"(《游太山诗》),写仙女笑迎诗人的情景;"霓为衣兮风为马,云之君兮纷纷而来下。虎鼓瑟兮鸾回车,仙之人兮列如麻"(《梦游天姥》),写神仙下凡游乐的场面。这些虚幻境界是美好的,为诗人所向往,同时还借此反衬现实的龌龊,以表现对不合理社会的厌恶。在有的诗词中,作者借助想像直接表达自己的理想和愿望,如辛弃疾《水调歌头》中的"要挽银河仙浪,西北洗胡沙",龚自珍《己亥杂诗》中的"我劝天公重抖擞,不拘一格降人材",都因有丰富的想像,而使所表达的理想和愿望染上了浪漫主义色彩。

（四）常使用夸张的手法和大胆的比拟。夸张的手法,浪漫主义诗人比现实主义诗人更爱用,并且能给人更为强烈的印象。屈原要表达自己对故都的怀念,使用了夸张的手法,他在《抽思》中说:"望孟夏之短夜兮,何晦明之若岁。惟郢路之辽远兮,魂一夕而九逝。"四句诗就有两句夸张,一说因自己怀念难熬而觉得度夜如年,二说因自己怀念情深而在一夜之中魂去了好几趟。同是用比,现实主义和浪漫主义就有所不同。现实主义的用比,爱以日常的事物来作比;浪漫主义的用比,则多结合着想像和夸张。浪漫主义用比是大胆的,尤其是比拟的大胆。在辛弃疾的一些词章中,不仅将鸥这一动物人格化,而且把松这一静物也人格化,甚至连酒杯也人格化了。词人同鸥誓盟,与松谐趣,和酒杯对答,以便畅怀抒情。

(五)多奇特而华丽的语言。浪漫主义诗词篇章比起现实主义诗词篇章来,一般地说,语言要奇特而华丽。如李白《蜀道难》中的"飞湍瀑流争喧豗,砯崖转石万壑雷",李贺《雁门太守行》中的"黑云压城城欲摧,甲光向日金鳞开",辛弃疾《鹧鸪天》中的"壮岁旌旗拥万夫,锦襜突骑渡江初",语言皆奇特而华丽。浪漫主义所具有的磅礴气势和澎湃激情,有的就是通过这些奇特而华丽的语言体现出来的。

以上就一些诗人、词人创作的主要倾向分述了现实主义和浪漫主义的不同特点,分述是为了便于说明问题。现实主义和浪漫主义兼而有之的诗人、词人很多,就是在同一诗篇中,现实主义和浪漫主义两种成分都有的,也不在少数。如李白的《古风》第十九首,前半部分的浪漫主义色彩很浓,而最后却写出了"俯视洛阳川,茫茫走胡兵。流血涂野草,豺狼尽冠缨"这样的现实主义诗句。综上所述,能否说明我国古代的诗人、词人,已把现实主义和浪漫主义结合在一起了呢? 这对某些诗人、词人来说,是可以作出这样的评价的。

今天,革命现实主义和革命浪漫主义相结合的创作方法已为不少诗人自觉运用着。革命现实主义比现实主义,革命浪漫主义比浪漫主义,都有了飞跃的进步,而革命现实主义和革命浪漫主义两者的结合,更是现实主义和浪漫主义所不可比拟的。因而,今天的诗人们一定能创作出古代所未见的优秀诗篇,并且能为诗歌的发展开辟出更加广阔的道路。

古代诗词常识就介绍到这里。如果想进一步学习、研究古代诗词，还需要阅读其他一些书籍。

关于文学史、诗史方面，今人编写的，如中国社会科学院文学研究所的《中国文学史》（全三册）、王瑶的《中国诗歌发展讲话》等，都可找来阅读。阅读这些书籍，对了解诗词的发生、发展很有帮助。

关于诗词作品方面，古人编辑的总集、别集和选本很多，今人编注的诗词集子也不少。今人编注的大多数是选注本。断代的选注本，如中国社会科学院文学研究所的《唐诗选》、胡云翼的《宋词选》；作家单人的选注本，如复旦大学中文系的《李白诗选》、冯至等人的《杜甫诗选》、顾肇仓等人的《白居易诗选》、游国恩等人的《陆游诗选》，是一些较好的选注本。今人编注的诗词集子，适于初学古代诗词的读者阅读。在这基础上，如有条件，还可以多找一些古人编辑的总集、别集阅读，以全面了解某一时代、某一作家的诗词作品。

关于诗话、词话方面，古人写了不少，其内容多是诗词理论、诗词分析，有很多深刻而独到的见解。今人周振甫选录了一些古人诗话、词话中的论点，加上自己的体会，编写了一本《诗词例话》，适于初学古代诗词的读者阅读。

关于诗词格律方面，今人编写的较为详备的是王力的《汉语诗律学》。王力还编写了一些通俗的诗词格律读物，如《诗词格律十讲》、《诗词格律》。夏承焘等人编写的《读词常识》，是专门介绍词的格律等知识的通俗读物。龙榆生编写的《唐宋词格律》，列出了一百五十多个词谱，有说明、平仄格式和词例。这些书籍，有助于读词和填词。

另外，阅读、欣赏和研究古代诗词，也离不开工具书，像张相编写的《诗词曲语辞汇释》（全二册），是较好的一部解释诗、词、曲中语辞的工具书。

诗 韵 例 字

这里列出的诗韵例字摘自《佩文诗韵》。对原来的繁体字、异体字,部分地进行了简化和归并。

上 平 声

【一东】东同铜桐筒童僮瞳中衷忠虫终戎崇嵩弓躬宫融雄熊穹穷冯风枫丰充隆空公功工攻蒙濛笼聋珑洪红鸿虹丛翁聪骢通蓬烘潼胧嵸峒蓊梦讧冻曈忡鄜恫总侗窿懵庞种蛊芎倥朦毼绒

【二冬】冬农宗钟龙春松冲容蓉庸封胸雍浓重从逢缝踪茸峰锋烽蛩慵恭供淙侬松凶墉镛佣溶秾邛共憧廊颙喁邕雍纵龚枞脓淞匈汹讻禺蚣榕彤

【三江】江钉扛龙窗邦缸降双庞逄腔撞幢桩淙豇

【四支】支枝移为垂吹陂碑奇宜仪皮儿离施知驰池规危夷师姿迟眉悲之芝时诗棋旗辞词期祠基疑姬丝司葵医帷思滋持随痴维厄麋糜墀弥慈遗肌脂雌披嬉尸狸炊篱兹差疲茨卑亏蕤陲骑曦歧岐谁斯私窥熙欺疵赀答羁彝颐资縻饥衰锥姨楣夔涯伊蓍追缁箕椎羆簾萎匙脾坻嶷治骊妫綦怡尼漪累匜牺饴而鸥推縻璃祁绥逶羲羸肢骐呰狮奇嗤咨堕其睢漓蠡噫馗葍辎胝鳍蛇陴淇淄丽潍筛厮氏痍羆比僖贻祺嘻鹂瓷琦嵋怩熹孜台蚩罴魑丕琪耆衰惟剂提禧居栀戏畸椅磁郫痿离佳虽仔寅委崎隋逶倭黎犁郦

【五微】微薇晖徽挥韦围帏违霏菲妃绯飞非扉肥腓威畿机几讥矶稀希晞衣依沂巍归诽痱欷葳颀圻

【六鱼】鱼渔初书舒居裾车渠余予誉舆胥狙锄疏蔬梳虚嘘徐猪闾庐驴诸除储如墟与畲疽苴于茹蛆且沮祛蜍桐淤好雎纾踞趄滁屠歔据匹咀衙涂虑

【七虞】虞愚娱隅刍无芜巫于盂衢儒濡襦须株诛蛛殊瑜榆谀愉腴区驱躯朱珠趋扶符凫雏敷夫肤纡输枢厨俱驹模谟蒲胡湖瑚乎壶狐弧孤辜姑觚菰徒途涂荼图屠奴呼吾梧吴租卢鲈苏酥乌汙枯都铺禺嵎诬竽吁瞿劬需俞逾觎萸臾渝岖镂娄莩孚桴俘迂姝拘摹糊鸪沽呱蛄弩逋舻垆徂拏泸栌餔嚅蚨诹趺毋毌芙喁髑颅轳句郏洙麸枹膜瓠恶芋呕驽喻枸侏齬葫懦帑拊

【八齐】齐蛴脐黎犁梨鳖妻萋凄堤低氐诋题提荑缔折篦鸡稽兮奚嵇蹊倪霓西栖犀嘶撕梯鼙批挤迷泥溪圭闺睽奎携畦骊鹂儿

【九佳】佳街鞋牌柴钗差涯阶偕谐骸排乖怀淮豺侪埋霾斋娲蜗娃哇皆喈揩蛙楷槐俳

【十灰】灰恢魁隈回徊枚梅媒煤瑰雷催摧堆陪杯醅嵬推开哀埃台苔该才材财裁来莱栽哉灾猜胎孩皑崔裴培坏垓陔俫皑傀欸崃诙煨桅唉颏能茴酶偎隗咳

【十一真】真因茵辛新薪晨辰臣人仁神亲申伸绅身宾滨邻鳞麟珍瞋尘陈春津秦频苹颦银垠筠巾困民珉缗贫淳醇纯唇伦纶轮沦匀旬巡驯钧均臻榛姻寅旻彬鹑皴遵循振甄岷谆椿询恂峋莘堙屯呻粼辚濒闽阍逡填狺泯洵溱夤荀竣娠纫鄞抡畛嶙斌氤

【十二文】文闻纹云氛分纷芬焚坟群裙君军勤斤筋勋薰曛熏荤耘芸汾蕡员欣芹殷沄昕缊贲郧雯蕲

【十三元】元原源园猿辕垣烦繁蕃樊翻萱喧冤言轩藩魂浑温孙门尊存蹲敦墩噉屯豚村盆奔论坤昏婚阍痕根恩吞沅媛援爰幡番反垣鸳宛掀昆琨鲲扪荪惇髡跟垠抡蕴犍袁怨蜿湲昆炖饨臀喷纯

【十四寒】寒韩翰丹殚单安难餐滩坛檀弹残干肝竿乾阑栏

· 179 ·

澜兰看刊丸桓纨端湍酸团抟攒官观冠鸾銮栾峦欢宽盘蟠漫汗郸叹摊奸剜棺骥钻砻瘢谩瞒潘胖弁拦完莞獾拌掸萑倌繁曼馒鳗谰洹滦

【十五删】删潸关弯湾还环镮鬟寰班斑颁般蛮颜菅攀顽山鳏艰闲娴悭孱潺殷扳讪患

下　平　声

【一先】先前千阡笺天坚肩贤弦烟燕莲怜田填钿年颠巅牵妍研眠渊涓蠲编玄县泉迁仙鲜钱煎然延筵毡禅蝉缠连联涟篇偏便全宣镌穿川缘鸢铅捐旋娟船涎鞭专圆员乾虔愆骞权拳椽传焉跹溅舷咽零骈阗鹃翩扁平嬛沿诠痊悛荃遄卷挛戋佃滇婵璿颛犍搴嫣癣澶单竣鄢扇键蜷棉

【二萧】萧箫挑貂刁凋雕迢条跳苕调枭浇聊辽寥撩僚寮尧峣幺宵消霄绡销超朝潮嚣樵谯骄娇焦蕉椒饶烧遥姚摇谣瑶韶昭招飙标杓镳瓢苗描猫要腰邀鸮乔桥侨妖夭漂飘翘祧佻徼侥哨娆陶橇劭潇骁獠料硝鼌窯鹞钊蛲峤轿荞嘹逍燎憔剽

【三肴】肴巢交郊茅嘲钞包胶爻苞梢蛟庖匏坳敲胞抛鲛崤铙炮哮捎茭淆泡跑咬啁教咆鞘剿刨佼抓姣洨抔鞄唠

【四豪】豪毫操髦刀萄猱桃糟漕旄袍挠蒿涛皋号陶翱敖遭篙羔高嘈搔毛艘滔骚韬缫膏牢醪逃槽劳洮叨绸饕骜熬臊涝弢淘尻挑嚣捞嗥薅咎谄

【五歌】歌多罗河戈阿和波科柯陀娥蛾鹅萝荷过磨螺禾哥娑驼佗沱峨那苛诃珂轲痾莎蓑梭婆摩魔讹坡颇俄哦呵皤么涡窝茄迦伽垌磋傞跎番蹉搓驮献蝌箩锅倭罗嵯锣

【六麻】麻花霞家茶华沙车牙蛇瓜斜邪芽嘉瑕纱鸦遮叉葩奢楂琶衙赊涯夸巴加耶嗟遐笳差蟆蛙虾拿葭茄挝呀枷哑娲爬杷蜗爷芭鲨珈骅娃哇洼畲丫夸裟瘕些桠杈痂哆爹椰咤奓笆桦划迦

挪吾佘

【七阳】阳杨扬香乡光昌堂章张王房芳长塘妆常凉霜藏场央泱莺秧嫱床方浆觞梁娘庄黄仓皇装殇襄骧相湘箱缃创忘芒望尝偿樯枪坊囊郎唐狂强肠康冈苍匡荒遑行妨棠翔良航飏倡伥羌庆姜僵薑缰疆粮穰将墙桑刚祥详洋徉佯粱量羊伤汤鲂樟彰漳璋猖商防筐煌隍凰蝗惶璜廊浪裆沧纲亢吭潢钢丧肓簧忙茫傍汪臧琅当珰庠裳昂障糖疡锵杭邙赃滂禳攘瓢抢螳踉眶炀闿彭蒋亡殃蔷镶孀搪彷胱磅膀螃

【八庚】庚更羹盲横觥彭棚亨英瑛烹平评京惊荆明盟鸣荣莹兵卿生甥笙牲粲擎鲸迎行衡耕萌氓宏闳茎莺樱泓橙争筝清情晴精睛菁旌晶盈瀛嬴营婴缨贞成盛城诚呈程声征正轻名令并倾萦琼赓撑瞠枪伧峥猩珩蘅铿嵘丁嘤鹦铮琤砰绷轰訇瞪侦顷榜拼趟坪请

【九青】青经泾形刑邢型陉亭庭廷霆蜓停丁宁钉仃馨星腥醒惺娉灵棂龄铃苓伶零玲翎瓴囹聆听厅汀冥溟螟铭瓶屏萍荧萤荥扃坰町暝瞑

【十蒸】蒸烝承丞惩澄陵凌绫冰膺鹰应蝇绳渑乘升胜兴缯凭仍兢矜征凝称登灯僧增曾憎层能棱朋鹏弘肱腾藤恒崚冯甍扔誊

【十一尤】尤邮优忧流留榴骝刘由油游猷悠攸牛修羞秋周州洲舟酬仇柔俦畴筹稠邱抽湫遒收鸠不愁休囚求裘球浮谋牟眸矛侯猴喉讴鸥瓯楼娄陬偷头投钩沟幽彪疣绸浏瘤鞣犹啾酋售蹂揉搜蒐叟廋邹貅泅球述俅蜉桴杲欧搂抠髅蝼兜句妯惆呕缪繇偻篓馗区苶

【十二侵】侵寻浔林霖临针箴斟沈深淫心琴禽擒钦衾吟今襟金音阴岑簪琳琛椹谌忱壬任惈黔歆禁暗瘖森参淋郴妊湛

【十三覃】覃潭谭参骖南男谙庵含涵函岚蚕探贪耽龛堪戡谈甘三酣篮柑惭蓝郏婪庵颔褴毵儋

【十四盐】盐檐廉帘嫌严占髯谦匲纤签瞻蟾炎添兼缣霑尖潜阎镰粘淹箝甜恬拈暹詹襜渐歼黔沾苫占崦阉砭

【十五咸】咸缄谗衔岩帆衫杉监凡馋巉芟喃嵌掺搀严

上　　声

【一董】董动孔总笼汞桶空拢洞懂侗

【二肿】肿种踵宠陇垄拥壅冗茸重冢奉捧勇涌踊俑蛹恐拱巩竦悚耸溶

【三讲】讲港棒蚌项耩

【四纸】纸只咫是枳砥抵氏靡彼毁委诡傀髓妓绮此褫徙髀尔迤弭弥婢侈弛豕紫捶揣企旨指视美訾否兕几姊匕比姚轨水唯止市徵喜己纪跪技地鄙晷宄子梓矢雉死履奎诔揆癸趾芷以已似耜姒巳祀史使驶耳里理李俚鲤起杞跂士仕俟始峙痔齿矣拟耻滓玺踬圮痞址悝娌秭倚被你仔

【五尾】尾鬼苇卉虺几伟篚炜豨斐诽菲岂匪蜚

【六语】语圉圄御吕侣旅膂抒宁杼伫与予渚煮汝茹暑鼠黍杵处贮褚女许拒距炬所楚础阻俎沮举莒序绪屿墅巨讵咀纾去

【七麌】麌雨羽禹宇舞父府鼓虎古股贾蛊土吐圃谱庾户树煦琥怙嵝篓卤努肚沪枸辅组乳弩补鲁橹睹竖腐数簿姥普拊侮五斧聚午伍缕部柱矩武脯苦取抚浦主杜祖堵愈祜扈雇虏甫腑俯估诂牯瞽酤怒浒诩栩拄剖鹉溥赌岖偻莽滏

【八荠】荠礼体米启醴陛洗邸底诋抵坻弟悌递涕济澧棨祢

【九蟹】蟹解骇买洒楷锴摆拐矮伙

【十贿】贿悔改采彩海在宰醢载铠恺待怠殆倍猥蕾诒蓓鼎颏浼汇璀每亥乃

【十一轸】轸敏允引尹尽忍准笋盾闵悯泯菌蚓诊畛肾脤牝赈窘螾陨殒蠢紧缜纯吮朕稹嶙

【十二吻】吻粉蕴愤隐谨近恽忿坟刎殷

【十三阮】阮远本晚苑返反阪损饭偃堰稳寋崄楗婉蜿宛阃壸鲧捆很恳垦圈盾绻混沌娩棍

【十四旱】旱暖管琯满短馆盥缓碗款懒卵散伴诞浣瓒断侃算疃但坦袒悍灙纂趱

【十五潸】潸眼版产限撰栈绾赧刬屐柬拣莞板

【十六铣】铣善遣浅典转衍犬选冕辇免展茧辩篆勉翦卷显践钱眄喘软蹇演岘栈扁阐兖变跣腆鲜戬阮辫件琏蠕单殄脠蚬缅沔键搴洗燹癣狷钱趁匾宴

【十七篠】篠小表鸟了晓少扰绕娆绍杪沼眇矫蓼皦皎瞭杳窈袅窕挑掉慄渺缈藐淼娇峤标悄缭僚昭夭燎赵兆

【十八巧】巧饱卯狡爪鲍挠搅绞拗姣炒

【十九皓】皓宝藻早枣老好道稻造脑恼岛倒祷抱讨考燥嫂槁潦保葆堡褓草昊浩颢镐皂袄缥蚤澡灏媪杲缟涝

【二十哿】哿火舸柁沱我娜荷可坷轲左果裹朵锁琐堕垛惰妥坐裸跛簸颇叵祸卵娑爹揣隋

【二十一马】马下者野雅瓦寡社写泻夏冶也把贾假舍赭厦惹若踝姐哆哑且瘕洒

【二十二养】养痒鞅快泱像象橡仰朗奖桨敞氅枉沆荡惘放仿两傥杖响掌党想爽广享丈仗幌晃莽襁纺蒋攘盎脏苍长上网荡壤赏往冈蟒魍抢慌厂慷向

【二十三梗】梗影景井岭领境警请屏饼永骋逞颍颖顷整静省幸颈郢猛炳杏丙打哽秉耿憬冷靖睛

【二十四迥】迥炯茗挺艇町醒溟酊到等鼎顶胫肯拯酩

【二十五有】有酒首手口母后柳友妇斗狗久负厚走守绶右否受牖偶耦阜九后咎吼帚垢亩舅藕朽臼肘韭剖诱牡缶酉扣欧黝蹂取钮莠丑苟糗某玖拇纣纠枸忸浏赳蚪培擞趣陡寿殴

【二十六寝】寝饮锦品枕审甚祍饪稔禀沈凛荏恁婶

【二十七感】感览榄胆澹唥坎惨敢颔撼毯喊橄嵌

【二十八琰】琰焰敛俭险检脸染掩点贬冉陕谄奄渐玷忝闪歉广俨

【二十九豏】赚槛范减舰犯湛斩黯掺阚喊滥歉

去　声

【一送】送梦凤洞众弄贡冻痛栋仲中讽恸空控赣瓮哄衷

【二宋】宋重用颂诵统纵讼种综俸共供从缝雍封恐

【三绛】绛降巷撞虹泽淙

【四寘】寘置事地意志治思泪吏赐字义利器位戏至次累伪寺瑞智记异致肆翠骑使试类弃饵媚鼻易辔坠醉议翅避粹侍谊帅厕寄睡忌萃穗臂嗣吹遂恣四骥季刺驷识痣志寐魅邃燧隧谥植织饲食积被芰懿悸觊冀暨匮馈篑比庇畀痹毖泌祕鸷贽挚渍迟祟豉珥示伺嗜自罤痢莉譬肄愓剹畲企腻施遗值柴出荽司诔陂二近始术瑟德

【五未】未味气贵费沸尉畏慰蔚魏胃渭谓讳卉毅溉既衣气诽痱蜚翡

【六御】御处去虑誉署据驭曙助絮著豫蓣恕与遽疏庶咀预茹语踞狙沮除如女讵欤楚嘘

【七遇】遇路赂露鹭树度渡赋布步固素具数怒务雾鹜骛附兔故顾雇句墓暮慕募注注驻祚裕误诉蠹妒惧趣要铸傅付谕妪捕哺忤措错醋赴恶互孺怖煦寓酗瓠输吐屡塑捂瞿驱讣属作酗雨获镀圃驸足播苦铺姹

【八霁】霁制计势世丽岁卫济第艺惠慧币桂滞际厉涕契毙帝蔽敝锐戾裔袂系祭隶闭逝缀替细税例誓蕙偈诣砺励噬继谛系剂曳睇憩彗逮芮掣蓟妻挤弟题鳜蹶齐棣说觊离荔泥蜕赘揭唳泄娣薛呓濞捩羿谜缔切医

【九泰】泰会带外盖大濑赖蔡害最贝霭沛艾兑奈绘桧脍会太汰癞粝蜕酹狈昧

【十卦】卦挂懈隘卖画派债怪坏诫戒界介芥械拜快迈话败稗噫疥瀣湃聩惫杀喝解祭蒯喟呗寨

【十一队】队内塞爱辈佩代退载碎背秽菜对废诲晦昧戴贷配妹溃黛赉吠逮岱肺溉耒慨块赛刈耐悖淬敦铠焙在再孛柿睐裁采回焠栽北劾悔

【十二震】震信印进润阵镇填刃顺慎鬓晋骏闰峻衅振舜吝恪烬讯胤殡迅瞬谆馑蔺濬徇赈觐摈仅认衬瑾趁韧汛磷躏浚缙娠引诊蜃亲

【十三问】问闻运晕韵训粪奋忿郡分紊汶愠靳近斤郓员组拚隐

【十四愿】愿论怨恨万饭献健寸困顿建宪劝蔓券钝闷逊嫩贩溷远曼喷艮敦郾褪堰圈

【十五翰】翰岸汉难断乱叹干观散畔旦算玩烂贯半案按炭汗赞漫冠灌窜幔灿璨换焕唤悍弹惮段看判叛腕涣绊惋钻缦锻瀚胖谰蒜泮谩摊侃馆滩盥

【十六谏】谏雁患涧闲宦晏慢盼豢鹮栈惯串苋绽幻讪绾嫚谩汕疝瓣篡铲栅扮

【十七霰】霰殿面县变箭战扇煽膳传见砚选院练燕宴贱电荐绢彦甸便眷线倦羡堰奠遍恋眩钏倩卞汴弁拚咽片禅谴谚缘颤擅援媛瑗佃钿淀狷煎旋唁穿茜溅拣缠牵先炫善缱遣研衍辗转饯

【十八啸】啸笑照庙窍妙诏召邵要曜耀调钓吊叫燎峤少眺诮料肖尿剽掉鹞粜轿烧疗漂醮骠绕娆摇哨约嘹裱

【十九效】效教貌校孝闹淖豹爆罩拗窖酵稍乐较钞敲觉膠

【二十号】号帽报导盗操噪灶奥告诰暴好到蹈劳傲躁涝漕造冒悼倒骜缟懊澳膏犒部瀑旄靠糙

【二十一箇】箇个贺佐作逻坷轲大饿奈那些过和挫课唾簸

剐磨座坐破卧货左惰

【二十二祃】祃驾夜下谢榭罢夏暇霸灞嫁赦借藉炙蔗假化舍价射骂稼架诈亚螭跨麝咤怕讶诧迓胯柘卸泻靶乍桦杷

【二十三漾】漾上望相将状帐浪唱让旷壮放向仗畅量葬匠障谤尚涨饷样藏舫访养酱嶂抗当酿亢况脏瘴王谅亮妄丧怅两圹宕忘傍砀恙吭炀飏张行广汤炕长创诳掠妨旺荡防怏偿瀁盎仰挡怏

【二十四敬】敬命正令政性镜盛行圣咏姓庆映病柄郑劲竞净竟孟聘净泳请倩硬擎晟更横榜迎娉轻评证侦并盟

【二十五径】径定听胜磬应乘塍赠佞称馨邓胫莹证孕兴经醒廷锭庭钉暝剩凭凝橙凳蹬

【二十六宥】宥候就授售寿秀绣宿奏富兽斗漏陋守狩昼寇茂懋旧胄宙袖岫柚覆复救臭幼佑祐右侑囿豆窦逗溜瘤留构遘媾购透瘦漱镂鹫走副诟究凑谬缪疚灸畜枢骤首皱绉戊句貐蹂沤姤又逅蔻伏收犹油后厚扣吼读

【二十七沁】沁饮禁任荫谶浸鸩枕衽赁临渗妊吟深甚沈

【二十八勘】勘暗滥担憾缆瞰三暂参澹淡憨淦

【二十九艳】艳剑念验赡店占敛厌滟垫欠僭砭餍殓苦盐沾兼念埝俺潜忝

【三十陷】陷鉴监汛梵帆忏赚蘸谗剑欠淹站

#

入　声

#

【一屋】屋木竹目服福禄熟谷肉族鹿腹菊陆轴逐牧伏宿读犊渎牍椟簏縠复粥肃育六缩哭幅斛戮仆畜蓄叔淑菽独卜馥沐速祝麓镞蹙筑穆睦啄覆鹜秃扑鬻辐瀑竺簇暴掬濮郁蠹复塾朴蹴煜谡碌毓舳柚蝠辘凫蝮匐觫囿首栿髑副勖孰谷

【二沃】沃俗玉足曲粟烛属录辱狱绿毒局欲束鹄蜀促触续

督赎浴酷瞩躅褥旭欲渌逯告仆

【三觉】觉角桷较岳乐捉朔数卓涿琢剥趵爆驳驳邈雹璞朴确浊擢镯濯幄喔药握搦学

【四质】质日笔出室实疾术一乙壹吉秩密率律逸佚失漆栗毕恤蜜橘溢瑟膝匹黜弼七叱卒虱悉谧轶诘戌佶栉昵窒必侄蛭泌秫蟀嫉唧怵帅聿郅桎踔茁汨尼蓻

【五物】物佛拂屈郁乞掘讫吃绂弗诎崛勿熨厥迄不屹芴倔尉蔚

【六月】月骨发阙越谒没伐罚卒竭窟笏钺歇突忽勃蹶筏厥蕨掘阅讷殁粤悖兀碣猝橛羯汩咄捽渤凸滑孛纥核馞垡阔堀曰讦

【七曷】曷达末阔活钵脱夺褐割沫拔葛渴拨豁括聒抹秣遏挞萨掇喝跋獭撒剌泼斡捋袜适咄妲

【八黠】黠札拔猾八察杀刹轧刖戛秸嘎瞎刮刷滑

【九屑】屑节雪绝列烈结穴说血舌洁缺裂热决铁灭折拙切悦辙诀泄咽噎杰彻别哲设劣碣挈谲窃缀阅抉挈捩楔蹩袭蔑捏竭契疖龁涅颉撷撤跌蔑浙澈蛭揭啜辍哲迭呐侄洌掇批橇絜

【十药】药薄恶略作乐落阁鹤爵弱约脚雀幕洛壑索郭博错跃若缚酌托削铎灼凿却络鹊度诺橐漠钥著虐掠攫泊搏簿勺酪谑廓绰霍烁莫铄缴谔鄂亳恪箔攫涸疟镬郝骆膜粕礴拓蠖鳄格咋柝摸貉愕柞寞脯魄烙焯厝噩泽嫣嬢各猎昔芍蹀迕

【十一陌】陌石客白泽伯迹宅席策碧籍格役帛戟璧驿麦额柏魄积脉夕液册尺隙逆画百辟赤易革脊获翮展适剧碛隔益栅窄核掷责惜僻癖辟掖腋释舶拍择摘射斥弈奕迫疫译昔瘠赫炙谪虢腊硕蛰藉翟亦膈骼隻鲫借啧蜴帼席貊汐摭咋吓刺百莫蝈绎霸霹

【十二锡】锡壁历枥击绩笛敌滴镝檄激寂翟逖籴析晰溺觅摘狄获戚涤的吃霹沥惕踢剔砾栎适嫡阒觌蜥吊霓倜

【十三职】职国德食蚀色力翼墨极息直得北黑侧饰贼刻则塞式轼域殖植敕饬棘惑默织匿亿忆特勒劾仄稷识逼克剋蟋唧即

拭弋陟测冒抑恻肋亟砸忒嶷熄稿崮匐鲫魉或愎塑

【十四缉】缉辑立集邑急入泣湿习给十拾什袭及级涩粒揖汁蛰笠执隰汲吸熠岌歙浥熠挹

【十五合】合塔答纳榻杂腊蜡匝阖蛤衲沓鸽踏飒拉邋盍搭溘嗑

【十六叶】叶帖贴牒接猎妾蝶箧涉捷颊楫摄蹑谍协侠荚睫慑蹀挟喋燮褶靥烨耷摺辄捻婕聂霎

【十七洽】洽狭峡法甲业邺匣压鸭乏怯劫胁插押狎掐夹箧恰眨呷喋札钾

附录二

词 谱 举 例

这里列出的六十个词谱,是常见的,或者是在某个方面具有代表性的。每一词谱,只列常用格式,先作说明,然后举例。词谱顺序,按其字数,由少而多排列。

1.《十六字令》。又名《归字谣》、《花娇女》、《苍梧谣》等。单调。四句,十六字。第一、二、四句押平声韵。

平。仄仄平平仄仄平。平平仄,仄仄仄平平。

归! 猎猎薰风飐绣旗。拦教住,重举送行杯。

——张孝祥《归字谣》

2.《忆江南》。本名《谢秋娘》,又名《望江南》、《江南好》、《望江梅》、《梦江南》等。单调。五句,二十七字。第二、四、五句押平声韵。

平平仄,仄仄仄平平。仄仄平平平仄仄,平平仄仄仄平平。仄仄仄平平。

江南好,风景旧曾谙。日出江花红胜火,春来江水绿如蓝。能不忆江南?

——白居易《忆江南》

3.《渔歌子》。又名《渔父》、《渔父乐》等。有单调、双调两式，此为单调。五句，二十七字。第一、二、四、五句押平声韵。

　　仄仄平平仄仄平，平平仄仄仄平平。平仄仄，仄平平。平平仄仄仄平平。

　　西塞山前白鹭飞，桃花流水鳜鱼肥。青箬笠，绿蓑衣，斜风细雨不须归。

——张志和《渔歌子》

4.《捣练子》。又名《咏捣练》、《夜如年》、《望书归》、《深院月》、《捣练子令》等。单调。五句，二十七字。第二、三、五句押平声韵。

　　平仄仄，仄平平。仄仄平平仄仄平。仄仄平平平仄仄，平平仄仄仄平平。

　　砧面莹，杵声齐，捣就征衣泪墨题。寄到玉关应万里，戍人犹在玉关西。

——贺铸《捣练子》

5.《调笑令》。又名《三台令》等。单调。八句，三十二字。第一、二句和六、七句是叠句。共用三个韵，第一、二、三句押仄声韵，第四、五句换平声韵，第六、七、八句再换仄声韵。

　　平仄，平仄（叠句），仄仄平平平仄。平平仄仄平平，仄仄平平仄平。平仄（颠倒前句末二字），平仄（叠句），仄仄平平平仄。

　　杨柳，杨柳，日暮白沙渡口。船头江水茫茫，商人少妇断肠。肠断,肠断,鹧鸪夜飞失伴。

——王建《调笑令》

6.《如梦令》。本名《忆仙姿》,又名《无梦令》、《宴桃园》、《比梅》等。单调。七句,三十三字。第五、六句是叠句。第一、二、四、五、六、七句押仄声韵。

⊗仄⊗平平仄,⊗仄⊗平平仄。⊗仄⊗平平,⊗仄⊗平平仄。平仄,平仄(叠句),⊗仄⊗平平仄。

昨夜雨疏风骤,浓睡不消残酒。试问卷帘人,却道"海棠依旧"。"知否?知否?应是绿肥红瘦。"

——李清照《如梦令》

7.《长相思》。又名《长相思令》、《相思令》、《吴山青》、《忆多娇》、《双红豆》等。有平仄两体,此为平韵体。双调。上、下片同调,各四句,共三十六字。每句都押韵,押平声韵。末句不能犯孤平。

仄⊗平,仄⊗平(叠后二字),⊗仄平平⊗仄平。⊕平⊗仄平。仄⊗平,仄⊗平(叠后二字),⊗仄平平⊗仄平。⊕平⊗仄平。

吴山青,越山青,两岸青山相送迎。谁知离别情?
君泪盈,妾泪盈,罗带同心结未成。江头潮已平。

——林逋《长相思》

8.《生查子》。又名《陌上郎》、《梅和柳》、《楚云深》、《愁风月》、《丝罗裙》等。双调。上、下片同调,各四句,共四十字。

逢二、四句押仄声韵。第一句不能犯孤平。

⊙平⊙仄平,⊙仄平平仄。▲
⊙平⊙仄平,⊙仄平平仄。▲ ⊙仄仄平平,⊙仄平平仄。▲

　　去年元夜时,花市灯如昼。月上柳梢头,人约黄昏后。　　今年元夜时,月与灯依旧。不见去年人,泪湿春衫袖。

——朱淑贞《生查子》

9.《点绛唇》。又名《南浦月》、《点樱桃》、《十八香》、《沙头雨》等。双调。上、下片不同调,上片四句,下片五句,共四十一字。上片第二、三、四句和下片第二、三、四、五句押仄声韵。

⊙仄平平,⊙平⊙仄平平仄。▲仄平平仄。▲⊙仄平平仄。▲
⊙仄平平,⊙仄平平仄。▲平平仄。▲仄平平仄。▲⊙仄平
平仄。▲

　　雨恨云愁,江南依旧称佳丽。水村渔市,一缕孤烟细。　　天际征鸿,遥认行如缀。平生事。此时凝睇,谁会凭栏意!

——王禹偁《点绛唇》

10.《浣溪沙》。又名《浣纱溪》、《小庭花》、《玩丹砂》、《满院春》等。有平仄两体,此为平韵体。双调。上、下片各三句,不同调,共四十二字。上片第一、二、三句和下片第二、三句押平声韵。下片头两句往往用对仗。

⊙仄平平仄仄平,⊙平⊙仄仄平平。▲⊙平⊙仄仄平平。▲

(平)仄(平)平平仄仄,(平)平(仄)仄仄平平。(平)平(仄)仄仄平平。
　　　　　　　　　▲　　　　　　　　　　▲

　　一曲新词酒一杯,去年天气旧亭台。夕阳西下几
时回?　　　无可奈何花落去,似曾相识燕归来。小园
香径独徘徊。

——晏殊《浣溪沙》

11.《卜算子》。又名《百尺楼》、《楚天遥》、《眉峰碧》等。
双调。上、下片同调,各四句,共四十四字。逢二、四句押仄
声韵。

　　　　(仄)仄仄平平,(仄)仄平平仄。(仄)仄平平仄仄平,(仄)仄平
平仄。
　　▲
　　　　(仄)仄仄平平,(仄)仄平平仄。(仄)仄平平仄仄平,(仄)仄平
平仄。
　　▲

　　驿外断桥边,寂寞开无主。已是黄昏独自愁,更着
风和雨!　　　无意苦争春,一任群芳妒。零落成泥碾
作尘,只有香如故。

——陆游《卜算子·咏梅》

12.《采桑子》。又名《丑奴儿》、《丑奴儿令》、《伴登临》、
《忍泪吟》、《罗敷歌》等。双调。上、下片同调,各四句,共四十
四字。逢二、三、四句押平声韵。上、下片第二、三句有用叠
句的。

　　　　(平)平(仄)仄平平仄,(仄)仄平平。(仄)仄平平,(仄)仄平平(仄)
平。　　　(平)平(仄)仄平平仄,(仄)仄平平。(仄)仄平平,(仄)仄平平(仄)
仄平。
　　▲

· 193 ·

恨君不似江楼月,南北东西。南北东西,只有相随无别离。　　恨君却似江楼月,暂满还亏。暂满还亏,待得团圆是几时?

——吕本中《采桑子·别情》

13.《诉衷情》。又名《步花间》、《桃花水》、《偶相逢》、《画楼空》等。双调。上、下片不同调,上片四句,下片六句,共四十四字。上片第一、二、四句和下片第二、三、六句押平声韵。

⊙平⊙仄仄平平。⊗仄仄平平。⊙平仄仄平仄,⊗仄仄平平。　　平仄仄,仄平平,仄平平。仄平仄仄,⊗仄平平,仄仄平平。

当年万里觅封侯,匹马戍梁州。关河梦断何处?尘暗旧貂裘。　　胡未灭,鬓先秋,泪空流。此生谁料,心在天山,身老沧洲!

——陆游《诉衷情》

14.《菩萨蛮》。又名《子夜歌》、《花间意》、《重叠金》、《花溪碧》、《梅花句》等。双调。上、下片各四句,不同调,共四十四字。共用四个韵,上片第一、二句押仄声韵,第三、四句换平声韵,下片第一、二句再换仄声韵,第三、四句又换平声韵。上、下片后两句字数平仄相同,上、下片末句均可改用律句"平平仄仄平"。

⊗平⊙仄平平仄,⊗平⊙仄平平仄。⊗仄仄平平,⊗平⊗仄平。　　⊗仄平平仄,⊗仄平平仄。⊗仄仄平平,⊗平⊗仄平。

郁孤台下清江水,中间多少行人泪。西北望长安,可怜无数山。 青山遮不住,毕竟东流去。江晚正愁余,山深闻鹧鸪。

15.《减字木兰花》。又名《天下乐令》、《木兰香》、《金莲出玉花》、《减兰》等。双调。上、下片同调,各四句,共四十四字。逢一、二句押仄声韵,逢三、四句押平声韵。

㊀平㊄仄,㊄仄㊀平平仄仄。㊄仄平平,㊄仄平平㊄仄平。 ㊀平㊄仄,㊄仄㊀平平仄仄。㊄仄平平,㊄仄平平㊄仄平。

刘郎已老,不管桃花依旧笑。要听琵琶,重院莺啼觅谢家。 曲终人醉,多似浔阳江上泪。万里东风,故国山河落照红。

——朱敦儒《减字木兰花·听琵琶》

16.《忆秦娥》。又名《秦楼月》、《碧云深》、《玉交枝》、《双荷叶》等。双调。上、下片各五句,不同调,共四十六字。上、下片逢一、二、三、五句押仄声韵,而且多用入声韵。上、下片后三句字数平仄相同。上、下片第三句均叠第二句后三字。

平平仄,㊀平㊄仄平平仄。平平仄(叠三字),㊄平㊀仄,仄平平仄。 ㊀平㊄仄平平仄,㊀平㊄仄平平仄。平平仄(叠三字),㊄平㊀仄,仄平平仄。

箫声咽,秦娥梦断秦楼月。秦楼月,年年柳色,灞陵伤别。 乐游原上清秋节,咸阳古道音尘绝。音尘绝,西风残照,汉家陵阙。

——李白《忆秦娥》

17.《更漏子》。 又名《无漏子》、《独倚楼》、《付金钗》、《翻翠袖》等。双调。上、下片各六句,不同调,共四十六字。上片第二、三句押仄声韵,第五、六句换平声韵,下片第一、二、三句再换仄声韵,第五、六句又换平声韵。

⊘⊕平,平仄仄,⊕仄⊘平平仄。平仄仄,仄平平,⊘平平仄平。　平⊘仄,⊘平仄,⊘平⊘平平仄。平仄仄,仄平平,⊘平平仄平。

　柳丝长,春雨细,花外漏声迢递。惊塞雁,起城乌,画屏金鹧鸪。　香雾薄,透帘幕,惆怅谢家池阁。红烛背,绣帘垂,梦长君不知。

——温庭筠《更漏子》

18.《清平乐》。 又名《清平乐令》、《醉东风》、《忆萝月》等。双调。上、下片各四句,不同调,共四十六字。上片每句都押韵,押仄声韵,下片第一、二、四句换平声韵。

⊕平⊘仄,⊕仄平平仄。⊘仄⊕平平仄仄,⊕仄⊕平⊕仄。　⊕平⊕仄平平,⊕平⊘仄平平。⊕仄⊕平⊕仄,⊕平⊕仄平平。

　春归何处?寂寞无行路。若有人知春去处,唤取归来同住。　春无踪迹谁知?除非问取黄鹂。百啭无人能解,因风飞过蔷薇。

——黄庭坚《清平乐》

19.《阮郎归》。又名《碧桃春》、《醉桃源》、《濯缨曲》等。双调。上、下片不同调,上片四句,下片五句,共四十七字。上片第一、二、三、四句和下片第二、三、四、五句押平声韵。

⊕平平仄仄平平,平平仄仄平。仄平平仄仄平平,平平仄仄平。　　平仄仄,仄平平,平平仄仄平。⊕平⊗仄仄平平,平平仄仄平。

南园春半踏青时,风和闻马嘶。青梅如豆柳如眉,日长蝴蝶飞。　　花露重,草烟低,人家帘幕垂。秋千慵困解罗衣,画梁双燕栖。

——欧阳修《阮郎归》

20.《秋波媚》。又名《眼儿媚》、《小阑干》、《东风寒》等。双调。上、下片各五句,不同调,共四十八字。上片第一、二、五句和下片第二、五句押平声韵。

⊗仄平平仄仄平,⊗仄仄平平。⊕平⊗仄,⊕平⊗仄,⊗仄平平。　　⊕平⊗仄平平仄,⊗仄仄平平。⊕平⊗仄,⊗平平仄,⊗仄平平。

秋到边城角声哀,烽火照高台。悲歌击筑,凭高酹酒,此兴悠哉。　　多情谁似南山月,特地暮云开。灞桥烟柳,曲江池馆,应待人来。

——陆游《秋波媚·七月十六晚,登高兴亭,望长安南山》

21.《摊破浣溪沙》。又名《添字浣溪沙》、《感恩多令》、《山花子》、《负心期》等。双调。上、下片各四句,不同调,共四十八

· 197 ·

字。上片第一、二、四句和下片第二、四句押平声韵。此调把四十二字的《浣溪沙》上、下片末句扩展成为两句。

　　　　㊣仄平平㊣仄平，㊣平㊣仄仄平平。㊣仄㊣平平仄仄，仄
平平。　　　㊣仄㊣平平仄仄，㊣平㊣仄仄平平。㊣仄㊣平平仄
仄，仄平平。

　　　　五里滩头风欲平，张帆举棹觉船轻。柔橹不施停
却棹，是船行。　　　满眼风波多闪灼，看山恰似走来
迎。子细看山山不动，是船行。

　　　　　　　　　　　　　　——无名氏《摊破浣溪沙》

　　22.《太常引》。 又名《太清引》,《腊前梅》等。双调。上、
下片不同调,上片四句,下片五句,共四十九字。上、下片末句一
般分上三下四。上片第一、二、三、四句和下片第三、四、五句押
平声韵。

　　　　㊣平㊣仄仄平平，㊣仄仄平平。㊣仄仄平平。㊣仄仄、平
平仄平。　　　㊣平㊣仄，㊣平㊣仄，㊣仄仄平平。㊣仄仄平平。
㊣㊣仄、平平仄平。

　　　　一轮秋影转金波，飞镜又重磨。把酒问姮娥：被白
发、欺人奈何？　　　乘风好去，长空万里，直下看山河。
斫去桂婆娑，人道是、清光更多。

　　　　　　　　　　——辛弃疾《太常引·建康中秋夜为吕叔潜赋》

　　23.《西江月》。 又名《江月令》、《步虚词》、《壶天晓》、《白苹
香》等。双调。上、下片同调,各四句,共五十字。逢二、三句押平
声韵,逢第四句押原韵的仄声韵。上、下片头两句要用对仗。

198

仄仄平平仄仄,平平仄仄平平。平平仄仄仄平平,仄仄平
平仄仄。　　仄仄平平仄仄,平平仄仄平平。平平仄仄平
平,仄仄平平仄仄。

天上低昂似旧,人间儿女成狂。夜来处处试新妆,
却是人间天上。　　不觉新凉似水,相思两鬓如霜。
梦从海底跨枯桑,阅尽银河风浪。

　　　　　　　　　　——刘辰翁《西江月·新秋写兴》

24.《醉花阴》。 双调。上、下片同调,各四句,共五十二字。
末句一般分上四下五。逢一、二、四句押仄声韵。

仄仄平平平仄仄,仄仄平平仄。仄仄仄平平,仄仄平平,
仄仄平平仄。　　仄仄平平平仄仄,仄仄平平仄。仄仄平
平,仄仄平平,仄仄平平仄。

薄雾浓云愁永昼,瑞脑消金兽。佳节又重阳,玉枕
纱厨,半夜凉初透。　　东篱把酒黄昏后(此句同原
词谱的平仄不甚一致),有暗香盈袖。莫道不消魂,帘
卷西风,人比黄花瘦。

　　　　　　　　　　——李清照《醉花阴·重九》

25.《浪淘沙》。 又名《浪淘沙令》、《过龙门》、《卖花声》
等。双调。上、下片同调,各五句,共五十四字。逢一、二、三、五
句押平声韵。

仄仄仄平平,仄仄平平。平平仄仄仄平平。仄仄平平
仄仄,仄仄平平。　　仄仄仄平平,仄仄平平。平平仄仄平

平。⊚仄⊕平·平·平·仄仄,⊚仄平·平·平。
▲   ▲

　　帘外雨潺潺,春意阑珊。罗衾不耐五更寒。梦里
不知身是客,一晌贪欢。　　独自莫凭栏!无限江山,
别时容易见时难。流水落花春去也,天上人间。

　　　　　　　　　　　　　——李煜《浪淘沙》

　　26.《鹧鸪天》。又名《鹧鸪引》、《千叶莲》、《半死桐》、《于
中好》等。双调。上、下片不同调,上片四句,下片五句,共五十
五字。上片第一、二、四句和下片第二、三、五句押平声韵。此调
很像两首七绝,上片完全是七绝形式,下片只是把第一句拆成两
个三字句。

　　⊚仄平·平·⊚仄平,⊕平·⊕平·仄仄平·平。⊕平·⊚仄平·平仄,⊚
仄平·平·⊚仄平。　　平仄仄,仄平·平,⊕平·⊕平·仄仄平·平。⊕平·
⊚仄平·平仄,⊚仄平·平·⊚仄平。
▲   ▲   ▲
                                                ▲

　　壮岁旌旗拥万夫,锦襜突骑渡江初。燕兵夜娖银
胡䩮,汉箭朝飞金仆姑。　　追往事,叹今吾,春风不
染白髭须。却将万字平戎策,换得东家种树书。

　　　　　　　　——辛弃疾《鹧鸪天·有客慨然谈功名,
　　　　　　　　　　　　　　　因追念少年时事,戏作》

　　27.《玉楼春》。又名《木兰花》、《玉楼春令》、《西湖曲》、
《春晓曲》等。双调。上、下片同调,各四句,共五十六字。逢
一、二、四句押仄声韵。此调相当于两首不粘的仄韵七绝。

　　⊕平·⊚仄平·平仄,⊚仄⊕平·平·平仄仄。⊕平·⊚仄仄平·平,⊚
仄⊕平·平·仄仄。　　⊕平·⊚仄平·平仄,⊚仄⊕平·平·平仄仄。⊕平·
▲   ▲   ▲
                                    ▲

　　　　　　　　　　　　　　　　　　·200·

仄仄仄平平,仄仄平平平仄仄。▲

    东城渐觉风光好,縠皱波纹迎客棹。绿杨烟外晓寒轻,红杏枝头春意闹。   浮生长恨欢娱少,肯爱千金轻一笑? 为君持久劝斜阳,且向花间留晚照。

——宋祁《玉楼春》

28.《南乡子》。又名《好离乡》、《蕉叶怨》等。有单调双调两式,此为双调。上、下片同调,各五句,共五十六字。逢一、二、四、五句押平声韵。

仄仄仄平平,仄仄平平仄仄平。仄仄平平平仄仄,平平。▲
仄仄平平仄仄平。   仄仄仄平平,仄仄平平仄仄平。▲
平平仄仄平,平平。仄仄平平仄仄平。▲

    秋色冷并刀,一派酸风卷怒涛。并马三河年少客,粗豪,皂栎林中醉射雕。   残酒忆荆高,燕赵悲歌事未消。忆昨车声寒易水,今朝,慷慨还过豫让桥。

——陈维崧《南乡子·邢州道上作》

29.《虞美人》。又名《虞美人令》、《一江春水》、《玉壶冰》、《忆柳曲》等。双调。上、下片同调,各四句,共五十六字。逢一、二句押仄声韵,逢三、四句换平声韵。

平平仄仄平平仄,仄仄平平仄。平平仄仄仄平平,仄仄平▲
平仄仄仄平平。   平平仄仄平平仄,仄仄平平仄。平平仄▲
仄仄平平,仄仄平平仄仄平平。

    春花秋月何时了? 往事知多少! 小楼昨夜又东风,故国不堪回首月明中。   雕栏玉砌应犹在,只是朱颜改。问君能有几多愁？恰似一江春水向东流！

——李煜《虞美人》

30.《鹊桥仙》。又名《鹊桥仙令》、《广寒秋》、《忆人人》等。双调。上、下片同调，各五句，共五十六字。逢末句一般分上三下四。逢三、五句押仄声韵。

⊕平⊕仄，⊕平⊕仄，⊗仄⊕平⊗仄。⊕平⊗仄仄平平，仄⊗仄、平平⊗仄。▲　　⊕平⊕仄，⊕平⊕仄，⊗仄⊕平⊗仄。▲⊕平⊗仄仄平平，仄⊗仄、平平⊗仄。▲

纤云弄巧，飞星传恨，银汉迢迢暗度。金风玉露一相逢，便胜却、人间无数。　　柔情似水，佳期如梦，忍顾鹊桥归路？两情若是久长时，又岂在、朝朝暮暮？

——秦观《鹊桥仙》

31.《踏莎行》。又名《平阳兴》、《江南曲》、《芳心苦》、《度新声》、《思牛女》、《踏雪行》等。双调。上、下片同调，各五句，共五十八字。逢二、三、五句押仄声韵。

⊗仄平平，⊕平⊗仄，⊕平⊗仄平平仄。▲⊕平⊗仄仄平平，⊕平⊗仄平平仄。▲　　⊗仄平平，⊕平⊗仄，⊕平⊗仄平平仄。▲⊕平⊗仄仄平平，⊕平⊗仄平平仄。▲

小径红稀，芳郊绿遍，高台树色阴阴见。春风不解禁杨花，濛濛乱扑行人面。　　翠叶藏莺，朱帘隔燕，炉香静逐游丝转。一场愁梦酒醒时，斜阳却照深深院。

——晏殊《踏莎行》

32.《一剪梅》。 又名《腊梅香》、《玉簟秋》等。双调。上、下片同调,各六句,共六十字。逢一、三、六句押平声韵。

　　⊙仄平平⊙仄平。⊙仄平平,⊙仄平平。⊕平⊙仄仄平平。⊙仄平平,⊙仄平平。　　⊙仄平平⊙仄平。⊙仄平平,⊙仄平平。⊕平⊙仄仄平平。⊙仄平平,⊙仄平平。

　　红藕香残玉簟秋。轻解罗裳,独上兰舟。云中谁寄锦书来? 雁字回时,月满西楼。　　花自飘零水自流。一种相思,两处闲愁。此情无计可消除,才下眉头,却上心头。

——李清照《一剪梅》

33.《唐多令》。 又名《南楼令》、《箜篌曲》、《糖多令》等。双调。上、下片同调,各六句,共六十字。逢第三句一般分上三下四。逢一、二、三、六句押平声韵。

　　平仄仄平平,平平仄仄平。仄平平、仄仄平平。⊙仄⊕平平仄仄,平仄仄,仄平平。　　⊙仄仄平平,平平仄仄平。仄平平、仄仄平平。⊙仄⊕平平仄仄,平仄仄,仄平平。

　　芦叶满汀洲,寒沙带浅流。二十年重过南楼。柳下系船犹未稳,能几日,又中秋。　　黄鹤断矶头,故人曾到否?旧江山浑是新愁。欲买桂花同载酒,终不似,少年游。

——刘过《唐多令·重过武昌》

34.《蝶恋花》。 本名《鹊踏枝》,又名《凤栖梧》、《卷珠帘》、《一箩金》、《江如练》、《西笑吟》等。双调。上、下片同调,各五句,共六十字。逢一、三、四、五句押仄声韵。

⊗仄⊕平平仄仄。⊗仄平平,⊗仄平平仄。⊗仄⊕平平
仄仄,⊕平⊗仄平平仄。　　⊗仄⊕平平仄仄。⊗仄平平,⊗
仄平平仄。⊗仄⊕平平仄仄,⊕平⊗仄平平仄。
▲　　　　　　　　　　▲

　　今古河山无定据,画角声中,牧马频来去。满目荒
凉谁可语? 西风吹老丹枫树。　　从前幽怨应无数,
铁马金戈,青塚黄昏路。一往情深深几许? 深山夕照
深秋雨。

——纳兰性德《蝶恋花·出塞》

35.《苏幕遮》。又名《鬓云松》等。双调。上、下片同调,
各七句,共六十二字。逢二、四、五、七句押仄声韵。

仄平平,平仄仄。⊗仄平平,⊗仄平平仄。⊗仄⊕平平仄
仄,仄仄平平,⊗仄平平仄。　　仄平平,平仄仄。⊗仄平平,
⊗仄平平仄。⊗仄⊕平平仄仄,仄仄平平,⊗仄平平仄。
▲　　　　　　　　　　▲　　　　　　　　　　▲

　　碧云天,黄叶地,秋色连波,波上寒烟翠。山映斜
阳天接水,芳草无情,更在斜阳外。　　黯乡魂,追旅
思,夜夜除非,好梦留人睡。明月楼高休独倚。酒入愁
肠,化作相思泪。

——范仲淹《苏幕遮》

36.《破阵子》。又名《破阵乐》、《十拍子》等。双调。上、
下片同调,各五句,共六十二字。逢二、四、五句押平声韵。

⊗仄⊕平⊗仄,⊕平⊗仄平平。⊗仄⊕平平仄仄,⊗仄平
▲

204

平⊘仄仄平。⊘平⊘仄平平。　　⊘仄⊘平仄仄,⊘平⊘仄平平平。
▲　　　　　　▲
⊘仄⊘平平仄仄,⊘仄平平仄仄平。⊘平⊘仄平。
▲　　　　　　　　　　　　　　　▲

　　醉里挑灯看剑,梦回吹角连营。八百里分麾下炙,
五十弦翻塞外声。沙场秋点兵。　　马作的卢飞快,
弓如霹雳弦惊。了却君王天下事,赢得生前身后
名。——可怜白发生!

——辛弃疾《破阵子·为陈同父赋壮词以寄》

37.《渔家傲》。又名《添字渔家傲》、《吴门柳》、《荆溪
咏》、《游仙咏》等。双调。上、下片同调,各五句,共六十二字。
每句都押韵,押仄声韵。

⊘仄⊘平平仄仄,⊘平⊘仄平平仄。⊘仄⊘平平仄仄。
▲　　　　　　　　　　　　　▲　　　　　　　　　　▲
平⊘仄,⊘平⊘仄平平仄。　　⊘仄⊘平平仄仄,⊘平⊘仄
▲　　　　　　　　▲　　　　　　　　　　　　　　　▲
平仄。⊘仄⊘平平仄仄。平⊘仄,⊘平⊘仄平平仄。
▲　　　　　　　　　　　▲　　　　　　　　　　　　　▲

　　花底忽闻敲两桨,逡巡女伴来寻访。酒盏旋将荷
叶当。莲舟荡,时时盏里生红浪。　　花气酒香清厮
酿,花腮酒面红相向。醉倚绿阴眠一饷。惊起望,船头
阁在沙滩上。

——欧阳修《渔家傲》

38.《谢池春》。又名《玉莲花》、《风中柳》、《风中柳令》、
《卖花声》等。双调。上、下片各六句,不同调,共六十六字。
上、下片第三、六句一般分上三下四。逢二、三、五、六句押仄
声韵。

⊘仄平平,⊘仄⊘平平仄。仄平平、平平仄仄。平平平
▲　　　　　　　　　　　▲　　　　　　　　　▲

仄,仄平平平仄。仄平平、仄平平仄。　平平仄仄,仄仄仄平平仄。仄平平、平平仄仄。平平仄仄,仄平平平仄。仄平平、仄平平仄。

　　壮岁从戎,曾是气吞残虏。阵云高,狼烟夜举。朱颜青鬓,拥雕戈西戍。笑儒冠自来多误。　功名梦断,却泛扁舟吴楚。漫悲歌,伤怀吊古。烟波无际,望秦关何处?叹流年又成虚度。

——陆游《谢池春》

39.《青玉案》。 又名《横塘路》、《西湖路》、《青莲池上客》等。双调。上、下片各六句,不同调,共六十七字。逢一、二、三、五、六句押仄声韵。

　　平平仄仄平平仄,仄仄仄平平仄。仄仄平平平仄仄。仄平平仄,仄平平仄,仄仄平平仄。　平平仄仄平平仄,仄仄平平仄平仄。仄仄平平平仄仄。仄平平仄,仄平平仄,仄仄平平仄。

　　东风夜放花千树,更吹落、星如雨。宝马雕车香满路。凤箫声动,玉壶光转,一夜鱼龙舞。　蛾儿雪柳黄金缕,笑语盈盈暗香去。众里寻他千百度;蓦然回首,那人却在,灯火阑珊处。

——辛弃疾《青玉案·元夕》

40.《江城子》。 又名《江神子》、《村意远》等。有单调双调两式,平仄两体,此为双调,平韵体。上、下片同调,各八句,共七十字。逢一、二、三、五、八句押平声韵。

㊝平㊝仄仄平平。仄平平，仄平平。㊝仄平平，仄仄仄平
平。㊝仄㊝平平仄仄，平仄仄，仄平平。　　㊝平㊝仄仄平平。
仄平平，仄平平。㊝仄平平，仄仄仄平平。㊝仄㊝平平平仄仄，平
仄仄，仄平平。

　　老夫聊发少年狂。左牵黄，右擎苍。锦帽貂裘，千
骑卷平冈。为报倾城随太守，亲射虎，看孙郎。　　酒
酣胸胆尚开张。鬓微霜，又何妨？持节云中，何日遣冯
唐？会挽雕弓如满月，西北望，射天狼。

——苏轼《江城子·密州出猎》

41.《祝英台近》。又名《英台近》、《寒食词》、《宝钗分》
等。有平仄两体，此为仄韵体。双调。上、下片各八句，不同调，
共七十七字。上、下片末句一般分上三下四。上片第二、三、五、
八句和下片第一、三、五、八句押仄声韵。

　　仄平平，平仄仄，㊝仄仄平仄。㊝仄平平，㊝仄仄平仄。
㊝平㊝仄平平，㊝平㊝仄，仄平仄、㊝平平仄。　　仄平仄，㊝
㊝㊝仄平平，平平仄平仄。㊝仄平平，㊝仄仄平仄。平平㊝仄
平平，㊝平㊝仄，仄平仄、㊝平平仄。

　　宝钗分，桃叶渡，烟柳暗南浦。怕上层楼，十日九
风雨。断肠片片飞红，都无人管，更谁劝，啼莺声住？
　　鬓边觑，试把花卜归期，才簪又重数。罗帐灯昏，
哽咽梦中语："是他春带愁来，春归何处，却不解、带将
愁去。"

——辛弃疾《祝英台近·晚春》

42.《满江红》。又名《上江虹》、《念良游》、《伤春曲》等。

有平仄两体,此为仄韵体。双调。上、下片不同调,上片八句,第二、三句一般分上三下四,第七句一般分上三下五,下片九句,第五句一般分上五下四,第八句一般分上三下五,共九十三字。上片第二、四、六、八句和下片第二、四、五、七、九句押仄声韵,而且常用入声韵。此调往往用对仗。

⊙仄平平,⊙⊙仄、⊙平⊙仄。⊙仄仄、⊙平⊙仄、⊙平平
仄。⊙仄⊙平平仄仄,⊙平⊙仄平平仄。仄⊙仄、⊙仄仄平平,
平平仄。　⊙⊙仄,平⊙仄;⊙⊙仄,平⊙仄。仄平平仄仄、
仄平平仄。⊙仄⊙平平仄仄,⊙平⊙仄平平仄。⊙⊙平、⊙仄
仄平平,平平仄。
▲

怒发冲冠,凭栏处、潇潇雨歇。抬望眼,仰天长啸,壮怀激烈。三十功名尘与土,八千里路云和月。莫等闲、白了少年头,空悲切!　靖康耻,犹未雪;臣子恨,何时灭?驾长车踏破、贺兰山缺。壮志饥餐胡虏肉,笑谈渴饮匈奴血。待从头、收拾旧山河,朝天阙。

————岳飞《满江红》

43.《满庭芳》。又名《江南好》、《话桐乡》、《满庭花》、《潇湘雨》等。有平仄两体,此为平韵体。双调。上、下片不同调,上片十句,第七句一般分上三下四,下片十一句,第八句一般分上三下四,共九十五字。上片第三、五、七、十句和下片第一、四、六、八、十一句押平声韵。

⊙仄平平,⊙平⊙仄,仄平⊙仄平平。⊙平平仄,⊙仄仄
平平。⊙仄平平仄仄,⊙⊙仄、⊙仄平平。平平仄,平平仄仄,
⊙仄仄平平。　平平,平仄仄,⊙平仄仄,⊙仄平平。仄仄平

平仄,⊗仄平平。⊗仄平平仄仄,⊗⊙仄、⊗仄平平。平平仄,
平平仄仄,⊗仄仄平平。

  风老莺雏,雨肥梅子,午阴嘉树清圆。地卑山近,
衣润费炉烟。人静乌鸢自乐,小桥外、新绿溅溅。凭阑
久,黄芦苦竹,拟泛九江船。 年年,如社燕,飘流瀚
海,来寄修椽。且莫思身外,长近尊前。憔悴江南倦客,
不堪听、急管繁弦。歌筵畔,先安簟枕,容我醉时眠。
      ——周邦彦《满庭芳·夏日溧水无想山作》

44.《水调歌头》。又名《元会曲》、《凯歌》、《台城游》等。
双调。上、下片不同调,上片八句,第三句一般分上六下五或上
四下七,下片九句,第四句一般分上四下七或上六下五,共九十
五字。上片第二、三、六、八句和下片第三、四、七、九句押平声
韵。上、下片后六句字数平仄基本相同。

  ⊗仄⊙平仄,⊗仄仄平平。⊙平⊗仄平仄、⊗仄仄平平。
⊗仄⊙平仄仄,⊗仄⊙平⊗仄、仄仄仄平平。⊗仄⊙平仄,⊗仄
仄平平。 ⊙平仄,平⊙仄,仄平平。⊙平⊙仄、平仄仄仄
平平。⊗仄⊙平仄仄,⊗仄⊙平⊗仄、⊗仄仄平平。⊗仄⊙平
仄,⊗仄仄平平。

  明月几时有?把酒问青天。不知天上宫阙,今夕
是何年?我欲乘风归去,又恐琼楼玉宇,高处不胜寒。
起舞弄清影,何似在人间? 转朱阁,低绮户,照无
眠。不应有恨,何事长向别时圆?人有悲欢离合,月有
阴晴圆缺,此事古难全。但愿人长久,千里共婵娟。
     ——苏轼《水调歌头·丙辰中秋,欢饮达旦,
        大醉,作此篇兼怀子由》

45.《八声甘州》。又名《甘州》、《潇潇雨》、《宴瑶池》等。双调。上、下片各九句,不同调,下片第六、八句一般分上三下四,第七句一般分上三下五,共九十七字。上片第二、五、七、九句和下片第三、五、七、九句押平声韵。

仄平(平)仄(仄)仄仄平平，(仄)平仄平平。仄(仄)平(平)仄，平平(仄)仄，(平)仄平平。(仄)仄(仄)平(仄)仄，(仄)仄仄平平。(仄)仄(仄)平仄，(平)仄平平。　　(仄)仄(平)平(仄)仄，仄(仄)平(仄)仄，(平)仄平平。仄(仄)平(仄)仄，(仄)仄仄平平。平平仄、(平)平(仄)仄，仄(仄)平、(仄)仄仄平平。平平仄、(仄)平(平)仄，(仄)仄平平。

对潇潇暮雨洒江天，一番洗清秋。渐霜风凄紧，关河冷落，残照当楼。是处红衰翠减，苒苒物华休。惟有长江水，无语东流。　　不忍登高临远，望故乡渺邈，归思难收。叹年来踪迹，何事苦淹留？想佳人、妆楼颙望，误几回、天际识归舟。争知我、倚阑干处，正恁凝愁。

——柳永《八声甘州》

46.《扬州慢》。又名《朗州慢》等。双调。上、下片不同调,上片十句,第六、九句一般分上三下四,下片九句,第二、七句一般分上三下四,共九十八字。上片第三、五、八、十句和下片第二、五、七、九句押平声韵。

(平)仄平平，(仄)平(平)仄，(仄)平仄平平。仄平平(仄)仄，(仄)(仄)仄平平。仄(平)仄、平平(仄)仄，(仄)平(仄)仄、(平)仄平平。仄平平、(仄)(平)平，平仄平平。　　(仄)平(仄)仄，仄平平、(仄)仄平平。仄(仄)仄

210

平平、⊕平⊗仄,⊕仄平平。仄仄⊗平平仄,平平仄、⊗仄平平。
⊗⊕平平仄、⊕平平仄平平。
▲　　　　▲　　　　　　　▲

　　淮左名都,竹西佳处,解鞍少驻初程。过春风十
里,尽荠麦青青。自胡马、窥江去后,废池乔木,犹厌言
兵。渐黄昏、清角吹寒,都在空城。　　杜郎俊赏,算
而今、重到须惊。纵豆蔻词工,青楼梦好,难赋深情。
二十四桥仍在,波心荡、冷月无声。念桥边红药,年年
知为谁生。

——姜夔《扬州慢》

47.《念奴娇》。又名《百字令》、《大江东去》、《酹江月》、
《太平欢》等。有平仄两体,此为仄韵体。双调。上、下片不同
调,上片九句,第二句一般分上三下六,下片十句,共一百字。上
片第二、四、七、九句和下片第三、五、八、十句押仄声韵,而且常
用入声韵。上、下片后七句字数平仄相同。

⊕平⊕仄,仄平⊕、⊗仄⊕平平仄。⊗仄⊕平平仄仄,⊗
仄⊕平平仄。⊗仄平平,⊕平平仄,仄仄平平仄。⊕平⊕仄,平
平平仄⊕仄。　　⊕仄⊕仄平平,⊕平平仄,⊗仄平平仄。⊗
仄⊕平平仄仄,⊗仄⊕平平仄。⊗仄平平,⊕平⊕仄,⊗仄平平
仄。⊕平⊕仄,⊕平平仄平仄。
▲　　　　　　▲　　　　　　　▲　　　　　　　▲

　　石头城上,望天低、吴楚眼空无物。指点六朝形胜
地,惟有青山如壁。蔽日旌旗,连云樯橹,白骨纷如雪。
大江南北,消磨多少豪杰!　　寂寞避暑离宫,东风辇
路,芳草年年发。落日无人松径冷,鬼火高低明灭。歌舞
樽前,繁华镜里,暗换青青发。伤心千古,秦淮一片明月!

——萨都剌《念奴娇·石头城》

48.《桂枝香》。又名《疏帘淡月》等。双调。上、下片各十句,不同调,逢第七句一般分上三下四,共一百零一字。上、下片逢第一、三、五、七、十句押仄声韵。

平平仄仄。仄仄仄⊙平,⊙⊙平仄。⊙仄平平⊙仄,仄平
平仄。⊙平⊙仄平平仄,仄平平、⊙平平仄。⊙平平仄,⊙平⊙
仄,仄平平仄。　　仄⊙仄平平仄。仄⊙仄平平仄,⊙⊙平平仄。
⊙仄平平⊙仄,仄平平仄。⊙平⊙仄平平仄,仄平平、⊙⊙平
仄。仄平平仄,⊙平平仄,仄平平仄。

登临送目。正故国晚秋,天气初肃。千里澄江似
练,翠峰如簇。归帆去棹残阳里,背西风,酒旗斜矗。
彩舟云淡,星河鹭起,画图难足。　　念往昔豪华竞
逐。叹门外楼头,悲恨相续。千古凭高对此,漫嗟荣
辱。六朝旧事随流水,但寒烟、衰草凝绿。至今商女,
时时犹唱,《后庭》遗曲。

　　　　　　　　——王安石《桂枝香·金陵怀古》

49.《木兰花慢》。双调。上、下片不同调,上片十一句,下片十句,共一百零一字。上片第三、六、九、十一句和下片第一、二、五、八、十句押平声韵。

仄平平仄仄,⊙平仄,仄平平。仄⊙仄平平,⊙平⊙仄,⊙
仄平平。平平仄,平平仄,仄⊙平⊙仄仄平平。⊙仄平平仄仄,
⊙平仄仄平平。　　⊙平⊙仄仄平平,仄仄仄平平。仄⊙仄平平
平,⊙平⊙仄,⊙仄平平。平平仄,平平仄,仄⊙平⊙仄仄平平。
⊙仄平平仄仄,⊙平⊙仄平平。

212

汉中开汉业，问此地，是耶非？想剑指三秦，君王得意，一战东归。追王事，今不见，但山川满目泪沾衣。落日胡尘未断，西风塞马空肥。　　一编书是帝王师，小试去征西。更草草离筵，匆匆去路，愁满旌旗。君思我，回首处，正江涵秋影雁初飞。安得车轮四角，不堪带减腰围。

——辛弃疾《木兰花慢·席上送张仲固帅兴元》

50.《水龙吟》。 又名《龙吟曲》、《鼓笛慢》、《小楼连苑》、《海天阔处》、《丰年瑞》等。双调。上、下片不同调，上片十一句，末句一般分上三下三，下片十句，第二句一般分上三下四，共一百零二字。上片第二、五、八、十一句和下片第二、五、七、八、十句押仄声韵。

平平仄仄平平，平平仄仄平平仄。平平仄仄，平平仄仄，仄平平仄。仄仄平平，平平仄仄，平平仄仄。仄平平仄仄，平平仄仄，平平仄，平平仄。　　仄仄平平平仄，仄平平，仄平平仄。平平仄仄，平平仄仄，平平仄仄。仄仄平平，平平仄仄，平平平仄。仄平平仄仄平平仄仄，仄平平仄。

楚天千里清秋，水随天去秋无际。遥岑远目，献愁供恨，玉簪螺髻。落日楼头，断鸿声里，江南游子，把吴钩看了，栏干拍遍，无人会，登临意。　　休说鲈鱼堪脍，尽西风、季鹰归未？求田问舍，怕应羞见，刘郎才气。可惜流年，忧愁风雨，树犹如此。倩何人唤取红巾翠袖，揾英雄泪。

——辛弃疾《水龙吟·登建康赏心亭》

·213·

51.《石州慢》

又名《石州引》、《柳色黄》等。双调。上、下片不同调,上片十句,下片十一句,共一百零二字。上片第三、五、八、十句和下片第一、四、六、九、十一句押仄声韵,而且常用入声韵。

　　仄仄平平,仄平平仄,仄平平仄。平平仄仄平平,仄仄仄
平平仄。▲仄平仄仄,平平仄仄平平,平平仄仄平平仄。▲仄仄仄
平仄,仄平平平仄。▲　　平仄。▲仄平平仄,仄仄平平,仄平平
仄。▲仄仄平平,仄仄仄平平仄。▲仄平平仄,平平仄仄平平,平平
仄仄平平仄。▲仄仄仄平平,仄平平平仄。▲

　　雨急云飞,瞥然惊散,暮天凉月。谁家疏柳低迷,
几点流萤明灭。夜帆风驶,满湖烟水苍茫,菰蒲零乱秋
声咽。梦断酒醒时,倚危樯清绝。　　心折。长庚光
怒,群盗纵横,逆胡猖獗。欲挽天河,一洗中原膏血。
两宫何处?塞垣只隔长江,唾壶空击悲歌缺。万里想
龙沙,泣孤臣吴越。

　　　　　　——张元干《石州慢·己酉秋,吴兴舟中》

52.《雨霖铃》

又名《雨霖铃慢》等。有平仄两体,此为仄
韵体。双调。上、下片不同调,上片十句,第九句一般分上三下
四,下片八句,第二句一般分上三下五,第四句、第七句分上三下
四,共一百零三字。上片第一、三、六、八、十句和下片第一、二、
四、六、八句押仄声韵,而且常用入声韵。

　　平平平仄,仄平平仄,仄仄平仄。▲平平仄仄平仄,平平仄
仄,平平平仄。▲仄仄平平仄仄,仄仄平平仄。▲仄仄仄、平仄平
平,仄仄平平仄平仄。▲　　平平仄仄平平仄,仄平平、仄仄平

仄。㊉平仄仄平仄，平仄仄、仄平平仄。仄仄平平，仄仄平平仄
仄平仄。仄仄仄、㊉仄平平，仄仄平平仄。

　　寒蝉凄切，对长亭晚，骤雨初歇。都门帐饮无绪，
方留恋处，兰舟催发。执手相看泪眼，竟无语凝噎。念
去去、千里烟波，暮霭沉沉楚天阔。　　多情自古伤离
别，更那堪、冷落清秋节。今宵酒醒何处？杨柳岸、晓
风残月。此去经年，应是良辰好景虚设。便纵有、千种
风情，更与何人说？

——柳永《雨霖铃》

53.《永遇乐》。又名《消息》等。有平仄两体，此为仄韵
体。双调。上、下片各十一句，不同调，逢第十句一般分上三下
四，共一百零四字。上、下片第三、六、九、十一句押仄声韵。

　　仄仄平平，㊉仄平㊉仄，㊉仄平仄。㊉仄平平，㊉平㊉仄仄，㊉
仄平平仄。㊉平㊉仄，㊉平㊉仄，㊉仄仄平平仄。仄平㊉、平平
㊉仄，㊉㊉仄㊉平仄。　　㊉平㊉仄，㊉平㊉仄，仄仄㊉平仄
仄。㊉仄平平，㊉平㊉仄，㊉仄平平仄。㊉平㊉仄，㊉平㊉仄，
仄仄㊉平㊉仄。㊉平㊉、平平仄仄，仄平仄仄。

　　千古江山，英雄无觅，孙仲谋处。舞榭歌台，风流
总被，雨打风吹去。斜阳草树，寻常巷陌，人道寄奴曾
住。想当年、金戈铁马，气吞万里如虎。　　元嘉草
草，封狼居胥，赢得仓皇北顾。四十三年，望中犹记，烽
火扬州路。可堪回首，佛狸祠下，一片神鸦社鼓。凭谁
问、廉颇老矣，尚能饭否？

——辛弃疾《永遇乐·京口北固亭怀古》

54.《望海潮》。双调。上、下片各十一句，不同调，共一百零七字。上片第三、六、七、九、十一句和下片第一、三、六、七、九、十一句押平声韵。

(仄)平·平仄，(仄)平平仄，(平)平(仄)仄平平。平仄仄平，平平仄仄，(仄)平(仄)仄平平。(仄)仄仄平平。仄(平)平仄仄，(仄)仄平平。(仄)仄平平，(平)平(仄)仄平平。　　平仄仄仄平平。仄(平)平(仄)仄，(仄)仄平平。平仄仄平，平平仄仄，(平)平(仄)仄平平。(仄)仄平平。仄(平)平仄仄，(仄)仄平平。(仄)仄平平，(平)平(仄)仄平平。（最后两句可换成仄仄平平仄仄，(仄)仄仄平平。）

　　梅英疏淡，冰澌溶泄，东风暗换年华。金谷俊游，铜驼巷陌，新晴细履平沙。长记误随车。正絮翻蝶舞，芳思交加。柳下桃蹊，乱分春色到人家。　　西园夜饮鸣笳。有华灯碍月，飞盖妨花。兰苑未空，行人渐老，重来是事堪嗟。烟暝酒旗斜。但倚楼极目，时见栖鸦。无奈归心，暗随流水到天涯。

　　　　　　　　——秦观《望海潮·洛阳怀古》

55.《沁园春》。又名《念离群》、《洞庭春色》、《东仙》、《寿星明》等。双调。上、下片不同调，上片十三句，下片十二句，第二句一般分上三下五，共一百一十四字。上片第三、七、十、十三句和下片第一、二、六、九、十二句押平声韵。上、下片后九句字数平仄相同。此调常用较多的对仗。

(仄)仄平平，(仄)仄平平，仄仄仄平。仄平平仄仄，(平)平(仄)仄；(平)平(仄)仄，(仄)仄平平。(仄)仄平平，(平)平(仄)仄，(仄)仄平平(仄)仄平。平(平)仄，仄(平)平仄仄，(仄)仄平平。　　(平)平(仄)仄平平。仄(仄)仄、

平平⊙仄平。仄⊕平⊙仄,⊕平⊙仄;⊕平⊙仄,⊙仄平平。仄
仄平平,⊕平⊙仄,⊙仄平平⊙仄平。平⊙仄(或仄平仄),仄⊕
平⊙仄,⊙仄平平。
▲

何处相逢?登宝钗楼,访铜雀台。唤厨人斫就,东
溟鲸脍;圉人呈罢,西极龙媒。天下英雄,使君与操,余
子谁堪共酒杯?车千乘,载燕南赵北,剑客奇材。

饮酣鼻息如雷。谁信被晨鸡轻唤回?叹年光过尽,功
名未立;书生老去,机会方来。使李将军,遇高皇帝,万
户侯何足道哉?披衣起,但凄凉感旧,慷慨生哀!

——刘克庄《沁园春·梦孚若》

56.《贺新郎》。又名《金缕曲》、《乳燕飞》、《风敲竹》、《贺
新凉》等。双调。上、下片各十句,不同调,逢二、六句一般分上
三下四,第八句分上三下五,共一百一十六字。上、下片逢一、
三、五、六、八、十句押仄声韵。

⊙仄平平仄,仄平平、⊕平平仄仄,仄平平仄。⊙仄⊕平平
⊕仄仄,⊙仄平平仄仄。仄⊙仄、平平平仄。⊙仄⊕平⊙平⊙仄,仄
平平⊙仄平平仄。平仄仄,仄平仄。　　⊕平⊙仄平平仄。仄
平平、⊕平平仄仄,仄平平仄。⊙仄⊕平平⊙平仄,⊙仄平平⊙仄。
⊙仄仄、平平平仄。⊙仄仄⊕平平⊙仄,仄平平⊙仄平平仄。平
仄仄,仄平仄。
▲

乳燕飞华屋,悄无人、桐阴转午,晚凉新浴。手弄
生绡白团扇,扇手一时似玉。渐困倚、孤眠清熟。帘外
谁来推绣户,枉教人梦断瑶台曲。又却是,风敲竹。

石榴半吐红巾蹙,待浮花浪蕊都尽,伴君幽独。秾艳
一枝细看取,芳心千重似束。又恐被、西风惊绿。若待

217

得君来向此,花前对酒不忍触(此句比原词谱少一
字)。共粉泪,两簌簌。

——苏轼《贺新郎》

57.《摸鱼儿》。又名《山鬼谣》、《陂塘柳》、《买陂塘》、《摸
鱼子》等。双调。上、下片不同调,上片十句,第一句一般分上
三下四,第六句分上三下七,下片十一句,第七句一般分上三下
七,共一百一十六字。上片第一、二、四、五、六、七、十句和下片
第二、三、五、六、七、八、十一句押仄声韵。

仄平平、仄平平仄,⊕平平仄平仄。⊕平⊗仄平平仄,⊗
仄仄平平仄。▲平仄仄、⊗仄仄、平平⊗仄平平仄。平平仄仄。
▲仄⊗仄平平,⊕平⊗仄,⊗仄仄平仄。▲　　平平仄、⊗仄平平仄
仄。▲⊕平仄平仄。平平⊗仄平平仄。⊗仄仄平平仄。平仄
仄、⊗仄仄、平平⊗仄平平仄。平平仄仄。仄⊗仄平平,⊕平⊗
仄,⊗仄仄平仄。
▲

买陂塘、旋栽杨柳,依稀淮岸湘浦。东皋嘉雨新痕
涨,沙觜鹭来欧聚。堪爱处,最好是、一川夜月光流渚。
无人独舞。任翠幄张天,柔茵藉地,酒尽未能去。
青绫被,莫忆金闺故步。儒冠曾把身误。弓刀千骑成
何事? 荒了邵平瓜圃。君试觑,满青镜、星星鬓影今如
许! 功名浪语。便得似班超,封侯万里,归计恐迟暮。

——晁补之《摸鱼儿·东皋寓居》

58.《兰陵王》。三叠。第一片九句,第三句、第八句一般分
上三下四,第二片八句,第三片十句,共一百三十字。第一片的
一、二、四、五、六、七、九句,第二片的一、三、四、七、八句,第三片

的一、二、四、五、七、十句押仄声韵。

⊙仄平仄,⊙仄仄平平仄平仄。平平仄、平平⊙仄,⊙仄平平仄
平仄。▲⊙平平⊙仄仄,平仄、平平仄仄。平平仄、⊙平仄仄平,仄仄
平平仄平仄。▲　⊙平平仄仄,仄⊙仄平⊙平,⊙仄平平。▲⊙平
⊙仄平平仄。▲仄仄仄平仄,⊙平⊙仄,平平⊙仄仄仄仄。▲仄⊙
⊙平仄。▲　平仄,仄平平仄。▲仄⊙仄平平,⊙仄平仄,⊙平⊙仄
平平仄。▲仄仄仄平仄,⊙平⊙仄。▲平平平仄,仄仄仄,仄仄仄。▲

　柳阴直,烟里丝丝弄碧。隋堤上、曾见几番,拂水
飘绵送行色。登临望故国,谁惜? 京华倦客。长亭路、
年去岁来,应折柔条过千尺。　　闲寻旧踪迹,又酒趁
哀弦,灯照离席。梨花榆火催寒食。愁一箭风快,半篙
波暖,回头迢递便数驿。望人在天北。　　凄恻,恨堆
积。渐别浦萦回,津堠岑寂,斜阳冉冉春无极。念月榭
携手,露桥吹笛。沉思前事,似梦里,泪暗滴。
　　　　　　　　——周邦彦《兰陵王·柳》

59.《六州歌头》。双调。上、下片各十九句,不同调,下片
第十六句一般分上三下四,共一百四十三字。上片第二、五、六、
十二、十五、十七、十八、十九句和下片第四、七、八、十一、十四、
十六、十八、十九句押平声韵。

平平⊙仄,⊙仄仄平平。平⊙仄,平平仄,仄平平。▲仄平
平。▲⊙仄平平仄,⊙平仄,平平仄,⊙仄平,平平仄,仄平平。▲⊙
仄⊙平,仄仄平平仄,⊙仄平平。▲仄⊙仄⊙平,⊙仄仄平平。▲⊙
仄平平。▲仄平平。▲　仄平仄,⊙平仄,平平仄,⊙平平。▲平
⊙仄,平平仄,仄平平。▲仄平平。▲⊙仄平平仄,⊙⊙仄,仄平平。▲

平平仄，仄平平仄，仄平平。平仄平平仄，平平仄、仄仄平平。
仄平平仄仄，仄仄仄平平。仄仄平平。
▲　　　　　▲

　　长淮望断，关塞莽然平。征尘暗，霜风劲，悄边声。
黯销凝。追想当年事，殆天数，非人力，洙泗上，弦歌
地，亦膻腥。隔水毡乡，落日牛羊下，区脱纵横。看名
王宵猎，骑火一川明。笳鼓悲鸣，遣人惊。　　念腰间
箭，匣中剑，空埃蠹，竟何成！时易失，心徒壮，岁将零。
渺神京。干羽方怀远，静烽燧，且休兵。冠盖使，纷驰
骛，若为情？闻道中原遗老，常南望、翠葆霓旌。使行
人到此，忠愤气填膺。有泪如倾。

——张孝祥《六州歌头》

60.《莺啼序》。又名《丰乐楼》等。四叠。第一片八句，第
三、五句一般分上三下四，第二片十句，第四、六、七句一般分上
三下四，第三片、第四片各十四句，逢第四句一般分上三下四，逢
第十一句一般分上三下五，共二百四十字。第一片二、四、六、八
句，第二片三、五、七、十句，第三片三、七、十一、十四句，第四片
三、四、七、十一、十四句押仄声韵。此调平仄非常灵活。

　　平平仄平仄仄，仄平平仄仄。仄平平、平仄平平，仄仄平
仄平仄。仄平仄、平平仄仄，平平仄仄平平仄。仄平平仄，平
平仄平仄。　　仄仄平平，仄仄平仄，仄平仄平仄。仄仄仄平平、平仄平平，仄平仄、平仄平
平仄。仄平平、平仄平平，仄仄平。仄仄平平，平平平平，仄平平仄。
　　平平仄仄，仄仄平平，
仄仄仄、平平仄仄。平仄平仄、仄平平、平平平仄仄。仄平平、平仄平仄、平平平仄、仄仄平平，仄平
平仄。平平仄仄，平平仄仄、平平平仄平平，仄仄仄仄平仄。　　平平仄
▲

仄，仄仄平平，仄仄平仄仄。仄仄仄、平平仄平仄，仄仄平平，仄仄
平仄、平仄平仄。平平仄仄，平平平仄，平平仄平平仄，仄平
平、平仄平平仄。平平平仄平平，仄仄平平，仄平平仄。

　　残寒正欺病酒，掩沉香绣户。燕来晚、飞入西城，
似说春事迟暮。画船载、清明过却，晴烟冉冉吴宫树。
念羁情游荡，随风化为轻絮。　　十载西湖，傍柳系
马，趁娇尘软雾。遡红渐、招入仙溪，锦儿偷寄幽素。
倚银屏、春宽梦窄，断红湿、歌纨金缕。暝堤空，轻把斜
阳，总还鸥鹭。　　幽兰旋老，杜若还生，水乡尚寄旅。
别后访、六桥无信，事往花萎，瘗玉埋香，几番风雨。长
波妒盼，遥山羞黛，渔灯分影春江宿，记当时、短楫桃根
渡。青楼仿佛，临分败壁题诗，泪墨惨淡尘土。　　危
亭望极，草色天涯，叹鬓侵半苎。暗点检、离痕欢唾，尚
染鲛绡，馟凤迷归，破鸾慵舞。殷勤待写，书中长恨，兰
霞辽海沉过雁，漫相思、弹入哀筝柱。伤心千里江南，
怨曲重招，断魂在否？

——吴文英《莺啼序》

再 版 后 记

这本有关古代诗词的书，是三十年前，我和杨新我老师在中文系执教时，为大学生准备的补充教材。当时，杨新我老师讲毛主席诗词课，我教唐宋文学课。两课都涉及到了诗词格律。前此，诗词格律的书出版了一些。北京大学名教授王力先生也写了有关诗词格律的普及读物，如《诗词格律十讲》、《诗词格律》等。如果补充教材中只有诗词格律的内容，那就没有印行的必要了。讲诗词格律，能讲过名家王力老先生吗？于是，由诗词格律扩而广之，凡有关古代诗词的种种常识，尽量作全面介绍，进而为写作和欣赏古代诗词阐述一些规律性的问题。因为内容上比出版的同类书全面而有条理，自身的价值也就提高了些。河北人民出版社于1980年6月初版首印发行了七万五千册，1982年9月第二次印刷时就将印数累积到十七万五千册。二十多年过去了，没有买到这本书的读者，有的或寄信、或来电、或上门、或托人向作者求索，落得我和杨新我老师只剩下人各一本了。前些日子，网上搜索，见中国图书网复印站卖这本书的复印件，是否侵权的问题没有考虑，反而高兴，因为解决了我的问题，我好回答因找不着这本书而着急的读者了。让我更高兴的是，上海古籍出版社再版这本书，读者将会得到比复印件要精美得多的书册。具体负责再版的编辑老师改正了初版的不少错误和缺失，使这本小书更趋完善，让这本在当今社会流传了二三十年的书，再度发挥其更大的作用。

刘 福 元

二〇〇八年八月于石家庄